Susanne Flohr

Drei Jahre Alltag in Vietnam

Unser Kampf mit den Stäbchen

Bibliografische Information der Deutschen Nationalbibliothek:
Die Deutsche Nationalbibliothek verzeichnet diese Publikation in der Deutschen Nationalbibliografie; detaillierte bibliografische Daten sind im Internet über < http://dnb.d-nb.de > abrufbar.

Lektorat, Satz, Umschlagdesign, Herstellung und Verlag:
Books on Demand GmbH, Norderstedt
ISBN: 978-3-8334-8486-5

Inhalt

Vorwort

Vorwort

Ich möchte dir danken, Vietnam,
dass du uns willkommen geheißen hast,
dass deine lächelnden Gesichter
Brücken über Unsicherheiten geschlagen haben,
dass wir unseren westlichen Kopf
an ungeahnten Grenzen deiner Andersartigkeit stoßen durften
und du unsere Nasen in fremde Gerüche
und fremde Lebenssituationen gedrückt hast.

Deine unbarmherzige Hitze hat uns in die Knie gezwungen,
Korruption und Armut haben uns bedrückt
und das fehlende »Nein« in deiner Sprache
hat uns zur Verzweiflung gebracht.

Ausgestreckte Hände fremder Menschen haben uns versöhnt,
und deine grünen Reisfelder und exotischen Blumen
haben Balsam auf unsere Seele gestrichen.

Ich möchte mich bei dir entschuldigen,
sollte ich dir nicht immer gerecht werden
und meine westliche Ignoranz unerkannte Pflänzchen zertreten.

Bitte glaube mir,
dass ich meine Einblicke in dein Land
mit einem aufrichtigen Herzen niedergeschrieben habe.

Sie haben mein eigenes Leben verändert,
meine Perspektive verrückt
und werden immer einen behutsamen Platz
in meinen Erinnerungen einnehmen.

Einleitung 1
Westliche Einblicke in einen vietnamesischen Alltag – Blicken Sie mit?

Einleitung 1

Westliche Einblicke in einen vietnamesischen Alltag –

Blicken Sie mit?

Langsam rühre ich mit dem langen Blechlöffel auf dem Boden des Gläschens, um die zähflüssige, klebrig-süße Dosenmilch mit dem nach Mokkaschokolade schmeckenden Kaffeekonzentrat zu vermischen. Für einen Moment schimmert der braune Sud zwischen den vielen Wassereiswürfeln geradezu marmoriert. Frau Na stellt die dampfende Frühstückssuppe auf den blank gewischten Metalltisch vor meinem Plastikhöckerchen, und ich garniere die Rinderbrühe mit Chilischoten und vietnamesischen Pfefferminzblättern.

Ich möchte Sie, liebe Leserinnen und Leser, einladen, sich mit mir auf den Bürgersteig unter die blaue Plane der Suppenküche zu setzen. Lassen Sie uns mit allen Sinnen das morgendliche Flair um uns herum erleben. Tauchen Sie mit mir ein in einen ganz normalen vietnamesischen Alltag. Wir könnten dem Gespräch am Nachbartisch lauschen, den drahtigen alten Mann, der auf seinem mit Kokosnüssen beladenen Cyclo (einer dreirädrigen, vietnamesischen Rikscha) vorbeiradelt, beobachten und einen Blick in die blubbernde Brühe auf dem offenen Feuer an der Rückwand der Suppenküche werfen.

Für knapp drei Jahre lebe ich mit meinem Mann Carsten und unseren beiden Söhnen Carl und Jonas in Zentralvietnam. Wir haben uns auf ein ganz alltägliches vietnamesisches Leben eingelassen – in einer vietnamesischen Nachbarschaft mit vietnamesischen Freunden, vietnamesischen Arbeitskollegen und vietnamesischer Kinderbetreuung. Und wir haben uns von diesem Land anstecken lassen, von seiner tropischen, farbenfrohen Andersartigkeit.

Sie haben Freude daran, uns ein wenig zu begleiten? Aber seien Sie vorgewarnt, es geht im Hause Flohr nicht immer sanft zu. So manches Mal haben wir uns auch an der exotischen Fremde den Kopf gestoßen und sind mitten ins kulturelle Fettnäpfchen getreten. Gesellen Sie sich zu uns, wenn wir uns gegenseitig ermutigen, dranzubleiben, und im Wind der Ventilatoren in der tropischen Hitze unaussprechliche Vokabeln büffeln. Steigen Sie mit aufs Motorrad, wenn wir in der Frühe unseren ältesten Sohn in der so fremden Welt eines vietnamesischen Kindergartens abliefern. Sehen Sie, wie er sich mit einer kleinen Verbeugung vor der Lehrerin ein rotes Bändchen für die Kindergymnastik abholt. Scheuen Sie sich nicht vor Ihrem Angstschweiß, wenn wir uns wieder unter das Fahrrad- und Motorradgewusel des chaotischen vietnamesischen Verkehrs mischen, einem Gefährt mit einem grunzenden Schwein auf dem Gepäckträger ausweichen und im Bogen um eine Marktfrau herumfahren, die mit zuckenden Hühnern an jedem Arm dasteht.

Morgens heißt es bereits um 6 Uhr aufstehen, wenn das kommunale Radio die Nachbarschaft mit frohen Liedern beschallt. Um die Mittagszeit aber sei Ihnen eine Verschnaufpause gegönnt, wenn wir ganz vietnamesisch zum Schläfchen unter unser Mückennetz kriechen. Auch teilen wir gerne unser neu erworbenes Wissen darüber, wie man am effektivsten eine Kakerlake mit dem oberen Ende eines Besenstiels zerdrückt oder wie man auf mit Klebstoff eingepinselten Pappstreifen Ratten fängt. Würden Sie mich gerne bei meiner Arbeit für einen Marineschutzpark begleiten? Ich kann aber nicht versprechen, die Themen Entwicklungshilfe und Umweltschutz ohne kleine emotionale Eruptionen zu beleuchten. Nehmen Sie doch Ihren neuesten sommerlichen Schick aus dem Schrank und stoßen Sie mit uns auf einer lauten vietnamesischen Hochzeit mit Saigon-Bier in großen Humpen an. Hapert es an der richtigen Garderobe, könnte ich anbieten, dass Sie sich bei meiner zierlichen Schneiderin vermessen lassen, die auf dem Boden ihres halbdunklen Hinterzimmers mit einem für mich unverständlichen Geschick jedes Internetfoto in perfekt sitzende Kleider und Hosen, Jacken und Blusen verwandelt. Lassen Sie uns wie unsere vietnamesischen Freunde in Schlappen durch die engen Gassen der Nachbarschaft schlurfen, wohin es nie einen der westlichen Touristen verschlägt, und uns über den Gartenzaun aus rostigem Stacheldraht mit der Bäuerin unterhalten, die in weißen Plastikeimern Essensabfälle für ihre Schweine einsammelt.

Ich entschuldige mich schon vorab für mein Geklimper, aber sollten Sie nicht gerade Musikprofessor sein, so kommen Sie doch mit zu meinem Klavierunterricht in der *Pasteur*-Straße. Hier spiele ich Mozart und Dussek in einem kleinen Eiscremeladen, während meine Lehrerin Crème Caramel anrührt und Eis verkauft. Vielleicht bieten Sie mir auch Ihre Schulter zum Anlehnen an, wenn ich die dunkleren Momente unseres Familienlebens auf der anderen Seite des Globus mit Ihnen teile: den freundlichen Rassismus, dem wir hier überall begegnen, und die Schwierigkeiten des Nichtverstandenwerdens. Wie würden Sie mit dem Thema »Schlagen in der Schule« umgehen oder sich fühlen, wenn die Polizei regelmäßig bei Ihnen vorbeikäme, um nach dem Rechten zu schauen? Möchten Sie mit uns den virtuellen Löffel schwingen, wenn wir bei Freunden zur Feier des vietnamesischen Neujahrsfestes Klebreis mit Schweinefettschwarte verdrücken oder mit unserem Vietnamesischlehrer am Rande der Stadt Ziegenfleisch-Fondue essen?

Ich möchte Ihnen ein Buch voller Fenster in die Hand drücken. Stoßen Sie sie nacheinander auf: die großen verglasten wie die kleinen vergitterten, die mit den herunterhängenden Holzläden ebenso wie die grauen Belüftungslöcher oder die hohen mit Panoramablick. Ich habe solche gewählt, die dem in wenigen Wochen durchs Land Reisenden in der Regel verschlossen bleiben und die einen ganz persönlichen Einblick in den Alltag Vietnams erlauben. Natürlich konnte ich mich als Geografin nicht zurückhalten, auch Fakten und Daten über Land und Leute zusammenzutragen. Doch möchte ich keinem Reiseführer oder Sachbuch über Vietnam Konkurrenz machen. Ich verstehe sie als Hintergrundkulisse, um Schauplätze und Ereignisse besser einzuordnen, an denen ein herkömmlicher Reiseführer normalerweise vorbeigeht. Ich schreibe nicht aus dem Blickwinkel einer Forscherin oder einer Journalistin, sondern aus der Perspektive einer westlichen Frau, die den vietnamesischen Alltag mit seiner Faszination und seinen Stolpersteinen individuell erlebt. Ich schreibe aus der Perspektive einer Nachbarin in einer vietnamesischen Nachbarschaft, aus der Perspektive einer Mutter, die über ihre Kinder das vietnamesische Erziehungssystem von innen kennenlernt. Ich schreibe aus der Perspektive einer Kollegin eines vietnamesischen Arbeitsteams und aus der Perspektive einer Hausfrau, die sich in der exotischen Welt der vietnamesischen Märkte behaupten muss. Ich möchte Ihnen ein Vietnam nahebringen, das mir so ähnlich wie mein Frühstückskaffee am Morgen spannend marmoriert erscheint; ein Land voller Gegensätze und Geschmacksrichtungen, Farben und Herausforderungen. Und ich würde mich freuen, wenn Sie sich zu mir setzten und sich auf das bitter-süße Gesöff einließen. Rühren Sie noch einmal um, bevor wir losziehen und Fenster öffnen: Das Eis beginnt bereits zu schmelzen.

Einleitung 2
Gestatten? Angenehm! Und das sind wir …

Einleitung 2

Gestatten? Angenehm! Und das sind wir …

Zwei Einleitungen für ein Buch mögen etwas unorthodox erscheinen, aber ich habe das Gefühl, ich habe mich und meine Familie noch nicht gebührend vorgestellt. Und das ist mir wichtig, bevor wir gemeinsam aufbrechen, um den tropisch-vietnamesischen Alltag zu beobachten, ihn zu schmecken, zu fühlen, zu riechen und zu belauschen. Ich denke, Sie haben ein Recht darauf, zu erfahren, wer Ihre fünf Sinne schärft und Fenster zu täglichen Lebenssituationen dieses südostasiatischen Landes öffnet. Schließlich werden wir 340 Seiten lang zusammen sein. Ich erlaube mir deshalb, uns vier ein wenig mit Ihnen bekannt zu machen.

Da ist zuallererst Carsten, mein Mann und Vater unserer beiden Schätze, der uns durch sein medizinisches Forschungsprojekt in diesen Teil der Welt herübergeholt hat. Südwestlich von *Nha Trang* untersucht er in einer abgelegenen Bergregion Kinder auf Parasiten und Allergien. Und dieses Forschungsprojekt bedeutet für uns: zu neuen Ufern aufzubrechen, unseren Haushalt in England aufzulösen, einige wenige persönliche Dinge in einem Container einzulagern und mit zwei Koffern, einer Reisetasche, hoffnungslos übergewichtigem Handgepäck, einem Kinderwagen und einem Reisebettchen gen Osten zu fliegen. Jonas ist zu diesem Zeitpunkt vier Monate alt, und seine einzigen Bedürfnisse heißen Liebe und Muttermilch. Sein älterer Bruder Carl hingegen (zwei Jahre) ist just ins Trotzalter gekommen und versucht neben seinem eigenwilligen Köpfchen auch seine Trotzhändchen und -beine so selbstständig wie nur möglich in dieser neuen exotischen Umgebung einzusetzen. Ich, Susanne, habe meine Stelle als Universitätsdozentin in Geografie/Tourismuswissenschaften in England gekündigt und befinde mich in einer Mischung aus kribbeliger Vorfreude, Spannung und Sorge vor dem großen Unbekannten.

Die erste Woche in unserer neuen Wahlheimat verbringen wir im Hotel, trinken literweise grünen Eistee und erfahren nach wenigen Tagen, dass das Volkskomitee der Provinzregierung – entgegen allen naiven Erwartungen – noch keine offizielle Genehmigung für Carstens Forschungsprojekt ausgestellt hat. Die Brücken nach hinten sind abgebrochen, die nach vorne entpuppen sich als Baustellen in der Anfangsphase. Die Organisation von Visa und Aufenthaltsgenehmigungen, die Haussuche und der Kampf mit der feucht-tropischen Hitze halten uns in Atem, bis wir bereits eine Woche später – allerdings ohne von der Bürokratie abgesegnete Berufsperspektiven – in unser Haus in der *Gasse des Mekongduftes* einziehen. Die buddhistische Nonne, die unser neues Heim für ihre Familie betreut hatte, ist ausgezogen und mit ihr der riesige Ahnenaltar aus unserem zukünftigen Schlafzimmer. Und da liegen wir nun alle vier auf einer Doppelmatratze auf dem gekachelten Fußboden unseres möbellosen Heims im Wind des einzigen Deckenventilators und werden von Mücken schier aufgefressen.

Hallo Tropen, da sind wir, voller Tatendrang, Träume und ersten Zweifeln, Hitzeausschlag und Dauerdurst. Um 6 Uhr in der Früh rappeln wir uns, durchs kommunale Radio der Nachbarschaft geweckt, von unserem Nachtlager hoch, zerdrücken unter Knacken die Panzer von fünf ungebetenen Eindringlingen der Sorte Kakerlake, duschen eiskalt und nehmen die Herausforderung an: Good morning, Vietnam!

Straßenalltag in der *Gasse des Mekongduftes* –
ein ganz normaler vietnamesischer Nachmittag

Kapitel 1

Straßenalltag in der *Gasse des Mekongduftes* –

ein ganz normaler vietnamesischer Nachmittag

Oft scheint der Wissbegierige angetrieben von dem Drang, Gebäude, Plätze, Straßenzüge, Märkte oder Museen zu »sammeln« wie Briefmarken oder Münzen. Je länger die Liste der fotografierten Sehenswürdigkeiten, umso hochwertiger das Erlebnis. Je mehr Blasen in qualmenden Socken, umso intensiver die Reiseerfahrung. Auch wir – Sie und ich – werden in den kommenden Kapiteln nicht um heiße Füße herumkommen, doch lassen Sie es uns langsam angehen.

Ich habe in den letzten Monaten einen kleinen Ort schätzen gelernt, von dem aus wir, ohne uns auch nur einen Zentimeter fortzubewegen, den schillernden, vielfältigen Schattierungen des vietnamesischen Alltags näherkommen werden als ein mit Baedeker bewaffneter oder vom Reiseführer an die Hand genommener Teilnehmer einer Reisegruppe. Setzen Sie sich mit mir in den Schatten des weiß blühenden, herrlich duftenden Porzellanbaumes (Frangiapani) in unserem Vorgarten und warten Sie einfach ab.

Es ist kurz nach zwei Uhr am Nachmittag, und so langsam erwacht die Nachbarschaft aus ihrer Mittagsstarre. Rechts und links quietschen metallen die Riegel der eisernen Tore vor den Häusern, und die berufstätige Bevölkerung schiebt Motorräder oder Drahtesel hinaus in die sengende Hitze, um die zweite Hälfte dieses Arbeitstages in Angriff zu nehmen. Kaum jemand verweilt, man zieht die Kappe tief in die Stirn, sucht Schutz unter dem Schatten spendenden Strohhut und ist dankbar für das Lüftchen, das kühlend über den Schweiß auf den Wangen streicht, wenn das Motorrad in den zweiten Gang hochschaltet. Ein paar zerzauste Straßenköter jaulen, und selbst die Nachbarskatze, die täglich zu Besuch kommt, die Kinder beglückt und den Rasen unnötigerweise düngt, schleicht langsamer als in den kühleren Abendstunden auf dem Mauersims entlang.

In diesen flimmernden frühen Nachmittagsstunden erfreut sanfter vietnamesischer Pop die Gemüter. Langsam kommt er näher, wird lauter und kündigt den radelnden Eismann an, der von unseren *ong* und *ba*[1], Großvater und Großmutter von nebenan, schon sehnsüchtig erwartet wird. Über seinem per Fahrrad durch die Straßen transportierten Verkaufskasten aus Holz hat der findige Mann einen Sonnenschirm montiert, und unter der Lenkstange seines Gefährtes baumelt der Kassettenrekorder, aus dessen Boxen schon vom Anfang der Gasse her schmalzige, mir lieb gewordene Klänge herüberdringen. Die älteren Herrschaften werden gleich nebeneinander auf der Steinbank vor ihrem Haus unter dem tropischen Apfelbaum sitzen und jeweils zwei kleine Eiskugeln auf einem süßen Brötchen genießen. Es ist mir immer noch ein Rätsel, wie man es schafft, das süß-kühle Überbleibsel französischer Kolonialzeit im Brötchen kleckerfrei in den Mund zu balancieren.

Es dauert nicht lange, bis ein zweiter Verkäufer mit seinem Wagen an unserem Gartenzaun vorbeiradelt. Nur bietet er keine süßen Leckereien, sondern Besen und Bürsten aller erdenklichen Farben und Formen, Längen und Stärken an. Von den Seiten baumeln Hühnerfederwedel, an den Ecken staken lange Strohbesen gen Himmel, Schrubberbürsten sind auf einem Faden aufgezogen, weichere Feudel für das Innere der Häuser liegen auf bunten Bastmatten. Hier lacht das Herz einer jeden putzfreudigen vietnamesischen Hausfrau.

Was der gute Mann jedoch nicht im Repertoire hat, sind Spülbürsten: Sie würden mein deutsches Hausfrauenherz höher schlagen lassen,

1 Anmerkung: Um den Lesefluss zu erleichtern, finden Sie alle vietnamesischen Wörter in diesem Buch ohne diakritische Zeichen abgedruckt. Lediglich in Kapitel 4, das explizit die vietnamesische Sprache diskutiert, benutze ich vietnamesische Vokabeln mit Akzenten in ihrer landesüblichen Form.

doch diese Kostbarkeiten muss man uns im Carepaket aus der Heimat zuschicken. Geschirrspülen mit heißem Wasser ist in diesen tropischen Gefilden ein seltsames, ja sogar unbekanntes Konzept, abgesehen davon, dass der Durchschnittshaushalt ohnehin nicht über heißes Wasser aus der Leitung verfügt. Wasser zum Abspülen auf dem Herd zu erhitzen erscheint einer Küchenfee dieses Landes derart befremdlich, dass auch mein mehrfaches Bitten diesbezüglich unsere »Hauselfen« – wie wir unsere Hausangestellten liebevoll nennen – immer wieder aufs Neue verwirrt. Verwundert und mit spitzen Fingern tauchen sie das Geschirr nach dem Abwaschen mit kaltem Wasser kurz in die Schüssel mit der heißen Flüssigkeit, nur um zu beschließen, dass ein zweiter Versuch eine Verschwendung von Zeit und Ressourcen wäre. Wir geben dem weichen Druck der anderen Sitten nach – bis zu dem Zeitpunkt, wo es wieder einmal einen von uns mit Magenkneifen darniederwirft und die Diskussionen um Hygiene neu entflammen.

Hören Sie, gerade ruft die »Schweinefrau« durch die Gitterstäbe unseres Zaunes. Ein penetranter Geruch kündigt die grazile, fröhliche Frau bereits von Weitem an. Noch intensiver nehmen unsere Nasen dann den Odeur vergammelter Speisereste wahr, als sie die Deckel der weißen Plastikeimer hebt, die zu beiden Seiten ihres Motorrades herunterhängen. *Frau Schwein*, wie unsere Kinder sie unschuldig rufen, hält mit ihrem Mann außerhalb der Stadt sieben der rosafarbenen, grunzenden Tiere und tuckert jeden Nachmittag durch unsere Gasse, um Essensreste abzuholen. Meine Nachbarinnen bringen Reisreste oder Fischschwänze in kleinen Eimern ans Tor, dazu verschimmeltes Brot oder Schalen von Gemüse und Obst. Überall in der Stadt sieht man diese »Schweinefrauen«, aber auch »Schweinemänner« des Nachmittags herumfahren, um Futter für ihre Vierbeiner einzusammeln. Diese fantastische Verwertung von organischem Haushaltsabfall ist Balsam auf meine grüne Seele! Wie bedeutsam die Essensreste aber für die Einsammler selbst sind, wurde mir erst richtig bewusst, als ich inmitten des dicht dahinfließenden Stadtverkehrs zwischen Motorrädern und klingelnden Fahrrädern einen »Schweinemann« auf dem Asphalt hocken sah: Mit bloßen Händen schaufelte er die stinkende, faulende, doch so kostbare Abfallmasse, die ihm vom Gepäckträger auf die Straße gefallen war, zurück in seine weißen Plastikeimer.

Allmählich kommt mehr Leben in die Gasse. Die Hitze lässt ein wenig nach. Bald ist die Schule aus, sodass Schüler, meist in kleineren Grüppchen, am Zaun vorbeiradeln. Die Mädchen sehen elegant aus in ihren weißen *ao dais* (traditionelles vietnamesisches Gewand, siehe Kapitel 15), wenn sie mit geradem Rücken auf dem Sattel sitzen und die Enden der schmalen Kleider hinter ihnen im Wind flattern. Jungen in weißen Hemden mit rotem Bändchen um den Hals schlendern Arm in Arm in der Mitte der Straße und schießen Steine oder eine Art Federball vor sich her. Dieser Sport stellt eine typische Freizeitbeschäftigung vietnamesischer Jungen dar: Auf einem Plastikschaft sitzt eine Feder, und mit dem Fuß wird das Flugobjekt vom einen zum anderen gekickt.

Wundern Sie sich gerade, warum während der letzten zehn Minuten immer mehr uniformierte Jungen und Mädchen in den beiden Häusern auf der anderen Gassenseite verschwunden sind? Dort parken mittlerweile bis zu 20 Fahrräder. Eisentore werden auf- und zugeschoben, und vereinzelt hält auch ein »Eltern-Motorradtaxi« vor den Eingangsbereichen, um die Zöglinge sicher abzuliefern: Ja, nach Schulschluss besucht die große Mehrzahl der vietnamesischen Schulkinder einen Nachmittagsunterricht, den die Lehrer nach ihrer Arbeit in der staatlichen Schule in ihren Privathäusern anbieten. Immer wieder habe ich erstaunt nachgefragt, warum dies nötig sei und ob Privatunterricht nicht ein Vermögen koste. Beides wird von unzufriedenen Eltern bejaht. Der Unterricht an den staatlichen Schulen reiche jedoch nicht aus, um Prüfungen zu bestehen und auf die nächsthöhere Schule wechseln zu können. Über die Jahre hat sich also diese Privatunterrichtskultur herausgebildet, die der Staat zwar öffentlich angreift, die aber nicht totzukriegen ist. Einerseits wäre es ambitionierten asiatischen Eltern unerträglich, wenn ihr Kind hintanstehen würde und nicht die bestmögliche Ausbildung erhielte. Andererseits sind die Lehrer selber von eben diesem Privatunterricht finanziell abhängig; von ihrem geringen offiziellen Gehalt könnten sie kaum leben. Es sind die Privatstunden, die es ihnen ermöglichen, ein besseres Leben zu führen, und viele haben sich durch diesen nachmittäglichen Schülerdrill ihr neues Häuschen erwirtschaftet. So haben zum Beispiel unsere beiden Nachbarn vis-à-vis eigens Klassenzimmer in ihren Häusern eingerichtet, in denen jeden Nachmittag und am Wochenende Hochbetrieb herrscht.

Als der linke Nachbar sein Haus bauen ließ, wurden in der Tat zuerst die Schulbänke und Tische in den Rohbau getragen, damit der Unterricht wieder aufgenommen werden konnte. Die Hausangestellte oder die Frau des Lehrers rangieren Fahrräder auf engstem Raum und fungieren als Türsteher und Toröffner, und in den Eingangsbereichen türmen sich dann Berge von Schuhen.

Was für den einen eine Goldgrube ist, bedeutet für den anderen ein Topf ohne Boden, denn die Privatstunden sind teuer: So mancher Vater erbittet von seinem Arbeitgeber seinen Lohn ein paar Tage vor Monatsende, um Schulgeld und Privatstunden für seine Kinder pünktlich bezahlen zu können.

Und weiter läuft der Film vor unserem Gartenzaun ab, ein bunter Film, der nie abreißt, meist fröhlich dahinplätschert und dazwischen immer wieder neue Höhepunkte inszeniert. Gerade kommt der Suppenjunge mit seinen Klötzchen vorbei, dem Jonas so gerne zuhört. Sein Vater hat ein paar Straßen weiter einen der typischen Suppenküchen-Stände, und durch das Schlagen der Klötzchen bietet der Junge seine Dienste an. Vor allem die älteren Menschen der Gasse freuen sich, auf diese Weise ihre Suppe direkt nach Hause geschwabbelt zu bekommen. Sie überreichen dem Jungen ihre Schüsselchen, zusammen mit ein paar aufgerollten Dong-Scheinen, und dieser bringt die heiße, duftende Brühe in wenigen Minuten ins Haus: Menü-Bringdienst auf Vietnamesisch.

Carl hat sich das Eintreffen der Müllfrauen zur spannendsten nachmittäglichen Filmszene in unserer Mekongduft-Gasse auserkoren. Das eiserne Scheppern, das Sie gerade hören, kündigt ihr Kommen an. Immer wieder schlägt eine von ihnen einen Metallstab auf eine Art dicken Topfdeckel. Wir stellen schmunzelnd fest, dass unsere ausländischen Ohren bereits geschult sind und die akustischen Ankündigungen der unterschiedlichsten Gassendienste zweifelsfrei unterscheiden können – sei es die Musik des Eismanns, das Klötzchenschlagen des Suppenjungen oder das metallene Schlagen der Müllfrauen. Letzteres ist ein Zeichen für jede Hausfrau oder Hauselfe, den Müll vor das Tor zu tragen, denn hier herrscht das Konzept des «just in time«: Würden wir unseren Abfall zu früh auf die Gasse legen, so gliche das einer Einladung zu einem Festmahl für Ratten. Um diese ungewollte Begleiterscheinung zu verhindern, findet die Übergabe dieses unvermeidlichen und zunehmend problematischen Produkts einer Gesellschaft zeitkoordiniert statt. In mitteleuropäischen Breiten, wo in vielen Haushalten tagsüber gar niemand zu Hause ist, wäre diese Art der Müllentsorgung undenkbar. Aufgrund des Zusammenlebens in Großfamilien und der Präsenz von Hauselfen scheint die »just in time«-Müllentsorgung in unserer vietnamesischen Nachbarschaft jedoch kein Problem darzustellen. Mit Mundschutz und Strohhut ausgerüstet, ziehen jetzt die Müllfrauen einen Handkarren durch die Gasse, auf dem sich der Müll der Nachbarhäuser kunstvoll türmt. Neben ihren Fähigkeiten im effektiven Einsammeln und Stapeln beherrschen die Müllfrauen die Gabe des raschen Sichtens und Trennens. Inwieweit dies offiziell angeordnet ist oder aus privater Initiative passiert, entzieht sich bis jetzt meinem Durchblick. Doch beobachten Sie nur: Gerade verschwinden wieder Gegenstände in separaten Tüten, die gemäß einem geheimnisvollen System an den Griffen des Handkarrens baumeln. Carls alte Schuhe zum Beispiel mögen, sobald repariert, einem anderen Kind zugutekommen.

Ist zwischen dem Paratstellen der stinkenden Abfalltüten und dem Eintreffen des Müllkarrens noch ein Weilchen Zeit, so stoßen alte Frauen in diese Lücke, die mit Eisenhaken nach Verwertbarem suchen. Sie bessern das Einkommen ihrer Großfamilie auf, indem sie Papier, Glas oder Plastik für ein kleines Entgelt an einer Sammelstelle abgeben. Es ist ratsam, dass wir gerade jetzt unseren Ausguck unter dem Porzellanbaum besetzt halten und abwarten, bis die Körbe entleert und wieder vor die Gartentore gestellt werden. Steht ein leerer Korb nur einen Wimpernschlag zu lange einsam am Rand der Gasse, so findet er schnell einen neuen Besitzer und lässt den rechtmäßigen Eigentümer korblos.

Wie bei jedem Film, so bietet auch das Drehbuch auf der Gasse nicht nur erfreuliche Szenen. Der Platz zwischen Gartentoren, Kokosnusspalmen, Straßenverkäufern und Motorrädern kann durchaus zur Bühne eines Dramas werden, denn für Schauspiel und Drama hat die vietnamesische Seele etwas übrig. Zwei ältere Frauen bekommen sich sprichwörtlich, aber auch handgreiflich »in die Haare«. Grund dafür ist immer wieder das Thema Müll – ein wunder Punkt, eine Glut, die in der Nachbarschaft schwelt und zu gegebener Zeit aufflammt, vielmehr »aufstinkt«. Die haarige Handgreiflichkeit wird von keifendem, grellem Ältere-Frauen-Zetern untermalt, das in kürzester Zeit die Neugier der Nachbarn weckt.

Ja, dies ist eine weitere Charaktereigenschaft dieses Völkchens zu unserer Rechten und Linken: Man schaut! Man nimmt Anteil. Diskretes Wegschauen wäre ein ebenso seltsames Gebaren wie das Beharren auf eine Privatsphäre. Nein, man macht gar keinen Hehl daraus, dass man hinter seinem eigenen Gartenzaun in der ersten Reihe Position bezogen hat, um das Schauspiel aus nächster Nähe mitzuverfolgen.

Hat man das Bedürfnis, das Beobachtete nicht alleine zu verarbeiten, sondern auszudiskutieren und zu kommentieren, so bietet sich mit hundertprozentiger Sicherheit ein bereitwilliger Nachbar an, der ein paar Meter weiter Posten bezogen hat. Und falls man schlussendlich dieser passiven Anteilnahme überdrüssig wird, so scheint es ganz im vietnamesischen Sinne des Erfinders zu sein, seinen Standort aufzugeben und auf der Bühne der Gasse mitzumischen – verbal, gestikulierend oder gar handgreiflich. Mit einer frappierenden Geschwindigkeit wächst die Traube der Gaffer und Mitmischer, aber mit einer genauso überraschenden Selbstverständlichkeit zerstreut sich die Gruppe auch wieder, wenn der Konflikt ausgebrannt ist und die zwei Zankhähne wieder in ihrem »Stall« verschwunden sind.

Neigt sich der Nachmittag dem Ende entgegen, dann gehört die Gasse den Frauen und Kindern. Es wird gespielt, erzählt, gelacht, gerufen und gefüttert. Junge Mütter tragen Reisschüsselchen durch die Gegend und stopfen einen Löffel nach dem anderen in die Mündchen der weniger am Essen interessierten Zwei- und Dreijährigen. Rotznasige Jungen schnipsen Murmeln gegeneinander, eine Oma schiebt ein Kleinkind auf einem Dreirad spazieren, und ein junger Vater trägt stolz seinen nackigen Sohnemann durch die Gegend und erzählt bereitwillig, wie intelligent der elf Monate alte Junior schon sei. Eine Nachbarin von schräg gegenüber hat ihre Badezimmerwaage auf die Straße geholt, nachdem ich ihr nicht genau sagen kann, wie viel westliche Kilogramm unser Sohn Carl auf unsere eben nicht vorhandene Waage bringt. Nun stellen sich alle Kinder der Nachbarschaft an und werden unter »Ah«- und »Oh«-Kommentaren der Mütter gewogen.

Dies ist die schönste Zeit des Tages, das Licht wird milder, die Palme am Ende der Straße wirft endlich längere Schatten, der alte Cyclofahrer kommt mit seiner Frau vom Markt zurück, die Menschen atmen tiefer durch. Plastikstühlchen werden vor die Häuser getragen, und ich verlasse meinen Platz hinter dem Gartenzaun gerne, um ohne

Gitterstabperspektive ins Leben auf der Gasse des Mekongduftes einzutauchen. Ich habe ihn lieb gewonnen, diesen Ausblick durch den Zaun auf ein exotisches Leben, das jeden Tag aufs Neue vor unserem Garten abläuft und Überraschungen und Begegnungen bereithält. Durch intensives Schauen beginnt diese bunt schillernde Welt unserer tropischen Gasse einen Hauch von Vertrautheit anzunehmen. Und ich spüre in mir die aufkommende Neugier, über Nebengässchen und Straßen tiefer in das Labyrinth unserer vietnamesischen Wohngegend vorzudringen. Begleiten Sie mich?

Fakten, Infos, Ergänzungen, Fakten, Infos, Ergänzungen

Vietnam erstickt im Müll – eines der größten Zukunftsprobleme des Landes

Wir sind beeindruckt, mit welcher Zuverlässigkeit unsere Gasse des Mekongduftes Tag für Tag »entmüllt« wird. Kaum sind die maskierten Frauen mit ihrer stinkenden Last um die Ecke gebogen, da wedeln auch schon die typischen, weichen Bambusbesen reinigend über Hauseingänge und den Rand der Gasse, und ein unausgesprochenes Aus-den-Augen-aus-dem-Sinn scheint dem Müllkarren hinterherzuklingen. Auch der in Vietnam Reisende wird von der Sauberkeit in den Straßen und von der Liebe der Vietnamesen zu ihren Besen positiv überrascht sein. Hinter den Kulissen jedoch macht das »Gespenst Müll« der Regierung dieses aufstrebenden Landes ernsthaftes Kopfzerbrechen. Die hölzernen Karren verlagern das Müllproblem lediglich aus den Siedlungen hinaus an deren Rand, sodass die täglich wachsenden Abfallberge die Umweltorganisationen bereits von einer Krise sprechen lassen: Müll, so warnen sie, sei das vietnamesische Problem der Zukunft. Im Herbst 2006 wurde die Menge des von urbanen Zentren produzierten Haushaltsmülls auf täglich 25 000 bis 26 000 Tonnen beziffert – Tendenz steigend ***(Vietnam News Briefs, 25.09.2006)***. Um wie viele Tonnen sich dieser gefährliche Ballast vermehren wird, hängt vom Tempo der Urbanisierung und des rasanten Wirtschaftswachstums ab (derzeit bei ca. 7 Prozent pro Jahr!). Schätzungen rechnen mit einem jährlichen Zuwachs an Haushaltsmüll von 10 bis 16 Prozent.

Diesem bedrohlichen Abfallanstieg steht eine mangelhafte Infrastruktur zur Müllentsorgung gegenüber. Laut Direktor der Infrastrukturbehörde (Teil des Bauministeriums) verfügen lediglich 13

von 64 vietnamesischen Städten und Provizen über Müllentsorgungsanlagen, die einem nationalen Standard entsprechen. Vielerorts seien die Anlagen veraltet, und bis zu einem Drittel des Mülls wird überhaupt nicht fachgerecht entsorgt (Stand: Herbst 2006). Weitere Probleme stellten die inadäquate Lage vieler ohnehin überlasteter Mülldeponien sowie fehlende Auffangmöglichkeiten für Abwässer und Gas dar. 75 bis 80 Prozent industrieller Abwässer im Land fließen gänzlich ungeklärt in die Umwelt.
Zusätzlich zu der Bewältigung der großen Mengen an Abfall kämpfen die Behörden mit der Herausforderung, Sondermüll zu segregieren und umweltgerecht zu entsorgen. Typische Probleme im Haushaltsmüll stellen Batterien, gebrauchte Nadeln von Spritzen, Glühbirnen, Quecksilberthermometer und giftiger Klebstoff aus Mause- und Rattenfallen dar. Eine noch größere Umweltbedrohung geht vom toxischen Müll der Krankenhäuser und Gesundheitsstationen aus, der täglich auf eine Menge von 170 Tonnen beziffert wird.
Einhergehend mit der rasanten wirtschaftlichen Entwicklung wurde die vietnamesische Regierung von diesen »mülligen« Dimensionen schier überrollt, und erst langsam und zeitverzögert sind politische Reaktionen zu beobachten. Im kommenden Fünfjahresplan der Regierung ist das Ziel verabschiedet worden, 90 Prozent allen urbanen und industriellen Abfalls zu sammeln, zu transportieren und zu entsorgen. Seit 1. Januar 2007 ist der Umweltschutz in Vietnam rechtlich verankert, und verschiedene administrative Organe, Organisationen und Privatunternehmen unterliegen Auflagen und Restriktionen. Als besonderer Durchbruch gilt das separate Ausweisen von Ausgaben für Umweltschutz im Staatsbudget. Zuvor liefen diese finanziellen Transaktionen unter dem Stichwort »Technologische und wissenschaftliche Entwicklung«. Derzeit beträgt der

Anteil der Umweltausgaben am Staatsbudget lediglich 1 Prozent, doch ein Anfang ist gemacht.

Noch wirksamer als politische Schachzüge im Kampf gegen den Abfall ist das Schaffen eines Problembewusstseins in der Bevölkerung. In einer Gesellschaft, die ohne grünen Punkt, ohne unterschiedliche Mülleimer in der Küche und ohne Umwelterziehung in den Schulen aufgewachsen ist, müssen Umweltorganisationen häufig ganz von vorne beginnen, Beziehungen von Ursache und Wirkung zu erklären. Menschen beklagen den stinkenden, dreckigen Zustand ihrer Flüsse, kippen jedoch im nächsten Augenblick den Inhalt ihrer eigenen Mülltonne in eben diese Gewässer. Ausländische Umweltorganisationen und ihre vietnamesischen Kollegen setzen ihre Hoffnung auf Projekte in Schulen, wo spielerisch und interaktiv Lösungswege für das wachsende Problem Müll erarbeitet werden. Vor allem städtische Schulen stehen hierbei im Mittelpunkt, sind es doch die Städte Vietnams, die für 80 Prozent des nationalen Müllberges verantwortlich sind. Noch lebt lediglich ein Viertel aller Vietnamesen in Städten. Doch die urbanen Räume wachsen zusehends, und mit dem städtischen Lebensstil wachsen die Abfallberge.

In Vietnam ticken die Uhren anders –
der Planet sticht und überschwemmt,
und der Tag beginnt vor Tagesanbruch

Kapitel 2

In Vietnam ticken die Uhren anders –

der Planet sticht und überschwemmt, und der Tag beginnt vor Tagesanbruch

Nun mag man annehmen, das Wetter sei das oberflächlichste Thema eines jeden Gesprächs, ein Unterhaltungsstopper oder Lückenfüller, wenn es nichts mehr zu berichten gibt. Außerdem seien es vor allem die Briten, die tagtäglich und immer wieder enthusiastisch über das Wetter philosophierten. Stimmt, hier am westlichen Rand des südchinesischen Meers spricht eigentlich kaum jemand über das Wetter, abgesehen von Bemerkungen, wie sie vielleicht überall auf der Welt über den Gartenzaun ausgetauscht werden: »Heute ist es heiß, nicht?«, oder: »Nimm die Wäsche herein, es fängt an zu regnen.«

Über fundamentalere Fakten, zum Beispiel wann die Regenzeit anfängt und ob es da kühler ist als in den Sommermonaten, gehen die Meinungen weit auseinander. Temperaturen bis aufs Grad genau zu erörtern oder gar Tages- oder Monatsdaten zu diskutieren, das scheint eine befremdliche Angewohnheit von Ausländern zu sein.

Dennoch ist es in nicht zu unterschätzendem Maße immer wieder das Wetter, das unser Leben im kleinen Flohr-Haushalt an seine Grenzen bringt. »Wir sind einfach nicht für die Tropen gebaut«, so unser Fazit nach unseren ersten Monaten in Vietnam. Während unser Vater in den Mittdreißigern (sowohl Temperaturen als auch Alter) seine Nervenenden spürt und sichtlich gereizt wird, liege ich wie eine lahme Fliege auf den kühlen Fußbodenfliesen der Küche und kann mich kaum noch zurückerinnern, wie es ist, sich spritzig und energiegeladen zu fühlen. Alles, aber auch alles um uns herum ist einfach nur schrecklich heiß. Wir atmen heiße Luft, unsere Lungen sind mit heißer Luft gefüllt, unsere Hautoberfläche ist warm und feucht, der Kopf sehnt sich nach einer Abkühlung, die Dusche wird zur allstündlichen Routine, das Blut scheint zäher zu fließen, und die allgemeine Geschwindigkeit, mit der gegangen, gearbeitet, ja auch gedacht wird, scheint sich zu reduzieren. In Vietnam rennt niemand. Man schlurft langsam, man macht Mittagsschlaf, man wird ventilatorabhängig, man beginnt zu erahnen, was Graham Greene in seinen Stimmungsschilderungen der Opiumhöhlen Saigons während des Vietnamkrieges einzufangen versuchte. Während die asiatische Seele Kraft aus der Harmonie der Gleichmäßigkeit und des sanften Dahinfließens ziehen mag, spüre ich rastlose Westlerin in mir die Sehnsucht nach energischem Ausschreiten, nach zackigen Akzenten, sprich: einfach nach »Umpf«!

Ja, und so bemächtigt sich ein so nebensächliches Phänomen wie das Wetter unseres Alltags, beginnt unser Wohlbefinden zu diktieren und streichelt oder reizt unser Gemüt. Nie zuvor hätte ich geahnt – und noch weniger darüber nachgedacht –, dass Schweiß aus Kniekehlen tropfen kann. Die Kinder entwickeln einen Hitzeausschlag am Hals, wo kleine Menschen wegen des Babyspecks mehr schwitzen als wir Großen. Unser allmorgendlicher Weg zur Brotfrau scheint im Unterbewusstsein von der Herausforderung gesteuert zu sein, möglichst viel Schatten unter den vorhängenden Bougainvilleen der Nachbarhäuser, in der Nähe höherer Gebäude oder unter den kleinen Palmenwedeln vor dem Friseurladen zu erhaschen. Unsere Beine schlagen, wie vom Autopiloten geführt, einen nach Schatten lechzenden Zickzackkurs ein. Zunehmend entwickeln wir alle unsere individuellen Anti-Hitze-Maßnahmen – nur in einer sind wir uns alle einig: Sobald unsere Hauselfen in ihre wohlverdiente Mittagspause aufbrechen, fallen im Flohr-Haushalt die Hüllen. Ich habe noch nie in meinem Leben so viel Zeit in Unterwäsche verbracht.

Verstärkt wird die Klimadiktatur außerdem durch die fehlenden Chancen, sich den Elementen zu entziehen. Während deutsche Haus- oder Wohnungstüren hinter ihren Bewohnern ins Schloss fallen und damit sowohl Hitze als auch Kälte weniger leicht in die Räume eindringen können, bietet die Bauweise der vietnamesischen Häuser weniger Schutz vor der Gewalt des Himmels. Hitze und Sonnenstrahlen scheinen selbst den desperatesten der abgetauchten Leidenden durch Mauerritzen, Luftschächte, unverglaste Fenster oder Öffnungen im Dach im Innern des Hauses aufzuspüren.

Dies erinnert mich an Campingferien. An dieser Stelle muss ich über mich selber lachen. Ich, die passionierte Zelterin, die die Nähe zur Natur zu romantisieren pflegte, finde mich in Vietnam mit der Silikonspritze wieder, um sämtliche Ritzen und Schlupflöcher unserer »Villa« hermetisch abzudichten. Wir lassen sogar Fensterglas in die vergitterten, doch fensterlosen Rahmen unseres Arbeitszimmers einsetzen, um hier die neu installierte Klimaanlage effektiv betreiben zu können.

Unsere Hausabdichtungsaktion hat einen weiteren Grund: Sie soll dem Eindringen von Regen und Feuchtigkeit Einhalt gebieten und muffige Nässe von Möbeln, Kleidung und Klavier, aber vor allem auch von unserem Stimmungsbarometer fernhalten.

Womit wir bei der zweiten Herausforderung des vietnamesischen Klimas angelangt sind: der Regenzeit. Denn auf die Hitze des Sommers folgen in diesem durch zwei Monsunzeiten geprägten Klima Mittelvietnams die Monate des Wassers. Wir waren nicht unvorbereitet auf das Phänomen, das sich hinter dem Wort Regenzeit verbirgt: Es würde viel regnen – darauf hatten wir uns eingestellt –, und zwar in *Nha Trang* für etwa zwei Monate im Oktober und November und dann noch einmal schwächer im April und Mai.

Doch ein Klimadiagramm mit Durchschnittstemperaturen, Durchschnittsniederschlägen sowie Regen- und Trockenzeiten in der Schnittmenge der Kurven ist eben nur ein Graph auf einem geduldigen Stück Papier. Was es nicht ausweist, sind die Herausforderungen an die beregneten Menschen: Strategisch günstig stellen wir Plastikschüsselchen auf. Wir leeren sie im Rekordtempo. Wir opfern den halben Handtuchbestand der Familie zum Aufsaugen von innerhäuslichen Pfützen. Unsere Wäsche bekommen wir nur noch im Wind des Ventilators annähernd trocken. Wir hatten weder geahnt, mit welcher Geschwindigkeit die Wände schon nach dem leisesten Nieselregen von einem kunstvollen Aquarell dreckiger Rinnsale überzogen sein würden, noch dass unser Hausbesitzer – sturer als der europäische Esel und vietnamesisch zurückhaltend – eine Ausbesserung des Daches unter diesen Umständen eigentlich nicht für nötig erachten würde. Sind wir spießig? Schließlich regnet es in vielen Häusern auf die Einrichtung und ihre duldsamen Bewohner herab. Schließlich werden überall Innenwände feucht, sodass sich Schimmel über Beton und Fliesen zieht. Unsere Hauselfen rollen sogar des Nachts ihre Schlafmatten ein, wenn das Wasser wieder einmal durch die Wand drückt, und schlagen ihr Lager temporär im oberen Stock des Hauses auf. Die Tuchfühlung mit dem Wasser wird von vietnamesischer Seite immer wieder mit *khong sao* (»kein Problem«) abgetan; sobald die Sonne wieder brenne, trockne doch alles.

Aber irgendwie können wir nicht aus unserer mitteleuropäischen, doch eigentlich so anpassungsfähig geglaubten Haut heraus. Feinfühlig, doch bestimmt erhandeln wir uns in der Schnittmenge der Diskussionsführung zweier Kulturen ein neues Wellblechdach für die Haushälfte, die die Küche, das Wohn- und Gästezimmer sowie die beiden winzigen Bäder umfasst.

Und schwups, sitzen wir mitten in der Erfahrung eines weiteren Aspektes vietnamesischen Alltags: Am Morgen um 7 Uhr rückt die Kolonne der Bauarbeiter und Bauarbeiterinnen an. Erst am Vortag war die lang erhandelte Dacherneuerung mit dem Dachdeckermeister per Handschlag vereinbart worden, nachdem eine Zeichnung des gewünschten Winkels des neuen Daches auf der Rückseite einer Zigarettenschachtel abgesegnet worden war. Man schob Fahrräder und Motorräder in unseren Garten, und flugs hockten zehn Kletterkünstler auf dem Wellblech, hämmerten und klopften, immer mehr Licht fiel ins Innere des Hauses, und pünktlich zum Zeitpunkt der endgültigen »Entdachung« platschte ein heftiger tropischer Guss der einsetzenden Regenzeit auf uns hernieder. Unsere Habseligkeiten hatten wir zwar zuvor in Schlaf- und Arbeitszimmer in Sicherheit gebracht, aber dem frischen Anstrich an den Wänden konnten wir nur bestürzt hinterhertrauern. Mit dem Wasser kamen der Dreck und die Mücken, und in Windes-, vielmehr in Regeneile hatte sich diese Haushälfte in ein stromloses, feuchtes und insektenbelagertes Matschloch verwandelt.

Wir verweichlichten, ignorant ins Abenteuer aufgebrochenen Westler zogen zum Unverständnis unserer Nachbarn ins Hotel und stellten des Morgens besonders früh den Wecker, um noch vor den Handwerkern am Gartentor zu stehen. So hofften wir, dass sie unser bourgeoises Kneifen nicht bemerkten und dass der Eindruck entstünde, wir wären gerade erst in unserer Kneipp'schen Wasservilla erwacht.

Ein Hoch auf diese Handwerker! Eine Woche später hatten die emsigen Dachdecker eine neue Wellblechkonstruktion geschaffen, die Wände in einer Geschwindigkeit neu überstrichen, die jeden Malermeister hätte erbleichen lassen, und sogar den Boden »entschlammt« und die Möbel zurückgerückt. Mit Entenfleisch, Schnecken, Reis und Bier auf dem Fußboden unserer kleinen Veranda verabschiedeten wir dieses emsige Handwerkervölkchen, und nun konnte sie kommen, die *mua mua*, die Regenzeit.

Mit dem Eintreffen des nassen Elementes erhielten wir einen weiteren Einblick in den unschlagbaren Erfindungsreichtum des vietnamesischen Volkes: die Kunst, sintflutartige Regenfälle und Verkehrsfluss unter einen Hut, will sagen unter einen Regenponcho zu bekommen.

Beobachten Sie mal! Kaum setzen die ersten Tropfen ein, so zaubert man die stets mitgeführten, knisternden Plastikumhänge hervor, welche die Bewohner der Stadt in hellblaue, gelbe, rosafarbene oder weiße Regenzwerge verwandeln.

Die Würze dieses Schauspiels liegt jedoch in der Kreativität des Teilens dieser Regenponchos. Modell eins: Der Fahrer ist Träger des Umhangs, der Beifahrer auf dem Rücksitz duckt sich unter den hinteren Teil des Plastikanhangs und gibt sich in gebeugter Haltung und ohne Sicht auf das Geschehen ganz dem Geprassel und der Verantwortung des Fahrenden hin. Auch Kinder erdulden überraschend gleichgültig das Verschwinden unter den Plastikschürzen ihrer Eltern und fahren im Halbdunkel und ohne Ausblick durch den tropischen Regen. Der Anzahl der Mitfahrer, die so ein seitlich aufgeschlitzter Regenponcho überdecken kann, sind keine Grenzen gesetzt: Ganze Familien sieht man unter einer Robe des Vaters durch die überfluteten Straßen kreuzen. Besagte Plastikcapes werden übrigens an jeder Straßenecke, an Bügeln baumelnd zum Verkauf angeboten. Nur sei der die Vietnamesen an Körpergröße und -fülle überragende Westler davor gewarnt, seine Arme zu enthusiastisch in dieses mit der heißen Nadel genähte Kleidungsstück zu stecken. So ein Poncho mag sicherlich wasserfest, jedoch – ich sage es aus eigener Erfahrung – nicht unbedingt reißfest sein.

Die zweite Variante beim Teilen von Regenschutz ist die des Schirmbalanceakts. Im Falle von mehreren Mitreisenden positioniert ein Mitfahrer vom Gepäckträger aus den Schirm über sich und wen oder was sich noch alles auf dem tropfnassen Gefährt befinden mag, sodass sich der Fahrer trockenen Kopfes ganz auf die Kunst des Regenfahrens konzentrieren kann. Auch wir reihen uns in diesen Wochen des Dauerregens in das Gewusel der »Beponchoten« ein, und schnell verschwimmen unser Papi und Carl mit Pu dem Bären auf der orangefarbenen Brust zu einem der Plastikpünktchen im pastellfarbenen Fluss des Verkehrs, der für diese Monate der Regenzeit so typisch ist.

Um jedoch vollends hineinzuassimilieren in dieses Bild der vermummten Wasserbezwinger, müssen wir unsere Beinmuskeln noch ein wenig trainieren. Denn wo es am Kopfende heißt: Visier runter, Kappe in die Stirn oder Plastikmütze darüber, so heißt es am Fußende: Knie anwinkeln und hoch das Bein. Denn: Wie von oben, so von unten – mit dem Unterschied, dass es von oben regelmäßiger herunterpladdert, als es aus überschwemmten Schlammstraßen zurückspritzt. Schnell füllen sich Schlaglöcher und Unebenheiten der Gassen mit bräunlicher Brühe. Auf diesen Pfützen schwimmt ziemlich alles, was der unzivilisierte Homo sapiens am Straßenrand deponiert: Kokosnussschalen, Plastikverpackungen, Zigarettenpäckchen – aber auch die eine oder andere Ratte. Gelenkig ziehen Fahrer und Mitfahrer immer wieder die Unterschenkel in die Höhe und steuern mit jener so bewundernswerten, stoischen vietnamesischen Ruhe durch undurchsichtige Wasserlachen. Derartige feuchte Hindernisse antizipierend, reisen vor allem die Frauen der Schöpfung in der Regenzeit unter ihrem Plastikumhang mit hochgekrempelten Hosenbeinen. Die Glücklichen unter ihnen setzen den feuchten Hürdenlauf am trockeneren Ende des Parcours fort, während andere so viel Wasser in den Auspuff bekommen, dass ihr Gefährt sie zum Absteigen zwingt. Dank langjähriger Erfahrung wird es in der Regel schnell wieder in Gang gebracht.

Im Innern der Häuser gibt es kein Regen-Gegenmittel wie Parcoursfahren oder Anziehen der Unterschenkel. Hier vereinnahmt die Regenzeit erbarmungslos alles, was sich ihr in den Weg stellt, sodass uns lediglich das fassungslose Zuschauen bleibt. Denn mit der Nässe kommt besagter Schimmel. Meine vagen europäischen Vorstellungen darüber, welche Materialien »beschimmelbar« seien, wurden in nur wenigen Wochen restlos auf den Kopf gestellt. Nicht nur über unsere Wände zieht sich nach langen Wochen des Dauerregens ein Muster aus grünlich-blauen Schimmelblüten: Gerade heute haben wir bei Carls Stofftieren Schimmelbefall diagnostiziert. Auch mein cremefarbener Hut mit der breiten Krempe ist dem Schimmel verfallen, ebenso unsere

Sets auf dem Esstisch, unsere Gartenstühle (obwohl im Haus aufbewahrt) und der Vogelkäfig aus Bambus auf dem Klavier. Unsere Schuhe ziert eine weiße Pelzschicht, und Schubladen in Kommoden bekommen wir schlichtweg nicht mehr auf, da das Holz dermaßen gequollen ist, dass wir wohl ihren Inhalt erst in der Trockenzeit wieder in Augenschein nehmen können. Na, prost Neujahr, wenn das so weitergeht, mutiert auch unsere Haut bald zu einer grünlich-metamorphen Oberfläche.

Im Garten gehört es zur Regenzeitroutine, den Fischteich regelmäßig abzulassen, sonst treibt es die Goldfische über den Beckenrand. Mit starken Reisigbesen versuchen wir, das angestaute Wasser vor dem Gartentor über die Schwelle in die Gasse zu fegen.

Dieses Klima der langen Trocken- und kurzen Regenzeiten um den 15. Breitengrad nördlich des Äquators stellt nicht nur für uns Langnasen ein aufmerksam zu beobachtendes Kuriosum dar, sondern prägt natürlich die Einstellungen und Lebensformen einer Gesellschaft. So steht es zum Beispiel in der Macht des nassen Elementes, jegliche Form der Fortbewegung zum Stillstand zu bringen. Vietnamesen reagieren darauf mit einer bewundernswerten Gelassenheit. Normalerweise pflügen die Motorradfahrer ihre Gefährte mit einem für uns Greenhorns beeindruckenden Mut trotzig durch die Fluten. Doch sobald eine instinktiv erspürte Schallgrenze überschritten ist, kann ein Sturzbach vom Himmel eine ganze Stadt zur Kapitulation zwingen. Wie auf Knopfdruck stoppt der gesamte Verkehr. Alles und jeder sucht Schutz unter Brücken, Vordächern und Markisen, in Geschäften oder Marktbuden. Auch in den Häusern, die zum Abwehren der Wassermassen häufig höher liegen als die Straße, diktiert der Regen das Geschehen. Hier stoppt jegliche Konversation infolge des Geräuschpegels, den das Trommeln des Regens auf dem Blechdach verursacht. Telefonate, Fernseh- oder Musikgenuss werden durch höhere Macht unterbrochen.

Ob in oder außer Haus, es gab immer wieder Situationen, wo wir jenes Unterbrechen des Tagesablaufes als durchaus spannend und kontaktfördernd erlebten. So fand ich mich mit einer Anzahl von Müttern unter die bunt bemalte Markise vor dem Kindergarten gedrängt. Wir warteten plaudernd das Nachlassen des Wolkenbruchs ab, bis jede Frau ihren Dreikäsehoch wieder aufs Fahrrad oder Motorrad hievte und sich in den Verkehr hinauswagte.

In Saigon suchten wir bei einem einsetzenden Unwetter Schutz unter einem vorspringenden Dach eines niedrigen Hauses. Als sich dessen Tür öffnete, blickten wir in das Innere eines Tempels. Ein Mönch winkte uns freundlich herein, und ich werde die Stimmung nie vergessen, als wir im Lotossitz auf dem kühlen Fliesenboden in der hintersten Reihe der Gruppe betender Mönche Platz nahmen. Die Atmosphäre war angefüllt von dem melodiös-eintönigen Meditationsgesang der Mönche und dem Prasseln der schweren Regentropfen auf dem Dach.

So wie der Regen einhalten und häufig auch innehalten lässt, entscheidet das Thermometer über Zeitabschnitte der Beschäftigung bzw. der Nichtbeschäftigung im Tagesablauf. Was uns hierbei besonders berührt, ist der vietnamesische Tagesanfang vor dem eigentlichen Tagesbeginn. Noch vor Sonnenaufgang – aus mitteleuropäischer Sicht zu nachtschlafender Zeit – wuselt bereits eine ganze Nation. Auf dem Aerobiczeitplan des Sportklubs in der Nachbarschaft ist die erste Unterrichtsstunde um 5.15 Uhr am Morgen angesetzt. Billardtische sind in der frühen Dämmerung heißer umspielt als während der gesamten restlichen Zeit des Tages. Tischtennisbälle fliegen in den Morgenstunden zwischen gesundheitsbewussten jungen Männern und Frauen mittleren Alters hin und her. Mann und Frau joggen und dehnen ihre Körper. Doch die geballte Ladung des vietnamesischen Frühsportgedankens konzentriert sich auf den Strand und die Strandpromenade. Was verpassen wir ignoranten Siebenschläfer, während wir unsere müden Köpfe vor Sonnenaufgang weiter in die klimatisierten Kissen drücken!

Ich hatte meinen Wecker auf 5 Uhr gestellt und das Motorrad so leise wie möglich aus dem Haus in den noch dunklen Garten geschoben. Vor unserem Tor rollt gerade die uralte Oma aus dem niedrigen Eckhaus auf einem Cyclo die Gasse hinunter in Richtung Markt, und als ich den Riegel knirschend zur Seite schiebe, trabt unser Nachbar von gegenüber, ein Vogelliebhaber, in Sportkleidung aus seinem Innenhof heraus. Ich fahre die noch dunklen Straßen entlang in Richtung Meer. Im Innenhof von Carls Kindergarten wischt eine Frau im hellblauen Arbeitszweiteiler den Fußboden, und in den Suppenküchen arrangieren Frauen unter dem funzligen Licht einer einsamen Glühbirne Chili- und Sojasoße für die ersten Kunden. Nun wird es zunehmend geschäftiger: Aus allen Richtungen strömen die Massen der aufgehenden Sonne am Meer entgegen. Es scheint, die ganze Stadt ist auf den Beinen. Familien, Pärchen, Freundesgruppen, Großeltern mit ihren Enkeln, Cliquen von jungen Männern, Teenager auf Fahrrädern, alle bewegen sich wie von den Freuden eines Volksfestes angezogen in Shorts und T-Shirt zum Wasser. Doch es ist nicht ein orchestriertes Happening, das diesen Sog der Menschenmassen verursacht, sondern ein innerer Motor, der jeden Tag aufs Neue ein ganzes Volk in Bewegung versetzt.

Ich bin tief berührt von dieser Welt, die mir bisher hinter meinen westlichen, geschlossenen Augenlidern verborgen geblieben war. Das Meer ist im Grau der Dämmerung übersät von Pünktchen emsiger Schwimmer, der Strand wiederum dekoriert mit Häufchen an Kleidung und Schlappen; Fahrräder liegen im Sand. Junge Leute spielen Fußball und Volleyball. Auf dem Platz vor dem Kulturpalast spielen zwei Freunde in gekonnter Gleichmäßigkeit einen Federball hin und her, während sich eine Gruppe von Frauen um die fünfzig in weißen, luftigen Anzügen mit Fächern in den Händen zu Musik aus einem Kassettenrekorder bewegt. Zwanzig Meter weiter wiegen sich runzelige

Omas und Opas zu krächzenden Rhythmen aus einem Lautsprecher nach uralten asiatischen Kampfsportgesetzen. Einige benutzen Stöcke, andere Regenschirme als Hilfsmittel. Ist dies das vietnamesische Pendant zur westlichen Welt der Fitnesszentren mit all ihren Geräten und teuren Mitgliedsbeiträgen? Für jedermann zugänglich und in der frischen Luft des dämmrigen Morgens, wird Sport zum gesellschaftlichen Ereignis und zu einem festen Baustein im Tagesablauf. Der Park mit seinen Bänken und Bäumen ist ein Eldorado natürlicher Sportgeräte. Ich beobachte eine alte Frau, sicherlich in ihren Siebzigern, die rücklings auf einer Bank liegt und mit ihren Beinen in der Luft radelt. Auf der nächsten Parkbank beugt eine dünne, energetische Dame immer wieder ihren Oberkörper nach vorne auf die Knie. Ein Mann in seinen besten Jahren hat sein Bein an einen Baum gegrätscht und dehnt sich mit Blick zum Meer. Mir ist, als wäre das Tempo des Tages, das sonst unter der feucht-drückenden Hitze des Tages auf «slowmotion« heruntergedrosselt ist, in diesen frühen Morgenstunden einen Gang hochgeschaltet.

Bevor die Arbeit in den Büros um 7.30 Uhr beginnt, hat der durchschnittliche Vietnamese sein Sport- und Sozialpensum für den Tag bereits abgehakt und erscheint körperlich frisch und gestärkt bei der Arbeit. Wir hingegen blinzeln verwundert auf unsere Uhr neben dem Bett, als um 6 Uhr in der Früh das Telefon klingelt. Ein verzweifelter Lieferant von medizinischem Zubehör für Carstens Studie hofft, uns westliche Murmeltiere per Mobiltelefon aus dem Schlaf zu holen. Wir haben offenbar sein vergebliches Klopfen am Gartentor ins Unterbewusstsein verdrängt.

Als der Fahrer eines Möbeltransportes darum bittet, seine Lieferung um 2 Uhr in der Nacht bei uns ausladen zu können, stellt sich bei uns jedes Gefühl für akzeptierte Zeiten und Unzeiten auf den Kopf. Die Frühstückseinladung eines Arztehepaars zu unserer Lieblingsnudelsuppe am Samstagmorgen ist mit 8 Uhr schon reichlich spät angesetzt, und die Tische leeren sich bereits, als wir eintreffen. Aus dem zugigen

Innern des nüchtern eingerichteten Frühstückslokals blicken wir auf das Treiben in der nassen Gasse, das bereits zur zweiten oder dritten Etappe im Tagesablauf angesetzt hat, während wir mit mehreren Stunden Verzögerung gerade dabei sind, die erste in Angriff zu nehmen.

Bereits die Kinder wachsen in diesen Rhythmus des Frühaufstehens hinein. Die örtlichen Kindergärten nehmen oft schon ab 6.30 Uhr ihre kleinen Kunden auf, und zum »Elternabend«, besser »Elternmorgen«, erhielten wir eine Einladung für 6.45 Uhr an einem Sonntag!

Das Quantum, das die vietnamesischen Uhren in der Frühe zu eifrig ticken, scheinen sie in der Mittagszeit wieder auszugleichen. Dann fällt ein ganzes Land in eine selige Ruhe. Auf die sonst so quirligen Straßen der Stadt senkt sich eine gähnende Leere hernieder, als kämen die Zeiger der Uhr vollends zum Stehen. Die Arbeiter der Baustelle von nebenan haben sich nach ihrem Reis- und Fischsoßenmahl vor unserem Gartentor auf Bastmatten geringelt. Alle Gittertore links und rechts sind vor die Eingänge geschoben. Cyclofahrer schlafen in ihren Gefährten. In den Kindergärten dösen die Lehrerinnen neben ihren Schützlingen auf den kühlen Fliesen. In den Märkten schlummern Frauen in Hängematten, und die junge Verkäuferin in meinem Lieblingsstoffgeschäft hat ihren Kopf auf einen Ballen Stoff gebettet und gibt leichte Schnorchellaute von sich. Nie wieder werde ich den Fehler begehen, um 12.30 Uhr in den offenen Laden zu treten, um Seidenstoffe auszuwählen.

Mittlerweile ist unsere innere Uhr unter dem Einfluss der vietnamesischen Gestirne umgestellt, und auch wir krabbeln zum Mittagsschläfchen unter unser Mückennetz im Wind der Ventilatoren. Die den heißen Nachmittag prägende Trägheit lichtet sich erst wieder, wenn um 6 Uhr mit tropischer Regelmäßigkeit die Dunkelheit anbricht und die Temperaturen um zwei bis drei Grad sinken. Dann lebt man wieder in den Gassen, dann haben die Garküchen Hochkonjunktur, dann ist die Luft angefüllt vom Geschwätz der Nachbarn, vom Geknatter der unzähligen Motorräder, die in abendlicher Mission unterwegs sind, vom Klirren der aneinanderstoßenden Biergläser, vom Lärmen der Kinder beim Murmelspiel oder Schlappenfußball.

Leider scheint die fröhliche Geschäftigkeit auch auf die Spezies der Mücken abzufärben. Ihr Aktivitätspotenzial steigt ebenfalls mit Einbruch der Dunkelheit an und macht einem Plausch vor dem Gartentor schnell den juckenden Garaus. Vielfach suchen unsere Nachbarn und Freunde daher wiederum das Meer auf, um in der kühlen und stechfreien Brise mit ihren Kindern Drachen steigen zu lassen. Man fährt im Vergnügungspark Karussell oder flaniert Popcorn naschend unter den Palmen der Strandpromenade entlang. In den Straßen drängen sich mehr Motorräder als während des Tages. Junge Leute mit Gel in den Haaren und hochhackigen Schlappen zum Minirock kreuzen den in orangefarbenes Licht getauchten *Tran Phu Boulevard* hinauf und herunter. Grauhaarige Omis pulen Erdnüsse auf einer steinernen Parkbank, und Liebespärchen genießen den privaten Mantel der Dunkelheit für zweisame Momente. Anders aber als in mediterranen Ländern senkt sich bereits gegen 22 Uhr erneut eine unglaublich friedliche, nur vom Zirpen der Grillen oder vom Quaken der Frösche unterbrochene Stille auf die Stadt. Als hätten unsichtbare Fäden wie auf einen Gongschlag jeden einzelnen Abendausflügler auf seine Schlafmatte zurückgezogen, sind die Plätze und Straßen wie leer gefegt. Eine tropischfeuchte Ruhe spendet Kraft und Energie für einen neuen, frühen und vom Thermometer diktierten Tagesbeginn am nächsten Morgen.

Fakten, Infos, Ergänzungen, Fakten, Infos, Ergänzungen

Bringt Klimawandel das regelmäßige Ticken der vietnamesischen Uhren durcheinander?

Das Wetter spinnt! Ist das vielleicht der Grund dafür, dass niemand mehr mit Genauigkeit sagen kann, wann die Regenzeit nun eigentlich beginnt und wie lange sie dauern wird? Früher war das anders, erzählen uns unsere vietnamesischen Freunde. Letztes Jahr hat es fast gar nicht geregnet, sodass die Pflanzen auf den Feldern verdorrten. In diesem Jahr bestaunen die Alten eine noch nie erlebte Dauerflut. Die Regelmäßigkeit, mit der klimatische Uhren die Vietnamesen durch Tages- und Jahresverläufe lotsten, ist im Wanken begriffen. Und dieser Wandel zieht den Menschen nicht nur den Boden der geliebten Gewohnheit unter den Füßen fort, sondern reißt ihnen die Dächer von ihren Häusern und dezimiert ihre Nahrungsquellen. Ja, Diskussionen um den Klimawandel haben während der vergangenen Jahre auch in den Sitzungssälen der Regierung in Vietnam Einzug gehalten. Wissenschaftler entwerfen Zukunftsmodelle, und internationale Hilfsorganisationen stellen ihre Expertise zur Verfügung, um dem bedrohlichen Monster Einhalt zu gebieten.

Der mit der Klimaerwärmung einhergehende Anstieg des Meeresspiegels stellt für Vietnam die Bedrohung Nummer eins dar. In dem lang gestreckten Land mit über 3000 Kilometern Küstenlinie leben mehr als die Hälfte der Menschen in niedrig gelegenen Delta-Regionen. Nahe der Küste liegen Vietnams landwirtschaftlich genutzte Gebiete, die Transportinfrastruktur sowie die Industrieanlagen, die alle von einem Anstieg des Meeresspiegels betroffen wären.

Weiterhin befürchten Experten, dass der Klimawandel eine Gefahr für den Agrarsektor im Land mit sich bringt. 80 Prozent der Bevölkerung Vietnams leben auf dem Land. Die fruchtbarsten Reiskammern des Landes befinden sich im tief liegenden südlichen Mekong-Delta und im nördlichen Delta des Roten Flusses, und Reisexport stellt einen der wichtigsten Säulen der vietnamesischen Wirtschaft dar. Ein Anstieg des Meeresspiegels würde salziges Wasser in die Frischwasserreservoire drücken. Extreme Trockenheiten, wie sie bereits in vergangenen Jahren aufgetreten sind, beeinträchtigen die regelmäßige Bewässerung, die zum Reisanbau unerlässlich ist. Experten warnen vor einer Reduzierung der Ernteerträge, einer Ausbreitung von Schädlingen und der Beeinträchtigung der Bodenfruchtbarkeit.
Bei einer ständig anwachsenden, sehr jungen Bevölkerung Vietnams hätten reduzierte Reiserträge dramatische Folgen, da eine ausreichende Ernährung der Menschen nicht mehr gesichert wäre. Vergleichende Statistik für die Bundesrepublik Deutschland (D) und Vietnam (V): Bei ähnlicher Einwohnerzahl (D: 82 Mio.; V: 84 Mio.) verbucht D eine negative Bevölkerungsentwicklung von – 0,02 Prozent, V aber ein Wachstum von + 1,02 Prozent pro Jahr. Der Anteil der Bevölkerung bis 14 Jahren liegt in D bei 14 Prozent, in V bei 23 Prozent.
Außerdem hat Vietnam mit extremen Wetterlagen als Konsequenz des Klimawandels zu kämpfen. Temperatur- sowie Niederschlagsschwankungen beeinflussen das tropische, monsungeprägte Klima. In den nördlichen Ebenen des Deltas des Roten Flusses und in den Küstenregionen Zentralvietnams sind diese Schwankungen am stärksten ausgeprägt, und schon heute werden diese Regionen von Stürmen, Überflutungen und Kälteeinbrüchen heimgesucht. Computermodelle prophezeien eine Verstärkung der Wetterphä-

nomene durch die Klimaerwärmung. Im Oktober 2006 hat der Taifun Xangsane in Zentralvietnam 18 000 Häuser zerstört und Hunderttausende obdachlos gemacht. In einer Welt ohne Hausrat-, Gebäude- und Krankenversicherung treffen die Auswirkungen der Extremwetterlagen die Menschen besonders hart.
Die Liste weiterer Konsequenzen einer Klimaerwärmung ist lang. Die Sorge vor Korallensterben, Ausbreitung von Krankheiten oder einem Rückgang der Fischbestände hat die Menschen aufgeschreckt. Wollen wir hoffen, dass drastische Maßnahmen zum Klimaschutz die Zeiger der Klima-Uhren wieder in Gleichklang bringen und dass das Ticken nicht angesichts der wachsenden Wirtschaft und Bevölkerung ganz aus dem Rhythmus gerät.

Leben mit vietnamesischen »Hauselfen« – 365 Tage im Jahr auf interkultureller Tuchfühlung

Kapitel 3

Leben mit vietnamesischen »Hauselfen« –

365 Tage im Jahr auf interkultureller Tuchfühlung

In Vietnam sollte ich eine Haushaltshilfe und eine Kinderfrau zur Seite bekommen. Welch kolonialistisch anmutende, doch zugegebenermaßen verlockende Idee, die ich vor unserem Aufbruch ins fernöstliche Abenteuer leicht beschämt im Freundeskreis verkündete. Ganz klar war mir nicht, was oder wer da auf uns zukommen würde. Ein Leben als Ausländerin in Vietnam ohne Hausangestellte – so war es zu uns nach Europa vorgedrungen – wäre annähernd undenkbar. Doch war ich nicht bisher als unabhängige Frau auch ganz gut ohne fremde Hilfe ausgekommen? Außerdem scheute ich mich insgeheim vor der Beschneidung unserer Privatsphäre, vor fremden Einflüssen auf die Erziehung unserer Kinder und überhaupt vor der Rolle der »Hausherrin« in meinen eigenen vier Wänden.

Heute haben wir vier Hausangestellte und sind zu einer großfamilienähnlichen Symbiose verschmolzen. Die Perspektiven haben sich verändert. Ein Leben ohne Hauselfen in Vietnam stößt an die Grenzen meines Vorstellungsvermögens. Der Weg dieses Sinneswandels war abwechslungsreich, und so manches Hindernis, so manche Kurven und Sackgassen bildeten rückblickend die entscheidenden Schlüssel zu Fenstern hinein in das kulturelle Abenteuer zwischenmenschlicher Erfahrungen.

Hauselfe Nummer eins, Frau Ngoc, zog quasi zeitgleich mit uns in das Haus in der Gasse des Mekongduftes ein. Sie war uns schon vor unserer Übersiedelung nach Vietnam von in *Nha Trang* lebenden Ausländern empfohlen worden und stand tatkräftig vor dem Gartentor, als wir zu viert mit besagten zwei Koffern, unserer Reisetasche, einem dem Bersten nahen Tramperrucksack, Kinderwagen und Reisebett unser neues Heim bezogen.

Wie verhalte ich mich in unserem neuen kulturellen Umfeld Frau Ngoc gegenüber? Mit welchen Aufgaben mag ich sie überfordern? Ob sie sich bei uns wohlfühlen wird? – Allen meinen Bedenken stellte die patente 42-jährige Frau eine ganz pragmatische Sicht der Dinge gegenüber. Mit 500 000 Dong (ca. 25 Euro) in der Tasche zog sie los, um die Neuankömmlinge mit den Dingen, die sie für einen Anfang in einem leeren Haus als essenziell erachtete, zu versorgen: Stäbchen, Reisschüsselchen, Spülmittel und einem Mopp für den Fußboden, Kochtopf, Mörser aus Holz, Reis, Gemüse und Fleisch – und einer Dose Cola für unseren Ältesten, denn dies würde die Ausländer sicherlich glücklich machen.

Frau Ngocs wichtigste Aufgabe in diesen ersten Monaten in Vietnam wurde schnell die des »Jagens und Sammelns«. Wäre sie nicht tagtäglich mit Plastiktüten voller Mangos, Krabben, riesiger Melonen, Tomaten oder Fischen am Motorradlenker in unseren Garten eingebogen, hätten wir wahrscheinlich tagaus, tagein Baguette vom nahegelegenen Brotstand gemümmelt. Naiv hatte ich angenommen, mein mir in Fleisch und Blut übergegangenes Einkaufsverhalten flugs von Supermarkt-Trolley-Schieben auf Markt-Bastkorb-Tragen umzustellen. Schnell scheiterte ich jedoch an Hindernissen praktischer Natur: Wie sollte ich zum Beispiel in der tropischen Hitze, ohne die Kunst des Überlebens im vietnamesischen Motorradgewusel zu beherrschen, den 1,5 Kilometer entfernten Markt erreichen? Wo im Westen mein rostiger, doch heiß geliebter Golf vor der Türe stand, parkte unter unserem tropischen Apfelbaum unser Familienmotorrad, mit dem ich erst peu à peu auf freundschaftliche Tuchfühlung ging. Und wo sollte ich die Kinder während des Einkaufs lassen?

Schnell hatte ich gelernt: Schwülheiße, enge, glitschige Marktgänge voll eigentümlicher Gerüche sowie Kinder befühlende Marktfrauenhände und kleine westliche Steppkes sind nicht kompatibel! Auch vietnamesische Dreikäsehochs haben in der Welt des Marktes mit ihren eigenen Gesetzmäßigkeiten nichts verloren. Im Gegensatz zu uns verfügen die Einheimischen allerdings über den Luxus einer devoten Großmutter oder Tante im Nebenhaus, welche die Enkelin Thu oder den Neffen Minh »bespielen«, während die Mami Fleischberge auf ihre Frische hin befühlt oder am Gewicht der Pomelo deren Saftigkeit abschätzt.

Meiner Vorfreude auf exotische Berge von Papayas, Drachen- oder Sternfrüchten wurde schnell der Dämpfer der Realität aufgesetzt. Nun ging es nicht mehr darum, als Touristin diesen bunt schillernden Markt mit der Kamera für den heimischen Diavortrag festzuhalten, sondern aus dieser so fremden Welt der Geschmäcker und visuellen Eindrücke unsere tägliche Nahrung zu beziehen. Weder war ich den Gepflogenheiten des Handelns zwischen Markt- und Hausfrau kundig, noch hätte ich die Hälfte der feilgebotenen Ware auch nur mit irgendeinem mir vertrauten deutschen Wort benennen können, geschweige denn erraten, wie man diese Nahrungsmittel zubereiten sollte. Weder an den Füßen zusammengebundene, zuckende Frösche noch sauer eingelegter Bambus oder getrocknetes Reispapier passten auf irgendeine Seite meiner mentalen Rezeptsammlung aus der Heimat. Und noch hatte ich niemanden gefunden, der mich bei diesem Schritt in die neue kulinarische Welt schwesterlich an die Hand genommen hätte. Also überließ ich es vollends dem Ermessen und der Erfahrung von Frau Ngoc, wie sie für uns jagen und sammeln würde – auch auf die Gefahr hin, durch die Offenbarung dieser Schwäche schon in den ersten Tagen unserer Bekanntschaft auf der Skala der Achtung nach unten zu gleiten.

So wie ich ihr in der Nahrungsbeschaffung freie Hand lassen musste, so hilflos überließ ich ihr auch das Feld des Putzens. Während ich in heimatlichen Gefilden souverän den Staubsauger geschwungen hatte, mussten nun Hühnerfederwedel her: Von deren Existenz hatte ich bisher nichts geahnt; ihre Qualität wusste ich beim Einkauf nicht einzuschätzen, konnte auch ihren Preis nicht verhandeln; ihre Handhabung stellte ich mir zwar vage vor, doch im vietnamesischen Sinne würde ich die Putzerei mit dem Wedel nur unbeholfen in die Praxis umsetzen. Das Einzige, was ich wohl zustande gebracht hätte, wäre das Buchstabieren dieses Hygiene-Instrumentes gewesen.

Teppiche haben in einem vietnamesischen Haus nichts verloren, lernte ich schnell, denn sie behindern das tägliche Wischen der Fliesenböden. Fußmatten vor jeder Zimmertüre hingegen sind ein Muss und praktisch zum Abstreifen ewig nasser Füße, die man sich in Badezimmern ohne Duschkabinen holt. In einem durchschnittlichen vietnamesischen Badezimmer kommt die Dusche an einem Schlauch direkt aus der Wand, und infolge der morgendlichen, mittäglichen und abendlichen Reinigungs- und Abkühlungsduschen aller Haushaltsmitglieder schwimmt der Boden der kleinen Nasszelle eigentlich immer. Der Toilettenbesuch oder das Händewaschen trockenen Fußes wird damit zur verklärten Erinnerung an europäischen Luxus. Derartige vietnamesische Haushaltsherausforderungen verlangten nach einem vietnamesischen Putzritual, dessen Details und feineren Schliffe für mich eine Welt mit sieben Siegeln darstellten.

Ich muss zugeben, dass dieser Zustand der Hilflosigkeit sehr an meinem Ego zu kratzen begann. Wo ich mich in der Heimat durchaus für häuslich halte, der Kreativität des Kochens immer schon etwas abgewinnen konnte und auch ein gepflegtes Lebensumfeld sehr wohl zu schaffen verstand, schien ich in den Augen unserer ersten Hauselfe in den zwei Hauptzuständigkeitsbereichen einer jeden tüchtigen Frau vollends zu versagen. Ich schien weder meine Familie zureichend mit Essen versorgen zu können, noch in der Lage zu sein, ein Heim sauber zu halten. Dass jede Nuance eines häuslichen Lebens im Westen völlig anders aussehen könnte, überstieg die Vorstellungskraft dieser tatkräftigen, doch nie über die Grenzen ihrer Heimatprovinz hinausgereisten Frau. Und so manches Mal habe ich mich gefragt, ob sie mich im Stillen als völlig unfähig oder unermesslich faul einzuschätzen pflegte.

Nach und nach jedoch ließen Erkenntnisse wie »Ihr rührt mit dem Kochlöffel, wir kochen mit Stäbchen«, »Ihr backt im Ofen, so ein Instrument kennen wir in unserer vietnamesischen Küche nicht«, »Ihr kauft für mehrere Tage im Voraus ein, wir haben keinen Kühlschrank zu Hause«, den Graben zwischen unseren Hausfrauenwelten schmaler werden. Als ein aus Saigon importierter Ofen unter Staunen der Nachbarn in der Küche Einzug hielt und ich begann, Auflaufgerichte und Kuchen zu kredenzen, revidierte Frau Ngoc Stück für Stück ihr erstes, harsches Urteil gegen mich Marsfrauchen aus dem Westen. Und es waren letztendlich diese Gesten, diese Art der stillen Kommunikation, die Verständnis förderten und uns einander näher brachten. Denn gerade im Bereich des Miteinandersprechens liegen Welten zwischen den Herangehensweisen unserer beider Kulturen, die unserer Küchenharmonie nicht immer förderlich waren. So lieferte Frau Ngoc zum Beispiel in den ersten Wochen ihres Wirkens den bereits fertig gekochten Reis für unser Mittagessen in einem metallenen Töpfchen aus ihrer eigenen Küche an. Lange standen wir »auf der Leitung«, bevor uns der Wink mit dem Lattenzaun klar wurde: Es wäre doch sinnvoll, wenn sich diese westliche Familie mit ihren seltsamen Prioritäten endlich das Herzstück einer jeden modernen vietnamesischen Küche, nämlich einen Reiskocher, zulegen würde.

Ebenso in den Bereich der leisen Kommunikation fiel die Rekrutierung unserer zweiten Hauselfe, wobei die Formulierung »Konfrontation mit vollendeten Tatsachen« eher den Sachverhalt beschreibt als der Begriff »Rekrutierung«. Eines Morgens traf Frau Ngoc mit weiblicher Begleitung ein, die schüchtern hinter unseren Rücken am Frühstückstisch vorbeihuschte und zur Abwaschschüssel griff. Wo im

Westen sicherlich ein »Bitte, wer ist denn diese junge Frau?« angebracht gewesen wäre, verhielten wir uns bereits äußerst vietnamesisch und warteten ab. So kamen wir also zu unserer zweiten Hauselfe, denn von diesem Tag an arbeitete Frau Ngoc im Team mit ihrer Tochter, als welche sich die Neunzehnjährige herausstellte. Während die Mutter kochte, übernahm das zierliche, zurückhaltende Mädchen das Putzen, und es dauerte mehrere Tage, bis wir den Namen unseres Familienzuwachses erfuhren.

Zusätzlich zu ihren Jäger-, Sammler-, Koch- und Putzqualifikationen lernten wir bald auch Frau Ngocs Souveränität und Lebensweisheit in vietnamesischen Alltagssituationen schätzen. Sie wusste, wo Bügelbrett oder Mottenkugeln, Insektenspray oder ein Metallständer zum Wäschetrocknen zu erstehen waren, und vor allem kannte sie die landesüblichen Preise. Sie beeindruckte uns durch ihr routiniertes Verhalten dem einschüchternd und roh dreinblickenden Polizisten, Herrn Kha, gegenüber, der uns in regelmäßigen Abständen unangekündigte Freundschaftsbesuche abstattete.

»Nur kein Bier und auf keinen Fall Zigaretten anbieten«, raunte sie uns zu, als wir der grün uniformierten Obrigkeit völlig unerfahren und verunsichert gegenüberstanden. »Sonst kommt er häufiger!«

Das leuchtete ein. Wir servierten Wasser oder kalten grünen Tee.

Auch Frau Ngocs Englischkenntnisse, die sie sich während ihrer Tätigkeit als Schmuckverkäuferin am Meer angeeignet hatte, halfen in der Verhandlung mit Handwerkern so mancher Reparatur und manchem Bauprojekt auf die Sprünge. Die erfahrene Mutter von sechs Kindern beriet uns, wenn Trinkgeld in welcher Höhe in die Brusttasche des Klempners wandern sollte und wenn wir in Gefahr waren, über den Tisch westlicher Unwissenheit gezogen zu werden.

Hauselfen drei und vier kamen im Doppelpack und ließen uns einen interessanten, wenn auch zweifelhaft überraschenden Einblick in … – nun, provokativ formuliert –, in die rassistischen Seiten der vietnamesischen Gesellschaft erhaschen. Der Anstellung einer wundervollen Kinderfrau für unseren Jüngsten stand im Wege, dass sie um ihre Reputation fürchtete, sollte sie alleine bei uns Ausländern arbeiten. Brustbehaarte, tätowierte und wenig bekleidete Urlauber in Backpacker-Kneipen oder auf der Strandpromenade prägen immer noch für viele Vietnamesen das Bild von uns Westlern. Sicherlich mag auch die lange Abschottung des Landes von der Außenwelt für die Berührungsängste mit uns Langnasen verantwortlich sein. Doch mutete es seltsam an, dass ein Mensch den Kontakt mit uns scheute, aus Sorge vor schlechten Einflüssen, vor dem Gerede der Nachbarn und vor allem aus einer tiefen, undefinierbaren Angst vor dem Fremden. Warum wir nicht den Ehemann der Dame mit anstellten?, lautete der praktische Vorschlag der Vermittlerin (Personal in Vietnam findet man häufig über Empfehlungen und persönliche Kontakte). Was für eine Vorstellung! So sollten wir als vierköpfige Familie vier dienstbare Geister an uns binden, für die wir als Arbeitgeber verantwortlich sein würden und deren Familien von unseren Löhnen abhingen! (Umgerechnet 70 Euro im Monat galt 2006 als guter, von Westlern gezahlter Lohn für die Arbeit von Hauselfen in einer mittelgroßen Stadt wie *Nha Trang*. Unsere vietnamesischen Nachbarn bezahlten für ihre Haushaltshilfe, allerdings mit Kost und Logis, umgerechnet 20 Euro im Monat.) Hineingezogen in diesen Strom der Geschehnisse, willigten wir also ein und hatten von diesem Tag an neben der Nanny noch einen Gärtner, Chauffeur, Handwerker und einfach eine wunderbare Hilfe für alle praktischen Problemstellungen, die so ein Leben in den Tropen mit sich bringt.

Immer wieder fanden wir uns vor allem Freunden und der Familie zu Hause, aber auch uns selbst gegenüber in einem gewissen Rechtfertigungszwang: War dieses Aufgebot an Hauselfen wirklich nötig? Ein Hauptaspekt für die Existenz von Hausangestellten in diesem Teil der Welt ist sicherlich, dass der Alltag noch viel arbeitsintensiver ist als in unseren Breiten, wo Geräte aller Art dem Hausmann und der Hausfrau die Aufgaben erleichtern. Allein der Garten muss auf dieser Seite der Weltkugel zweimal täglich gewässert und gefegt werden, wobei mich vor allem die Notwendigkeit für Letztere nach wie vor ehrfürchtig in Erstaunen versetzt. Bäume und Büsche produzieren jeden Tag eine unfassliche Menge an Biomasse. Früchte, Blätter und Blüten bedecken den Weg, Ameisen machen sofort ihren Anspruch geltend, überall bewegt es sich, atmet es, dampfen die Steine nach einem Regenguss in der Sonnenglut, hüpft ein Frosch, ruft ein Vogel, fällt ein Blatt, verfault eine Blüte in einer Pfütze. Nie scheint dieser unaufhörliche Zyklus, dieses konstante Wachsen und Verwesen, zur Ruhe zu kommen, und zum ersten Mal empfinde ich Fruchtbarkeit als erdrückendes Geschenk: Werden gleichzeitig vom Baum fallende Blüten, Früchte und Blätter nicht sorgsam aufgekehrt, so bildet sich schnell eine verrottende Masse schlierigen Komposts, die vor allem für Kakerlaken und Ameisen ein Eldorado darstellt.

Dann gilt es, den Fischteich regelmäßig zu reinigen, denn das Klima begünstigt Algenbildung und trübt in wenigen Wochen den fünf Goldfischen die Sicht. Dachsäuberungen gehören zur Routine, da Blätter in der Dachrinne das Regenwasser am Ablaufen hindern. Staut sich zu viel Wasser an, drückt es durch die Wand ins Wohnzimmer. Büsche und Bäume wachsen hier ständig mit derselben Geschwindigkeit wie während eines deutschen Dauersommers und müssen kontinuierlich im Zaum gehalten werden. Zusätzlich sind wir immer wieder über die anfallenden spontanen Aufgaben unserer ersten männlichen Hauselfe überrascht, ohne dessen Hilfe wir uns ein reibungsloses Funktionieren unseres kleinen Domizils kaum noch vorstellen könnten.

Es ist 5 Uhr morgens, und im Bad ist eine Leitung geplatzt. Im Wohnzimmer stehen bereits die Möbel im Wasser, und während Carsten, spärlich bekleidet, in dem winzigen Raum mit dem aus dem Schlauch herausschießenden Wasserstrahl kämpft, tippe ich die Nummer unseres Retters ins Telefon. Herr Ngia weiß, wo das Wasser abgestellt wird (den mit Erde zugedeckten Haupthahn im Garten hätten wir nie gefunden) und wo es Ersatzteile zu kaufen gibt. Auch kann er Handwerker besorgen, wenn es darum geht, Mückenfenster nach Maß anzufertigen. Er beaufsichtigt die Dachdecker und schaut, dass die Arbeiten alle korrekt und sauber durchgeführt werden. Vor der Zeit, als ich mich mutig aufs Motorrad wage, fährt er mich zum Kindergarten, um Carl dorthin zu bringen und wieder abzuholen, zum Einkaufen und ans Meer. Er weiß Neonleuchten auszuwechseln, Klimaanlagen zu reinigen oder den Schwimmer des Wasserauffangbeckens auf dem Dach neu zu justieren. Sicherlich aus den Notzeiten heraus geboren, sind die Vietnamesen ein kreatives Volk des Do-it-yourself, und ich frage mich, wie wir so manch handwerklich-häusliches Desaster ohne den tatkräftigen Ideenreichtum unseres Herrn Ngia bewältigt hätten.

Weiterhin gehört die »Fußarbeit« zum Jobprofil einer vietnamesischen Hauselfe. Ständig läuft jemand ans Gartentor, weil Wasser angeliefert oder eine neue Gasflasche für den Herd in der Küche hereingetragen wird. Der Müll muss täglich vors Tor; Elektrizitäts-, Wasser-, Telefon- und Abfallgebühren werden beglichen, indem man das Geld durch die Gitterstäbe zu den offiziellen Einsammlern hindurchreicht. Die Milchfrau gießt jeden Tag zwei Liter Milch aus ehemaligen Wasserflaschen in einen Topf, oder der Blockwart betätigt mit einer Ermahnung die Klingel, wir mögen doch zum Nationalfeiertag unsere Vietnamflagge hissen.

Nun sind Hauselfen aber keineswegs ein Phänomen, das auf ausländische Haushalte beschränkt ist. Ganz im Gegenteil, in vielen Häusern unserer vietnamesischen Nachbarschaft beobachten wir, wie Hausangestellte fegen und Wäsche waschen, Berge an Gemüse vom Markt heimschleppen oder den kleinen Rackern der Familie mit Reisschüsselchen hinterherlaufen, um sie zu füttern. Nur sind diese Elfen in der Regel jüngere, noch unverheiratete Frauen, die in der Familie wohnen und außer Verpflegung und Kleidung nur ein geringes Entgelt für all ihre vielen Dienste erhalten. Auch unsere Hauselfen gehören nun, obwohl sie am Abend nach Hause fahren, fest zu unserem Familienkreis. Wir sind uns nahegekommen. Wir verbringen ja schließlich den gesamten Tag miteinander. Wir lernen Vorlieben und Schwächen des anderen kennen, teilen Feste und traurige Nachrichten, und die Küche käme mir leer vor, säßen da nicht Kinderfrau und Haushaltshilfe (samt deren Familien!) lachend auf dem Fußboden und streckten mir eine in Fischsoße mit Chili getunkte Schnecke entgegen. Man philosophiert über die Wehwehchen des anderen, diskutiert über die Nachbarn und die Kinder, und es ist eine neue Erfahrung für mich, zu erleben, wie unvoreingenommen und erfrischend offen unsere Hauselfen überall ein Wörtchen mitreden. Es beschäftigt sie zum Beispiel noch lange, warum wir unser Haus in einem schlichten Weiß anstreichen lassen, anstelle ein zartes Mintgrün oder seltsam chemisch ausschauendes Türkisblau für die Wände in Schlaf- und Arbeitszimmer zu wählen. Offen lachen sie über Carstens moderne Kunst, ein für unseren Geschmack spannender Versuch der Farbkomposition von Ölfarbe auf Leinwand. Sie sähen sicherlich lieber eine illuminierte chinesische, von rosa Blüten umrahmte Berglandschaft im Zentrum unseres Wohnzimmers hängen. Sie staunen offen über unsere Weihnachtsdekoration, und wir bewundern im Gegenzug ihren Hausschmuck zum vietnamesischen Neujahrsfest.

Die Nähe, vor der ich mich zu Beginn unserer Hauselfen-Erfahrung gescheut hatte, mag ich nun nicht mehr missen. Ich habe mich daran gewöhnt, dass die Türe zum Schlafzimmer aufgeht und unsere Haushaltshilfe mit ihrer Tochter vor meinem Bett auftaucht, um sich zu erkundigen, was meine Bauchschmerzen machen. Und es käme mir seltsam vor, aus der Stadt zurückzukehren und die Haustüre nicht einladend offen vorzufinden. Ich werde sie schwer vermissen, unsere Hauselfen, und bin ihnen dankbar für ihr Maß an Toleranz – denn auch sie sind sicher so manches Mal über das außerirdische Verhalten dieser ausländischen Familie gestolpert. Sie mögen es als unzumutbar empfunden haben, dass ich sie bat, das Fenster über dem Herd zu putzen, denn über die Kochstelle klettert eine abergläubische vietnamesische Frau nicht hinauf. Auch die Anschaffung von neuen Gardinen haben sie als völlig überflüssig und verschwenderisch verurteilt – wo doch die hauchdünnen, mit einer Borte eingefassten Vorhänge in Türkis so hübsch waren! Und wie merkwürdig, dass wir Eltern unser Bett nicht mit unseren Kindern teilten! Aber wir haben uns über die Monate in eine fröhliche Symbiose vietnamesisch-deutscher Gepflogenheiten hineinarrangiert, die uns alle auch über unseren Aufenthalt im Land hinaus prägen und bereichern wird.

Fakten, Infos, Ergänzungen, Fakten, Infos, Ergänzungen

Auszug aus Three Years in Vietnam (1907–1910) von Gabrielle M. Vassal [2] – Erfahrungen einer Engländerin mit vietnamesischem Hauspersonal vor 100 Jahren

Gabrielle Vassal lebte von 1907 bis 1910 an der Seite ihres Mannes, eines französischen Mediziners, in ***Nha Trang.*** In Tagebuchform berichtete sie über die faszinierenden Herausforderungen des Lebens eines europäischen Ehepaares im Indochina des angehenden 20. Jahrhunderts. Zum Thema Hauspersonal, insbesondere Köche, gibt sie folgende Episoden zum Besten:

»Eines Tages schüttete mir eine aufgebrachte Nachbarin ihr Herz aus. Während sie und ihr Mann fort gewesen waren, wären all ihre Tauben, die sie als Haustiere hielten, verschwunden. Von 22 bei ihrer Abfahrt hätten sie nur noch 3 bei ihrer Rückkehr vorgefunden. Während sie sprach, erinnerte ich mich, dass Taube in letzter Zeit des Öfteren auf unserem Speiseplan gestanden hatte, und mit einem schlechten Gewissen reimte ich mir das Schicksal der Tierchen zusammen. In einem anderen Gespräch mit derselben Nachbarin kamen wir auf das Essen vom Vorabend zu sprechen und stellten erstaunt fest, dass beide Haushalte genau dasselbe gegessen hatten. Nachdem wir auch die Rezepte der vorausgehenden Abendessen verglichen hatten, wurde uns klar, dass unsere Köche

---

2 Vassal, Gabrielle, M.; Three Years in Vietnam (1907–1910). Medicine, Chams and Tribesmen in Nhatrang and Surroundings. Neuauflage 1998; White Lotus Press, Bangkok. [Ich habe die wiedergegebenen Abschnitte hier ins Deutsche übersetzt. (S. F.)]

sich abgesprochen hatten. Jeweils einer hatte für beide Haushalte gekocht, während der andere einen freien Tag genoss.« (S. 47 f.)

»Als ich in die Küche kam, überraschte ich meinen Koch beim Fleischklößchenformen, indem er den Teig mit seinen Händen auf seinem nackten Bauch herauf und herunterrollte. Obwohl er mich sah, führte er seine Tätigkeit mit großer Seelenruhe fort. Von diesem Moment an waren Fleischklößchen von unserem Speiseplan gestrichen. Mir war der Appetit für mehrere Tage vergangen, denn meine Gedanken kreisten um die Frage, welch andere unorthodoxen Methoden der Essenszubereitung er außerdem noch praktizieren könnte. Von einem anderen Koch hatte ich gehört, dass er die Dame des Hauses mit wunderschön künstlerisch verziertem Tortenguss beeindruckt hatte. Als sie sich nach dem Geheimnis hinter seinen Künsten erkundigte, wies er mit einem Lächeln auf seinen Mund, und demonstrierte, wie er gekonnt Speichel durch seine Zahnlücke auf den Kuchen spuckte.« (S. 49)

Alltagsgespräche in Vietnam klingen wie Vogelgesang – oder: Aus einer Prise Salz wird eine Prise Mücken

Kapitel 4

Alltagsgespräche in Vietnam klingen wie Vogelgesang –

oder: Aus einer Prise Salz wird eine Prise Mücken

Chào cô – »Wir grüßen Sie, Lehrerin.« Drei Wassergläser stehen auf dem Küchentisch. Rechts oben an der Wand surrt der Ventilator auf Stufe drei, und auf dem Fußboden hinter unseren Bambusstühlen fächert uns ein zweiter dieser Lebensqualität steigernden Apparate Luft zu. Durch das Schlagen der Plastikflügel auf die warme Luft entsteht zumindest die Illusion einer gewissen Kühlung. Neben unseren Vokabelheftchen ist das bunt illustrierte Lehrbuch für vietnamesische Kinder der ersten Klasse aufgeschlagen. Mithilfe der hier abgedruckten, spielerischen Übungen erhoffen wir uns, einen Zugang zu diesem mysteriösen, undurchdringlichen Sammelsurium an fremden Klängen und unnachahmbaren Lauten zu gewinnen. »Die Zikade zirpt, der Sommer kommt«, sagt Carsten gerade zum fünften Mal, und ich kann ein Kichern kaum unterdrücken, als unsere Lehrerin abermals den Kopf schüttelt und nach der Zeichnung eines Riesenmundes in der Tischmitte greift. Dieses anatomische Bild soll uns den intellektuellen Hintergrund für Lippenakrobatik und Zungengymnastik liefern. Die Kinder schlafen selig im Nebenzimmer, während wir in der tropischen Abendhitze zwischen Lachen und Verzweiflung unser Gesicht zu den obskursten Grimassen verzerren. Wir haben es mit einer Tonsprache zu tun und mit einer Sprache der für unsere europäischen Ohren seltsamsten Lautaneinanderreihungen.

So erweitern zum Beispiel Akzente über den Buchstaben die uns bekannte Vokalpalette von a, e, i, o und u um zusätzliche â, ă, ê, ô, ơ und ư, und unsere Zunge und unser Gehör gewöhnen sich nur schwerfällig und in frustrierendem Schneckentempo an diese ungewohnten

Nuancierungen in der Aussprache. Unserem vertrauten T und D stellt das Vietnamesische drei leicht unterschiedliche T-Laute gegenüber. Auch bei der für uns völlig fremden Kombination von »ngh« fühlt es sich an, als müsse unsere Zunge laufen lernen. Bei der Aneinanderreihung von drei Vokalen in Worten wie *người* (Menschen) oder der Aussprache von Diphthongs wie *hương* (Duft) droht der Kiefer vollends auszuhängen.

Zusätzlich zu diesen fremden Lauten martern fünf Töne das westliche Hirn eines jeden ambitionierten Fremden, der mit Enthusiasmus und Biss dieser Sprache auf die Schliche kommen will. *bé, bè, bẻ, bẽ, bẹ* – nun ist es an Carsten, zu lachen, als ich versuche, die Aussprache eines jeden Tones mit einer entsprechenden Kopfbewegung zu unterstreichen: ansteigende Betonung, abfallende Betonung, ein Auf und Ab wie beim Singen, ein Meckern wie eine Ziege und ein Abfallen mit abruptem Ende. Ob wir diesen Singsang jemals auch nur annähernd zustande bringen werden? Und dabei kann ein falsches Meckern den gesamten Sinn eines Satzes zum Kippen bringen, Lachsalven bei den Zuhörern auslösen oder dem dummen, lernenden Ausländer die Schamesröte ins Gesicht treiben. *Bé* zum Beispiel bedeutet klein und jung, ein *bè* hingegen ist ein Floß; *bẻ* wiederum heißt abbrechen, *bẽ* sich schämen, und *bẹ* ist der Mais.

Ehrfürchtig bewundern wir Alexandre de Rhodes für seine clevere Erfindung dieser allmächtigen, sinngebenden Akzente. Im 17. Jahrhundet hatte der französische Jesuitenpater jene kleinen Krakel auf das uns vertraute lateinische Alphabet gesetzt und damit eine vietnamesische Schriftsprache ohne Ausnahmen von der Regel geschaffen. Das heißt für uns im Klartext: Sollten wir jemals in die höheren Sphären der phonetischen Weisheit dieser Tonsprache vordringen, könnten wir alles korrekt aussprechen und betonen. Ist doch ermutigend! Doch bis dahin haben wir arbeitsintensive Lehrjahre vor uns. Und noch klingen unsere aus germanischen Mündern herausgepressten vietnamesischen

Sätze keineswegs so, wie es der Jesuitenpater im 17. Jahrhundert empfand: nach asiatischem Vogelgezwitscher.

Unsere Lehrerin verbessert mit fortschreitender Stunde weniger und weniger, was aber nicht positiv mit unserer Beherrschung von Herrn de Rhodes' Geheimcode korreliert, sondern mit der zunehmenden Müdigkeit unserer Zuhörerin. Am Ende der eineinhalb Stunden haben wir – so fühlt es sich an – einen geschwollenen Mund, und Frau Tram muss wohl Riesenohren vom angestrengten Hinhören auf die Aussprachefehler ihrer emsigen Schüler haben. Dennoch machen uns die Privatstunden am Ende des Tages Spaß: Außer kleinen Sätzen wie »Nichte Na fährt mit Tante Ha in die Berge« erhaschen wir immer wieder Einblicke in ein Stückchen Vietnam, das uns ohne diese zungenbrecherischen linguistischen Ausflüge verborgen geblieben wäre.

Vietnamesisch ist sicherlich eine der Weltsprachen, bei deren Erwerb der verzweifelte Schüler mit den meisten psychischen Rückschlägen konfrontiert wird. Während im Italienischen oder Französischen, Spanischen oder Englischen ein Aussprachefehler den Gesprächspartner zum Grinsen bringt, jedoch selten der Informationsvermittlung im Wege steht, so kann die feinste Nuance einer Ausspracheänderung im Vietnamesischen die Kommunikation nicht nur obskur verzerren, sondern völlig lahmlegen.

So saßen wir eines Sonntags in den ersten Wochen unseres Vietnam-Abenteuers vor unserem leeren Wasserkanister in der Küche. Die Kinder hatten Durst, die Hauselfen frei. Also griff ich beherzt zum Hörer, um beim Wasserlieferanten des Viertels das in blauen 20-Liter-Kanistern ausgelieferte Trinkwasser zu bestellen. Ich wollte das Sätzchen antesten, das wir zuvor im Unterricht geübt hatten: »Bitte bringen Sie uns eine Tonne Wasser zu folgender Adresse.« Fehlanzeige! Sauber hatte ich es abgelesen – prompt fiel der Hörer am anderen Ende auf die Gabel. Das kann doch nicht wahr sein! In der sicheren Annahme, dass seine Mundgymnastik unseren Wunsch nach Wasser klarer kommunizieren würde, startete Carsten den zweiten Versuch: »Bitte bringen Sie uns eine Tonne Wasser zu folgender Adresse.« Doch auch bei ihm sanken – welch ein Frust! – jenseits der Hörer und diesseits die Hoffnung auf Verständigung. Wir schwangen uns also aufs Motorrad, um an einem der Straßenstände eine Flasche Wasser für unsere Familie zu erstehen. Heute, viele Monate später, wären wir sehr wohl in der Lage, klar und deutlich unser Wasser zu bestellen, nur gibt man uns die Genugtuung nicht: Kaum sagen wir »Hallo«, so lacht es am anderen Ende und eine Stimme sagt: »Gleich, sofort …« Wir sind die einzigen Ausländer, die beim *ông nước*, dem Wassermann, Trinkwasser beziehen, und die gesamte Familie des Wassermanns erkennt unsere Stimmen bereits am »Hallo«.

Eine zweite Episode zum Thema »sprachinduzierte psychische Rückschläge« ereignete sich ebenso in der Anfangsphase unseres Lebens in den Tropen und versetzte meinem doch eigentlich robusten Ego einen kräftigen Schlag vor den Bug. Wenige Tage nach unserem Einzug in die Gasse des Mekongduftes hatte ich mich in einem Anflug von Unabhängigkeitsgefühlen alleine in den einzigen Supermarkt *Nha Trangs* zum Einkaufen gewagt. Zwischen Regalreihen voller Glasnudeln und Reismehl überfiel mich plötzlich die Erkenntnis, dass ich vergessen hatte, die Adresse unseres frisch bezogenen Domizils aufzuschreiben und mitzunehmen. Da stand ich also irgendwo inmitten einer mir fremden vietnamesischen Stadt und kämpfte mit der absurden Tatsache, dass ich nicht wusste, wo ich zu Hause war. Man sollte wohl annehmen, dass einer reiseerfahrenen Geografin dergleichen nicht passieren dürfte. Aber alles Hadern mit meinem hormonverwirrten Gehirn brachte mich nicht weiter. Auch die desperatesten mentalen Klimmzüge halfen nichts. Mein Oberstübchen verweigerte mir den Zugriff auf die Datei »Da wohne ich«. Nun bin ich überzeugt, dass ich eine neue Adresse der vertrauten Art wie Mozartweg 5 oder Koblenzer Landstraße 33 a sofort auf meiner deutschen Gehirn-Festplatte abgespeichert hätte. Doch *Cửu Long Giang Hương* mit verwirrenden Krakel und Akzenten über den Buchstaben hatte so undurchsichtig auf mich gewirkt wie ein Buchstabenwald auf ein Kind, das gerade mit dem Abc beginnt.

Schnell bezahlte ich den spärlichen Inhalt meines Korbes und besann mich auf meine erdkundlichen Fähigkeiten. Eine Karte musste her. Doch die Idee, mit der visuellen Hilfe einer Stadtkarte das Viertel, in dem wir nun zu Hause waren, wiederzuerkennen, stellte sich als ungeahnt schwieriges Unterfangen heraus. Solange wir uns ausschließlich in Touristenkreisen bewegten, hatten Bedienung und Hotelpersonal lächelnd und wie selbstverständlich englische Vokabeln rund um Speisekarten und Zimmerpreise parat. Allerdings hätte ich mir schon vorab zusammenreimen können, dass der Rest unserer vietnamesischen Mitmenschen nur mit den Achseln zucken würde, wenn es darum ging, in einer Fremdsprache einen derart komplexen Sachverhalt wie meine Hilflosigkeit zu erfassen – abgesehen davon, dass es auch in Deutschland fragende Blicke auslösen würde, wenn eine junge Frau peinlich berührt erklärt, dass sie nicht wisse, wo sie zu Hause sei. Etwa 80 Prozent aller freundlichen Menschen, die ich nach einer Karte der Stadt fragte, verstanden das Wort «map« sowie alle meine Gesten und fuchtelnden Armbewegungen nicht. Die Antworten der wenigen Menschen hingegen, die mich zu verstehen schienen, ergaben für mich keinen Sinn. Im einsetzenden Regen irrte ich mit meinen Einkaufstüten die Gasse hinunter an Vogelkäfigen und Suppenküchen vorbei, wieder um eine Ecke und dann auf die andere Straßenseite hinüber zu den am Boden kauernden jungen Mädchen, die Kaffee verkauften. Man lächelte, man verstand mich nicht, wildfremde Menschen boten mir, meine missliche Lage auch ohne Worte sensibel erspürend, grünen Tee an.

Und dann endlich, endlich, nach weiterem ziellosen Abbiegen fand ich mich vor einem Buchladen wieder. Nur wenige Augenblicke später war ich glückliche Besitzerin einer Stadtkarte, und wiederum ein paar

Momente weiter saß ich erneut im Tal meiner emotionalen Achterbahn. Denn diese Karte war eindeutig diskriminierend! Sie wies lediglich die für Touristen attraktiven Gegenden aus, und da unser Wohnviertel nicht in die Kategorie Sightseeing passte, konnten meine verzweifelten Augen keinen auch nur annähernd vertraut erscheinenden Straßennamen ausmachen. Immerhin, ich schöpfte Hoffnung und winkte einem Cyclofahrer, zeigte vage auf das Viertel, in dem ich unser Zuhause wähnte, und er radelte los. Als er mich dann aber bat, ihn zu instruieren, wo genau er nun abbiegen müsse, war es fast um mich geschehen. Mein vier Monate alter Säugling wartete zu Hause und schrie sicherlich schon vor Durst, und seine Milch radelte aus eigenem Verschulden ziellos auf den Straßen *Nha Trangs* herum. Aber alles Hirnverrenken half nichts. Ich konnte mich nicht an unseren ohnehin unaussprechbaren Straßennamen erinnern. Je öfter ich versuchte, Buchstaben und vietnamesische Zeichen vor meinem inneren Auge neu zu arrangieren, desto obskurer schienen die Kombinationen. Und da auf einmal – ich dachte meinen Augen nicht zu trauen – tauchte auf einem Motorrad neben meinem Cyclo ein vertrautes Gesicht auf: unsere gerade frisch eingestellte Haushaltshilfe, Frau Ngoc! Man hatte zu Hause begonnen, sich Sorgen zu machen. Und so war sie zusammen mit ihrem zahnlosen, schüchtern lächelnden Mann auf der Suche nach mir durch die Straßen der Stadt gekreuzt und erklärte nun dem verwunderten Cyclofahrer, wo seine geballte Ladung an menschlicher Verzweiflung zu Hause sei. Hätte sie zu diesem Zeitpunkt Engelsflügel gehabt, es hätte mich nicht verwundert.

Ja, Sprache und Sprachlosigkeit – welch Zünglein an der Waage von unser aller Wohlbefinden. So litt auch unser Carl an fehlender Kommunikationsfähigkeit, vor allem, als es darum ging, Annäherungsversuche entzückter vietnamesischer Damen abzuwehren. Immer wieder musste sich der arme, im Westen sozialisierte und daher nicht auf physische Attacken der Zärtlichkeit vorbereitete Schatz dem Wangenkneifen und Haartätscheln entziehen. Wo auch immer wir uns hinbewegten, Hände und Arme schossen aus Marktbuden hervor, von vorbeifahrenden Fahrrädern auf ihn nieder, durch die Gitterstäbe unseres Gartenzauns zu ihm herein. Man wollte seine Haut berühren, ihm über den Kopf streicheln, ihn anfassen. In Ermangelung verbaler Verteidigungsmechanismen bediente sich Carl der Gestik und Mimik, und eines Tages wurde ich von seiner entsetzten Kinderfrau gerufen, als er gerade einer älteren Dame mitten auf den Bauch gespuckt hatte. So sehr ich auch das Bespucken eines jeden menschlichen Wesens verurteile, ich empfand Mitgefühl mit dem gepeinigten kleinen Mann. Ich weiß genau, wie es ist, in einem frustrierenden Gefängnis sprachlichen Unvermögens gefangen zu sein. Nur ist mein Repertoire an nonverbalen Gesten und befreienden Überlaufventilen, im Gegensatz zu seinen Kindermöglichkeiten, noch um vieles eingeschränkter – muss sich doch ein wohlerzogener Erwachsener, was Spucken oder Umsichschlagen anbelangt, im Zaum der Benimmregeln halten.

Mit peu à peu anwachsendem Wortschatz nimmt nun aber, wenn auch leider ebenso langsam, unser Verständnis dessen zu, was um uns herum gesprochen wird. Wir mutieren von stummen Fischen zu aktiven Gesprächsteilnehmern. Ja, wir werden salonfähig! Gerade in Bezug auf Höflichkeit und Etikette hat uns die zunehmende Kenntnis der vietnamesischen Sprache mit einem Wissen über Sozialstrukturen und Weltanschauungen dieses Volkes ausgerüstet, das wir ohne das Büffeln von Grammatik und Personalpronomen wohl kaum erhalten hätten. Die korrekte Benutzung der persönlichen Fürwörter in der Anrede gleicht zum Beispiel ohne ausführliche Einweisung einem mit Fettnäpfchen gespickten Hürdenlauf. Es gibt kein schlichtes Ich, Du oder Sie, und wir verlieren uns schnell im unübersichtlichen Gewirr von Alters- und Verwandtschaftsbeziehungen. So heißt eine Frau, die älter ist als ich *chị*, eine jüngere jedoch *em*. Eine Frau im Alter meiner Mutter ist respektvoll *bà* (Großmutter), und ein Kind, je nachdem wie nahe es mir steht, *con* oder *cháu*. Tanten sind nicht einfach nur Tanten, sondern werden unterschieden nach Tanten väterlicher- oder mütterlicherseits. Und damit nicht genug, es ist weiterhin von Bedeutung, ob diese Tante mütterlicherseits die jüngere oder ältere Schwester der Mutter ist. Auch bei Zwillingen wird zwischen älterer und jüngerer Schwester unterschieden, selbst wenn nur Minuten zwischen dem Geburtstermin der Mädchen liegen. Nun ist diese minutiös in der Sprache manifestierte Festlegung des Beziehungsgrades keineswegs von rein theoretischem Interesse. Im Gegenteil! Auch wir müssen uns immer wieder klar darüber werden, in welchem Verhältnis wir zu unserem Gegenüber stehen, sodass unsere mühevoll zusammengebastelten Sätze dieses Verhältnis korrekt und respektvoll wiedergeben. Kommt unsere Köchin des Morgens in die Küche, so sage ich: »*Em* (jüngere Schwester) grüßt *chị* (ältere Schwester).« Mein Sohn grüßt jedoch dieselbe Frau mit *cô* (respektvoll: Lehrerin) und bezeichnet sich ihr gegenüber als *cháu* (Kind). Unser Jonas nennt sich seinem zweieinhalb Jahre älteren Bruder gegenüber *em* (jüngerer Bruder) und spricht ihn als *anh Carl* an, als »älterer Bruder Carl«. Das nur wenige Monate ältere Mädchen in der Nachbarschaft heißt für ihn nicht nur einfach *Ha* sondern *chị Ha*, »ältere Schwester Ha«.

Seltsam hat es uns vor allem zu Beginn unserer Sprachkarriere angemutet, dass im Vietnamesischen das Personalpronomen »ich« im Vergleich zu europäischen Sprachen völlig unterrepräsentiert zu sein scheint. Nie würde ein Kind zu seiner Mutter sagen: »Ich gehe jetzt Fußball spielen.« Es würde sich respektvoll als *con* bezeichnen und sagen: »Kind geht jetzt Fußball spielen.« Die Ehefrau bezeichnet sich ihrem Mann gegenüber als *em* (jüngere Schwester), während er das seltene Privileg besitzt, von sich selber als *tôi*, als »ich«, zu sprechen. Verblüfft staunen uns hingegen unsere vietnamesischen Freunde an, als wir ihnen von der Bedeutung des Ich-Sagens in der Sprachentwicklung unserer Kinder berichten, und dass in Europa Sorge vor der Diagnose Autismus bestünde, wenn ein fünf- oder gar sechsjähriges Kind von sich selbst immer noch in der dritten Person spreche.

Ist die Beziehung oder das Alter zwischen Gesprächspartnern nicht geklärt, erzeugt das bei Vietnamesen peinliches Unwohlsein, und so kommt es nicht selten vor, dass sich fremde Menschen in den ersten Minuten ihrer Begegnung sogleich nach dem Alter fragen. Was in westlichen Gefilden schon nahezu unter den Datenschutz fällt und insbesondere von Frauen als delikates und unangenehmes Thema in der Unterhaltung vermieden wird, gilt in Vietnam als Grundbaustein für jede Kommunikation und somit als offenes, emotional unbelastetes Territorium.

Als ich der Sprechstundenhilfe des Arztes durch das Loch in der Glasscheibe mein Alter zuwispere, wiederholt eine neugierige, lächelnde Dame in der Schlange neben mir laut und vernehmbar für alle, dass diese Tante aus dem Westen 36 Jahre alt sei. Ein wildfremder Taxifahrer erfragt unser Alter, wenn wir zu ihm ins Auto steigen, und selbst am Telefon wird schnell das Alter des Unbekannten am anderen Ende herausgefunden, bevor eine Unterhaltung so richtig in Gang kommt. Man hört förmlich das innerliche Aufatmen auf beiden Seiten, wenn man den Platz in der Hierarchie der Unterhaltung gefunden hat, denn solch ein Platz gibt Sicherheit. Und so bewundern wir von außen dieses komplexe Gefüge von Beziehungen, in das hinein ein Mensch durch Geburtstag oder sogar Geburtsstunde, Geschlecht und Verwandtschaftsbeziehung hineingepresst ist, das seine Selbstwahrnehmung steuert und kompromisslos jede Möglichkeit zum Ausbrechen verhindert. Ganz im Gegenteil, es scheint Geborgenheit und Halt zu geben. Als wir Barbaren ein etwa 15 Jahre älteres befreundetes Ehepaar als »unsere Freunde« vorstellten, schienen sich unseren vietnamesischen Gesprächspartnern vor Unbehagen fast die Fußnägel hochzuklappen – wie respektlos! Wir hätten sie als älteren Onkel und Tante vorstellen müssen. Auch die in Europa als höflich geltende Reihenfolge der Geschlechter »Meine Damen und Herren« löst Protest aus: In Vietnam steht der Mann vorn! Ein älteres Ehepaar spricht man mit *ông bà* an (Großvater und Großmutter), ein jüngeres als *anh chị* (Mann und Frau), und niemals umgekehrt. Nun gut, man behandelt uns, den »Onkel« und die »Tante« aus dem Westen, mit Nachsicht, wenn uns ein derartiger Fauxpas passiert, doch man korrigiert prompt, als wolle man keinen unhöflichen Nachklang im Raum dulden.

Alle diese Erfahrungen lichten für uns den Nebel über den Raffinessen des Kommunizierens, und unsere Ohren öffnen sich für die Schönheit im Klang dieser Sprache. Ja, Alexander de Rhodes, wir beginnen, deine Assoziation vietnamesischer Laute mit Vogelgesang nachzuvollziehen. Wir werden mutiger und lösen immer wieder Erstaunen aus, wenn wir unsere westlichen Münder öffnen, um vietnamesische Klänge herauszulassen. Gerade kürzlich hörte sich eine Verkäuferin in einem Laden höflich meine Frage nach der Uhrzeit an und wies mich dann mit Gesten an ihre danebenstehende Kollegin. Als ich mein Sprüchlein wiederholte, brachen beide in Lachen aus. Aber sie spricht ja Vietnamesisch! Im Unterbewusstsein wird wohl Langnasen diese Fähigkeit abgesprochen, und man erwartet keine fünf Töne oder vietnamesische Diphthongs und Aneinanderreihungen von drei Vokalen aus unseren ausländischen Mündern. Also erwartet man auch gar nicht, zu verstehen.

Wir kämpfen weiter an der Front der Linguistik und haben gelernt, gelassen über uns selbst zu schmunzeln, wenn wir wieder einmal in unserem Umfeld zur Erheiterung beitragen. Als unser Kühlschrank repariert wurde, brachte ich unsere Hauselfen durch folgenden Stolperstein der Betonung zum Lachen: Ich war mit einem Geldschein in der Hand in der Küche aufgetaucht, den ich der Köchin zur Bezahlung der Milchfrau zu geben gedachte. »Zur Bezahlung der Milch, *sữa*«, sagte ich und traute meinen Augen kaum, als Frau Ngoc meinen Schein entgegennahm und ihn kurzerhand dem vor dem offenen Gefrierfach stehenden Handwerker in die linke Brusttasche seines Arbeitshemds steckte. Dieser nickte kurz und fuhr fort, mit dem auf einem Hocker positionierten Ventilator die Eisschicht im Innern abzutauen. Ich hätte wohl schnell noch einen Blick auf unser Diagramm mit Mundstellungen und Tönen, das wir neben dem Badezimmerspiegel aufgehängt hatten, werfen sollen, bevor ich mich aufs Schlachtfeld der Lippenstellungen hinauswagte. Denn die »Milch« meckert *(sữa),* die »Reparatur« hingegen vibriert leicht *(sửa),* ansonsten heißen sie aber beide *sưa.*

Getreu dem Motto «learning by doing« stolpern wir weiter auf diesem zungenbrecherischen Gewaltmarathon. Wir sagen, wir essen Hühnchen *(gà),* doch heraus kommt, wir essen den Bahnhof *(ga);* oder wir streuen schnell mal anstelle einer Prise Salz *(muối)* eine Prise Mücken *(muỗi)* ins Essen.

Fakten, Infos, Ergänzungen, Fakten, Infos, Ergänzungen

Alexandre de Rhodes (1591–1660), französischer Jesuitenpater und Vater des heute gebräuchlichen vietnamesischen Alphabetes

Ob wohl seine Liebe zu einer Sprache, die dem Vogelgesang ähnelt, den französischen Jesuitenpater de Rhodes dazu ermutigte, ein eigenes vietnamesisches Alphabet zu entwickeln? Als der katholische Missionar in den Zwanzigerjahren des 17. Jahrhunderts in Indochina eintraf, fand er eine vietnamesische Schriftsprache vor, die aus klassischen chinesischen Zeichen bestand. Daneben existierten sogenannte Nom-Zeichen für Worte mit vietnamspezifischem Inhalt. Bereits seit dem frühen 16. Jahrhundert hatten portugiesische Missionare zu Missions- und Lehrzwecken das lateinische Alphabet benutzt, um die vietnamesische Sprache zu transkribieren. Aber das vietnamesische Alphabet in seiner heute gebräuchlichen Form, das sogenannte ***Quoc Ngu,*** geht auf den Franzosen Alexander de Rhodes zurück. Er ist der Autor des ersten portugiesisch-lateinischen Wörterbuchs, das 1651 in Rom gedruckt wurde. Während der darauffolgenden 300 Jahre wurden die klassischen Zeichen und das neue, auf dem lateinischen Alphabet basierende ***Quoc Ngu*** nebeneinander verwandt, bis die französische Kolonialregierung Anfang des 19. Jahrhunderts de Rhodes' Alphabet als offizielle Schrift für Indochina deklarierte. Dieser revolutionäre Umbruch in der Geschichte der vietnamesischen Schriftsprache zog die Alphabetisierung breiter Bevölkerungsschichten nach sich. Denn es war einfacher und weniger zeitaufwendig, das lateinische Alphabet zu erlernen, als jahrelang die komplexen chinesischen Schriftzeichen zu studieren. Unter dem Namen de Rhodes kann der Vietnam-

Interessierte übrigens noch so manche alte, interessante Schrift aufstöbern, die über den vietnamesischen Königshof zu Rhodes' Zeit, aber auch von den eigenen Erlebnissen des Missionars erzählt. Getreu dem Motto »Undank ist der Welt Lohn« war dieser in der Kaiserstadt ***Hue*** unter dem Herrscher ***Nguyen Phuc Lan*** in Ungnade gefallen, erst zum Tode verurteilt, dann aber des Landes verwiesen worden. Der sehnsüchtige Wunsch de Rhodes', nach Vietnam zurückzukehren, wurde ihm nicht gewährt. Die Kirche entsandte ihn nach Persien, wo er im Jahre 1660 starb. Sogar der Schah soll dort seinem Begräbnis beigewohnt haben.
Heute ist Alexander de Rhodes jedem vietnamesischen Schulkind als der Vater der vietnamesischen Schrift bekannt, und de Rhodes ist einer der wenigen Ausländer, dessen Name es auf vietnamesische Briefmarken und Straßenschilder in vietnamesischen Städten geschafft hat. Die nach ihm benannte Straße in der 5,5-Millionen-Metropole Saigon liegt mitten im Herzen der Stadt und führt geradewegs auf den Wiedervereinigungspalast zu.

Wir bauen ein neues Kakerlakenhaus – unser Kampf mit beflügelten, kriechenden, nagenden und stechenden tropischen Mitbewohnern

Kapitel 5

Wir bauen ein neues Kakerlakenhaus –

unser Kampf mit beflügelten, kriechenden, nagenden und stechenden tropischen Mitbewohnern

Jeder von uns hat seine eigenen Methoden, unseren vierbeinigen, beflügelten oder stechenden Hausgenossen auf den Pelz zu rücken – aber auf den Pelz rücken wir ihnen, und zwar täglich. Sie wünschten sich sicherlich, wir wären nie hier in der Gasse des Mekongduftes aufgekreuzt. Aber entschuldigt, Freunde, wir schwingen unsere Waffen, auf dass euch die Rückenhaare zu Berge stehen. Denn schließlich lasst ihr auch die unsrigen aufrecht stehen – und hier wird Gleiches mit Gleichem vergolten.

Die Großfamilie der Kakerlaken war die erste Spezies dieser ungebetenen Hausbewohner, mit der wir uns überwarfen und denen wir den Kampf ansagten. Zugegebenermaßen wussten wir anfangs wenig über sie, und eine derart ignorante Beschreitung des Kriegspfades hätte sicherlich auch Karl May vor Entsetzen sämtliche Haare zu Berge stehen lassen. Da lagen sie des Morgens, alle viere von sich gestreckt, in unserer Küche, in unterschiedlichen Zuständen zwischen Diesseits und Jenseits. Kakerlaken kommen zum Sterben aus ihrem Versteck. Das war unsere erste Lektion in Sachen Kleinviehkunde. Wenn man Glück hat, haben sie die Schwelle ins Totenreich schon überschritten und können mit Kehrblech und Besen und mit einer Portion Ekel in den Mülleimer befördert werden. Doch Holzauge sei wachsam – oft trügt der Schein! Sobald die Besenhaare siegessicher den scheinbar toten Körper berühren, kann auf wundersame Weise noch einmal Leben in diese zähen Kreaturen gelangen, und man tut gut daran, ihnen den Garaus zu machen, bevor sie unter der Waschmaschine verschwinden, um dort ungestört das Zeitliche zu segnen. Denn dann rückt, vor den erfolglosen Wischversuchen der angeekelten westlichen Hausfrau sicher, die Mannschaft der Totengräber an, ungerufen und faszinierend schnell: die Ameisen. Doch davon später.

Also, unsere erste Maßnahme gegen die Kakerlaken, die übrigens in Vietnam ironischerweise der Gattung der Amerikanischen Kakerlake angehören, war das Annageln alten Gummis an das untere Ende aller Türen im Haus. Ja, die Vietnamesen sind erfinderisch. Das Gummi alter Fahrradschläuche ist biegsam und dichtet Türritzen kakerlakensicher ab. So hofften wir, dass zumindest der Migration dieser Urviecher im Haus ein Ende gesetzt war.

Was jedoch ist beim akuten Rendezvous mit einer noch lebendigen Hundertmetersprinterin zu tun? Die erfahrene, abgebrühte vietnamesische Hausfrau nimmt das obere Ende eines Besenstiels zum Zerquetschen des ungeladenen Gastes – und ihre Treffsicherheit ist beeindruckend! Oder sie ist noch waghalsiger und zerdrückt das etwa vier Zentimeter lange Insekt mit bloßen Händen und einem Stück Klopapier unter Knacken des Panzers. Wir verweichlichten Westler hingegen bevorzugen einen gewissen Abstand von den penetranten Krabblern und avancieren bald zu Dauerkunden im einzigen örtlichen Supermarkt. Hier gibt es Killerspray in großen roten Dosen mit abschreckenden Bildern der späteren Opfer zu kaufen. Pschschsch – ein paar Minuten warten – und die Kakerlake ist mausetot. Wenn man zu viel sprüht – was in der Euphorie des Schreckensmomentes durchaus vorkommen kann –, wird sie regelrecht mumifiziert. Welchen Stellenwert eine derartige Sprühdose auch in vietnamesischen Haushalten einnehmen kann, illustrierte das Gastgeschenk eines Arztehepaars, das wir zum Abendessen eingeladen hatten. In einer Plastiktüte eben jenes Supermarktes überreichten sie uns beim Betreten des Hauses gleich zwei Dosen dieses tödlichen Wundergiftes. «Many thanks, we'll need it.«

Und so begann die Phase des Sprühens in unserem doch bisher als so umweltfreundlich gepriesenen deutschen Haushalt und wurde bald auch für die Kinder zur Routine. Als sich unser Carl einmal das Knie aufgeschlagen hatte und sein Vater mit der Ankündigung, er werde jetzt den Spray holen, an unsere Arzneitüte ging, um Wundspray zu suchen, riss der kleine Patient angsterfüllt die Hände in die Höhe: »Nein, Papi, kein Spray, Carl nicht tot!«

Kakerlaken machen vor nichts halt, sie sind ungemein respektlose Tiere. So haben wir beispielsweise unser Klavier mit Mottenkugeln versehen, deren unangenehmer Geruch die bepanzerten Kreaturen vor einem Einnisten in den musikalischen Gemächern abhalten soll.

Auch in unseren Schuhen haben wir die Tiere aufgespürt. Was für ein Gefühl, wenn der nackte Zeh auf eine paranoide Kakerlake trifft, die krampfhaft versucht, sich in Fluchtposition zu bringen. Der Bauch unserer ahnungslosen Oma, die uns in Vietnam besuchte, schien ein besonders vorwitziges Exemplar des Nachts dazu zu reizen, auf diesem zweckentfremdeten Tanzboden die Beinchen zu schwingen. Und eines Tages teilte ich mit einer Angehörigen dieser Tiergattung die Klobrille – was ich erst bemerkte, nachdem ich das, was ich dort vorhatte, verrichtet hatte.

Es mussten schärfere Geschütze her! Nach monatelangem Beobachten und wissenschaftlichen Studien, wann, wie und wo die Störenfriede auftauchten, entlarvten wir die alte Holzküche als Kakerlakenbrutstätte, und da ein Herankommen an die Wohnungen ganzer Kakerlakensippen hinter den Holzwänden nicht möglich war, entschieden wir uns kurzerhand für die Demontage der Küche und den Neubau einer typisch vietnamesichen, gemauerten und gekachelten Küche ohne Schlupflöcher und Eierablagestätten. Als unser Carl die Handwerker anrücken sah, fragte er begeistert: »Bauen wir ein neues Kakatallenhaus?« »Nein«, entfuhr es mir energischer als beabsichtigt, »die ›Kakatallen‹ werden jetzt obdachlos!«

Unsere vietnamesische Umwelt beäugte unsere kreativen, krampfhaften und von tiefer Abscheu beseelten Anti-Kakerlaken-Aktivitäten zwar lächelnd und verzeihend, aber dennoch mit Unverständnis. Ihre von Kindesbeinen an trainierte und emotionslose Geschicklichkeit im Umgang mit Kakerlaken können wir nur bewundern; sie bestaunen im Gegenzug unsere Angst vor einem Tierchen der Größe unseres Daumens.

So ein Moment gegenseitigen Staunens sollte prompt dann eintreten, als wir mit einem englischen Professor und dessen Frau und Tochter in einem direkt am Meer gelegenen Fischrestaurant den letzten Abend ihres Aufenthaltes bei uns feierten: Die Stimmung ist gelöst, gerade ist noch einmal Eis zur Kühlung des Saigon-Bieres nachgelegt worden, wir haben gebratenen Tintenfisch in Chilisoße getunkt und uns alle ein letztes Mal aus dem brodelnden Suppentopf mit der Fischsuppe bedient, als Carsten aufschreit und mit den Füßen zuckt. Schnell hat er sich wieder im Griff und erklärt der fragend dreinblickenden Gesellschaft, sein Fuß sei gerade mit einer Kakerlake auf Tuchfühlung gegangen. Belustigt heben wir das Tischtuch an und sehen die Unruhestifterin gen Meer davonsausen. Ich ertappe mich dabei, wie ich nach außen hin unberührt lächle, unter dem Tisch aber meine Füße auf die erste Sprosse des Holzstuhles heraufziehe. Doch kaum haben wir wieder zu den Stäbchen gegriffen, entfährt der Ehefrau des Herrn Professors ein schriller Schrei. Ja, ganz bestimmt, es habe sie etwas am Rücken gestreift. Unser aller Blicke suchen nun die nähere Umgebung der Dame auf Rückenhöhe ab, und da fliegen sie wieder, diesmal mit Verstärkung, unsere Freunde, die Kakerlaken, und landen mit einer souveränen Selbstverständlichkeit am Laternenpfahl neben unserem Esstisch.

Nun erwartet wohl jeder in den Tropen, früher oder später mit dieser Sorte Ungeziefer zusammenzutreffen, und über die Monate und Jahre macht sich auch bei uns eine gewisse Abgeklärtheit breit. Was uns jedoch allen ein unerwartetes Grinsen aufs Gesicht zaubert, ist die Reaktion des einheimischen Kellners, den unsere Schreckensrufe herbeieilen lassen: Während sich sein deutscher Kollege sicherlich vielmals für das Auftauchen eines derart ungebetenen Gastes bei Tisch entschuldigt hätte, schiebt sein vietnamesischer Counterpart den Servierblock und einen Stift zu uns herüber und äußert die innige Bitte, doch den englischen Namen dieses Tierchens für ihn gut leserlich aufzuschreiben. Dankbar für die Bereicherung seines Vokabelschatzes blickt er schließlich zu dem Laternenpfahl hinüber, zeigt mit einem schelmischen Lachen auf das sich offensichtlich in der Paarung befindliche Kakerlakenpaar und kommentiert, als würde er uns eine ganz besondere Attraktion an diesem Abend bieten: «He loves her.«

Als ähnlich unangenehm, wenn auch kleiner und auf der Skala des Gruselns eher am unteren Ende angesiedelt, empfinden wir den rigorosen Auftritt von Ameisen. Sie erschrecken den verweichlichten Nordeuropäer weniger durch ihr Aussehen als durch ihr urplötzliches Erscheinen und ihre kriminalistische Gabe, Essensreste aufzuspüren. Und wenn sie auftauchen, dann gleich in Horden! Nur ein winziges Bröselchen Cornflakes, achtlos von unserem frühstückenden Jüngsten vom Hochstühlchen gewischt, ist Grund genug für eine ganze Bande krabbelnder schwarz-brauner Insekten, aus Ritzen und Löchern zu stürzen und die Beute heimwärts zu transportieren. Wie sie auf diese Distanzen derartige Leckereien erriechen, lässt sich sicherlich in einschlägigen Fachbüchern nachlesen, doch uns groß-benaste Zweibeiner versetzt dieses Schauspiel in einen Zustand des Dauerstaunens. Unter Türritzen schieben sie sich hindurch, in Reih und Glied – wie die Kinder in ihren Uniformen auf den Schulhöfen. Aus Löchern in der Abdichtung zwischen Spülbecken und Granitplatte quellen sie hervor; aus winzigen Öffnungen in der Wand, die mit bloßem Auge kaum auszumachen sind; zwischen Wand und Decke scheint sie ein Anführer hindurchzulotsen und sie zum Abseilen vorzubereiten. Ein totes Mückchen reicht aus, um sie zu mobilisieren. Süßes Obst lockt ganze Armeen aus ihrem Hinterhalt.

Abgesehen davon, dass es lästig ist, den Eindringlingen immer und immer wieder den Garaus zu machen, will ich es einfach nicht wahrhaben, welchen Einfluss die hungrigen Minimonster auf unsere Psyche haben. Während unsere glücklichen, müde lächelnden Freunde und Verwandten in europäischen Gefilden des Abends ihrem schmutzigen Geschirr auf der Spüle zuzwinkern, gibt es für uns kein morgen. Ein Zwinkern in tropischen Gefilden würde mit dem Überfall einer tausendköpfigen Ameisenbande bestraft, die sich des Nachts über Essensreste auf Tellern und Töpfen hermacht. Wenn es uns noch so sehr widerstrebt und uns vor Erschöpfung fast die Augen zufallen: Die nur wenige Millimeter langen Kreaturen schaffen es doch, uns an den Spülstein zu zwingen und das Etablissement in hochglänzendem Zustand zu verlassen. Schon jetzt freue ich mich auf den Moment, wo ich in der Heimat den Abwasch eines ganzen Tags triumphierend ignorieren werde und mich im Bett daran erfreue, dass ich Herr – will sagen Frau – der Entscheidung in Sachen Abwasch bin!

Noch um ein Vielfaches gruseliger und entsetzlicher, dafür aber glücklicherweise seltener, sind die Besuche von Ratten. Nie hätte ich gedacht, dass ich mich einmal damit auseinandersetzen würde, ob das Vergiften oder aber das Lebendfangen von Ratten effizienter sei; was man mit einer Ratte macht, die auf dem ausgelegten Leim festgeklebt, aber noch nicht verendet ist; oder wo man am besten eine noch zuckende Ratte anfasst, um sie unter angehaltenem Atem zu entsorgen.

Albert Camus, ging es mir durch den Kopf, als ich mich das erste Mal direkt vor unserer Haustüre einer in einer Pfütze verendeten, grauen Ausgabe dieser Gattung mit unendlich langem Schwanz Auge in Auge gegenüberfand. Ihr war ein Kescher zum Verhängnis geworden, den Jonas und seine Kinderfrau zum Fangen von Schmetterlingen oder zum Pflücken von sauren, vietnamesischen Äpfeln benutzen. Sie hatte sich darin verfangen und war im Sturzregen regelrecht ertrunken. Ähnliche Tode ereilen so manche Leidensgenossin, die dann, plattgefahren oder vertrocknet am Straßenrand, beim vorbeifahrenden Westler unheimliche

Gedanken an Pest auslösen. Auch heute noch gibt es Pestfälle in Vietnam, und es war Alexandre Yersin – er forschte viele Jahre seines Lebens in *Nha Trang* –, der den Pestbazillus entdeckte und den Zusammenhang zwischen der Seuche und den grauen Nagern feststellte. Mir kommt es so vor, als hätte sich das Schicksal einen bösen Scherz erlaubt, als mir just vor dem ehrwürdigen Forschungsgebäude Yersins, dem Pasteurinstitut, zwei graue, schelmische Rattenaugen aus den Blumenrabatten heraus entgegenblinzeln. Bin ich die Einzige, der dieses Augenpaar auffiel beziehungsweise die diese Gegenüberstellung überhaupt für erzählenswert erachtet? Ach, wie ich den heldenhaften Umgang unserer vietnamesischen Nachbarn mit den grauen Vierbeinern bewundere. Sie zucken nicht verweichlicht zusammen. Sie ignorieren – oder sie handeln!

Für Ersteres hatte sich die begnadete Köchin unserer morgendlichen Frühstückssuppe entschieden. Sie teilte mit Frau Ratte das Reich ihrer Kochkünste und schien auch keinerlei Pläne zu schmieden, der Dame die Türe zu weisen. Ja, jeden Morgen aufs Neue sahen wir eine Ratte den Baumstamm neben den tönernen, dreibeinigen Feuerstellen hinauf- und hinunterlaufen. Niemand schien von ihr Notiz zu nehmen. Die Suppe brodelte, die Kunden kamen und gingen, die Dreibeiner wurden mit neuen, heißen Kohlen bestückt, und da sahen wir ihr spitzes Schnäuzchen schon wieder über dem Ast wackeln. Eine derart ausgeprägte Rattenblindheit erschien uns nach vielen Wochen desselben Schauspiels so unverständlich, dass wir zu dem Schluss kamen, bei diesem Tierchen müsse es sich um ein gutes Omen fürs Geschäft handeln. Sicherlich würde ein Vergiften Unglück bringen!

Für die Alternative eines gewalttätigen Ratten-Gegenschlages hatte sich unser Nachbar von gegenüber entschieden. Eines Morgens erschlug er ein Tier mitten auf der Straße: Es war während der Nacht ungebeten in sein Haus geschlichen und hatte in einer der landestypischen Lebendfallen aus Draht nahezu das Zeitliche gesegnet. Unter den Blicken der Schaulustigen bearbeitete der Mann das Tier so lange mit einem Stock, bis es seinen letzten Rattenatem ausgehaucht hatte.

Proportional mit der zunehmenden Anzahl der Rattenkontakte entdecke ich an mir, wie der Rattenekel nachlässt. Ja, Gewöhnung stumpft ab. Zwar zucke ich innerlich immer noch ein wenig beim Anblick der großen Nager – seien sie tot oder lebendig –, aber ich springe nicht mehr von meinem Stuhl hoch, wenn ich im Café am Strand beim Löffeln meines Eisbechers zwei spielende Ratten unter den Palmen entlangsausen sehe. Auch läuft mir bei der Begründung unserer Hauselfen für ihr Zuspätkommen kein Schauer mehr den Rücken hinunter: Sie erklären wie selbstverständlich, sie hätten erst noch schnell eine Ratte in ihrem Haus jagen müssen, bevor sie sich zu uns auf den Weg machen konnten. Und als ich im Markt hinter einem aufgespannten Tuch ein neues Oberteil anprobiere, obwohl gerade eine Sekunde zuvor ein dickes Rattenexemplar unter den Kleiderständern hindurchgesaust ist, bin ich über mich selbst erstaunt. Was sind wir Menschen doch anpassungs- und lernfähig. Als eines Morgens ein abscheulicher, abstoßender Geruch von unserem Dachstuhl zu uns ins Schlafzimmer herabdringt, höre ich mich ganz selbstverständlich sagen: »Das ist Verwesungsgeruch – na, endlich ist uns die Ratte auf den Leim gegangen!«

Die letzte große und wohl treueste Gruppe von ungebetenen Mitbewohnern in der Gasse des Mekongduftes ist die der Mücken. Sie gruseln nicht, sie lösen keine Entsetzensschreie oder Ekelgefühle aus, nein, sie sind einfach nur lästig – und dies mit einer unglaublichen Beständigkeit! Jeden Tag aufs Neue dringen sie in alle Bereiche unseres Alltags vor, ohne jeglichen Respekt vor Körperteilen oder Tageszeiten, Situation oder Gefühlsleben ihrer Opfer. Überall und immer »mückt es«, sodass auch hier unsere Ungeziefer-Bekämpfungs-Kreativität permanent herausgefordert ist. Ja, die Bandbreite des Erfindungsreichtums ist groß: Der Vater der Familie läuft bei über 30 Grad Hitze mit Socken herum. Allmählich fühlen wir uns hinein in das Mückenseelchen und seine Vorlieben: Knöchel und Füße stehen ganz oben auf der Liste der Blutsaugorte! Die zwei Flohr-Brüder wandeln in einer Wolke von Anti-Mückencreme durchs Haus, wobei die Bereitschaft des Eingecremtwerdens nicht immer gleich hoch ist und es vielfach der Bestechung bedarf, um Arme und Beine zum Einreiben freigegeben zu bekommen. Die Jungs stehen mit den Mücken auf Kriegsfuß. Unser Jüngster hat sich von einer Trägerin des tropischen Dengue-Fiebers küssen lassen, und sein Bruder kratzt im Schlaf an Mückenstichen und preist dann am nächsten Morgen stolz seine Wunden in der Hoffnung auf Kinderpflaster mit Elefantenbildchen. Die Mutter ist die Königin des Mückenschlägers, einer nobelpreisverdächtigen Erfindung mückengeplagter Länder. Äußerlich wie ein Tennisschläger, ist diese Mordwaffe elektrisch aufgeladen und immer wieder aufladbar, und der Kontakt der Mücke mit dem metallbespannten Schlägerkopf macht dem nichts ahnenden Quälgeist unter einem leisen Knallen den Garaus. Keine Blutflecken an der Wand, keine Mückenleichen an Möbeln – was für eine Entdeckung! Auch in Sachen Mücken hat über die Monate ein Hineinfühlen in die Lebensgewohnheiten der stechenden Störenfriede stattgefunden: Ich kenne ihre Lieblingsorte und spüre sie auf dunklen Flächen, an elektrischen Kabeln oder auf feuchter Wäsche auf. Das Entmücken mit dem Schläger ist zum festen Vorabendritual im Hause Flohr geworden. Während andere Menschen Betthupferl genießen oder noch einen Blick in die Zeitung werfen, gehen wir mit der aufgeladenen Waffe durch die Schlafzimmer und kultivieren unseren Jagdinstinkt. Dann kriechen wir erschöpft unter das ebenfalls entmückte Mückennetz und überlassen den Rest unseren Freunden, den Geckos. Diese vierbeinigen, allerorts gegenwärtigen Hausbewohner sind nicht nur geduldet, sondern herzlich willkommen. Wir verzeihen ihnen die schwarzen Kötelchen, die sie über Möbeln und Bilderrahmen verteilen. Ihr huschender Anblick über Wände, Gardinenleisten und Leuchtröhren lässt unser Herz auflachen. Schwingt eure Zungen, Freunde, und nährt euch gut – Schlotzer um Schlotzer, Mücke um Mücke!

Fakten, Infos, Ergänzungen, Fakten, Infos, Ergänzungen

**Faszination Insekt –
die Amerikanische Kakerlake zu Hause in Vietnam**

Nein, die Amerikanische Kakerlake ist weder mit rot-weißen Streifen noch mit weißen Sternen auf blauem Panzer geschmückt. Sie stolziert den Laufsteg in rötlichen Brauntönen hinunter, die beim Öffnen ihres Gewandes auf der Innenseite ins Schwarze übergehen. Sie ziert sich mit starken Flügeln und bringt es auf stolze zwei bis vier Zentimeter Kakerlakenlänge. Ihr Mode-Label hat sie kleinkarierten menschlichen Animositäten zu verdanken. Viele Angehörige dieser unpopulären Insektenart sind nämlich nach verfeindeten Nationalitäten benannt: So gibt es neben der Amerikanischen auch noch die Deutsche Schabe – Kakerlaken gehören zu der Familie der Schaben –, die Preußen, Franzosen, Schwaben oder Russen. Womit die armen Tierchen diese hasserfüllten Namen verdient haben, wird bei näherem Studium ihrer Lebensgewohnheiten immer unverständlicher. So sind sie doch zuallererst ungemein genügsame, unverwöhnte Tierchen. Wenn es zum Beispiel ums Kulinarische geht, sind sie nicht im Geringsten wählerisch, sondern geben sich mit jeglichem Abfall, vorwiegend pflanzlicher Art, völlig zufrieden. Außerdem sind sie angenehm zurückhaltend und scheu. Sobald das Licht angeht, suchen sie mit einer Geschwindigkeit von bis zu 130 Zentimetern pro Sekunde das Weite.

So manch europäische Regierung wäre bei ihrer gegenwärtigen Alterspyramide sicherlich dankbar, wenn sich ihre Bevölkerung ähnlich fruchtbar gebärden würde wie Frau Kakerlake: In ihrem einjährigen Leben produziert eine einzige Dame um die 1500 Nachkommen. Ja, und dann besticht ***Periplaneta americana***, so der lateinische Name der omnipräsenten Mitbewohnerin, durch geradezu rührende Sauberkeit. Durch regelmäßiges Putzen entfernt sie Keime und Schmutz von ihren Sinnesorganen und hält sie dadurch funktionsfähig. Bis zu 10 000 Sinneszellen sitzen an Kakerlakenfühlern, die somit zu kommunikativen Quasselstrippen zwischen den Artgenossen werden. Außerdem räumen Kakerlaken auf. Sie fressen zum Beispiel ihr altes Chitinaußenskelett, das sie in mehreren Häutungen während eines Kakerlakenlebens abstreifen.

Haben wir ihnen Unrecht getan, als wir ihnen skrupellos ihr Wohnrecht entzogen und mit Besenstielen und Gift gegen sie vorgingen? Nicht ganz! Denn diese Kreatur, die von Südostasien aus den ganzen Erdball erobert hat, verschleppt Krankheitskeime auf ihrem Eroberungszug, und ihr Kot kann Allergien auslösen.

Kindergarten auf Vietnamesisch –
wir Großen kommunizieren mit Bananen

Kapitel 6

Kindergarten auf Vietnamesisch –

wir Großen kommunizieren mit Bananen

Es ist der 6. September. In ganz Vietnam beginnt wieder die Schule – wie in jedem Jahr am Montag nach dem 2. September, dem Nationalfeiertag Vietnams. Da bereits die Kleinen »studieren« *(di hoc)* – denn asiatische Eltern sind ehrgeizig –, öffnen auch die Kindergärten an diesem Tag nach einer kurzen Sommerpause wieder ihre Tore für ihre kleinen Studenten, denen die Angst vor dem großen Schritt in die neue Welt mit bunten Luftballons genommen werden soll. Aus den Lautsprechern plärren vietnamesische Kinderlieder. Die Motorräder der jungen Mamis und Papis fahren vor, und verschüchterte, weinende oder freudig erregte Zwei- bis Fünfjährige werden zu ihren Gruppen getragen. Hier warten lächelnde Lehrerinnen im traditionellen *ao-dai*-Gewand darauf, Reissuppe in die Mündchen der Neuankömmlinge zu löffeln.

Auch unser Sohn mischt sich unter die Schar aufgeregter Nachtigallen, denn diesen malerischen Namen trägt das *Nha Tre,* das »Haus der Kleinen«, in dem wir für ihn einen Platz gefunden haben. Dass wir bis hierher vorgedrungen sind, verdanken wir der Einsatzbereitschaft meiner vietnamesischen Freundin und Nachbarin Dao. Wieder einmal hatte Naivität unseren Blick vor den vietnamesischen Alltagshürden verschleiert. Natürlich waren wir beim Schmieden unserer Vietnampläne davon ausgegangen, jeder der unzähligen lokalen Kindergärten würde einem fremden kleinen Steppke mit Kusshand Tor und Türe öffnen. In Ermangelung »Gelber Seiten« hatte unsere Nachbarin angeboten, mir einen Überblick über Kindergärten in der näheren Umgebung zu verschaffen, um nach der Inspektion der Einrichtungen einen geeigneten für unseren Sohnemann auszuwählen. In den heißen Mittagsstunden nach der Rückkehr von ihrem Unterricht als Englischlehrerin kreuzten wir mit ihrem Motorrad durch die immer weniger belebten Straßen und klopften an die Tore diverser Kindergärten. Meist reagierte schlurfend ein Hausmeister auf unser Rufen und öffnete die schmale Metalltür neben dem großen Eisengatter, das erst wieder zur Abholzeit für die Motorräder der Väter und Mütter zur Seite geschoben wird. Wir fanden uns schnell im Büro der Direktorin wieder, auf Vietnamesisch flogen ein paar Sätze hin und her, dann verabschiedeten wir die ehrwürdige Dame dankbar und höflich und kletterten wieder auf den inzwischen heißen Plastiksattel unseres Gefährts. Nachdem sich dieses Schauspiel x-mal in ähnlicher Form wiederholt hatte, begann ich, stutzig zu werden. Es gab keinen Platz, man war schon voll, nein, sie würden keine Kinder mehr aufnehmen, nein, sie könnten die Anzahl der freien Plätze für das kommende Studienjahr noch nicht überblicken.

Und dann dämmerte es mir – durch dezente Andeutungen meiner Freundin auf die gedanklichen Sprünge geholfen: Man hatte keinen Platz für *dieses* Kind, für meinen Sohn, für ein Ausländerkind! Da war es wieder, was wir in dunkleren Stunden unseres Vietnamabenteuers als Rassismus bezeichnen würden. Carl wurde abgelehnt, weil er anders war. Erst später begriff ich, was es wohl wirklich mit dieser Ablehnung des Andersseins auf sich hatte: Die Direktorinnen hatten schlichtweg Sorge, mit diesem Unbekannten, das in Carl auf sie zukommen würde, nicht umgehen zu können. Dieses Kind würde die Lehrerinnen nicht verstehen (Bingo – berechtigt!), hätte vielleicht Ansprüche, denen man nicht gerecht werden könnte (keine Sorge, wir sind anpassungsfähig), auch mit den Eltern könnte man nicht kommunizieren (noch mal Treffer, zumindest zu Anfang), und was wäre, wenn der kleine Junge nicht essen würde? Letzteres schien hierbei der Damen größte Sorge zu sein. Nach den mageren Jahren der Kriegszeiten scheinen nun in Vietnam, zumindest in städtischen

Gebieten, die fetten Jahre angebrochen zu sein. Jedes Elternpaar ist darauf erpicht, dass ihr Sprössling gut genährt die Bewunderung der Großeltern und Nachbarn auf sich zieht, und selbst von staatlicher Seite wird die Ernährung minutiös gesteuert. Es wird berechnet, wie viel Gramm welcher Speisen jedes Kind pro Tag zu sich nehmen soll; Ärzte kommen in die Kindergärten und notieren auf sorgfältig geführten Formularen den Größen- und Gewichtszuwachs eines jeden kleinen Studenten in endlosen Tabellen. Ein gutes Kind ist ein essendes Kind. Niemand entgeht dem Aufessen. Selbst wenn die Mehrzahl der Zwerge des Morgens schon zu Tamburinrhythmen tanzt, ein Kind bleibt so lange mit dem Frühstücksschüsselchen in der Hand am Rande des Schulhofes stehen, bis die Suppe ausgelöffelt ist. Ja, und nun sollte da ein von McDonald's verwöhntes, westliches Kind (weit davon entfernt!) in den Kindergarten Einzug halten, und was wäre, wenn es das vietnamesische Essen nicht anrühren würde? Das fiele dann auf die Leitung des Etablissements zurück! In einer privaten Kindergarteneinrichtung hatte man uns einen separaten Raum gezeigt – »mit besserem Standard für Ausländerkinder«. Erstaunt blickte ich hinein, konnte jedoch unter all den schwarzhaarigen Süßen mit dunklen Augen kein offensichtliches Ausländerkind ausmachen. Dieses seien entweder Kinder aus Mischehen oder aber von Überseevietnamesen, die in die Heimat zurückgekommen seien. Der bessere Standard bestünde – so erfuhr ich halb verwundert, halb entsetzt – in der besseren Qualität der Nahrung. Mehr Kalorien für fettere Kinder? In mir sträubte sich alles!

Eine mutige, burschikose Direktorin eines staatlichen Kindergartens gab Carl nach mehrfachem Bitten letztendlich eine Chance. In nur wenigen Tagen hatte sich ihre Risikobereitschaft ausgezahlt. Carl aß, dass die Vietnamesen nur so staunten, schlürfte Reissuppe und weiße Nudeln mit Frühlingszwiebeln schneller in sich hinein als so manches einheimische Kind und hatte sich somit seinen Platz in einem vietnamesischen Kindergarten »ergessen«.

Hätten wir uns als Eltern nur auf ebenso einfache Weise in unsere Rolle »hineinessen« können! Während sich unser knapp Dreijähriger flugs in diesem Imperium des Lernens zu Hause fühlte, mit den Wagemutigsten seiner Gruppe über Tisch und Bänke ging und lernte, von der Direktorin Süßigkeiten zu erschleichen, litten wir Großen so manches Mal an »Kindergarten-Appetitlosigkeit«: Hatten wir die richtige Entscheidung getroffen, unseren Sohnemann in seinem zarten Alter alleine in dieser Welt mit tausend Unbekannten seinen Kinderalltag bestreiten zu lassen? Nach und nach waren unsere anfänglich enthusiastischen Vorstellungen von einem spannenden Eintauchen in den asiatischen Alltag nun doch der Ernüchterung gewichen. Ideale wie Horizonterweiterung und frühe Schulung des Sprachempfindens stießen jetzt an ganz praktische Stolpersteine, die – mal kleiner, mal größer und spitzer – so manches wunde mentale Knie verursachten. Wie auch immer geartet, sie alle waren in der Regel entweder sprachlicher oder kultureller Natur.

So hatte uns zum Beispiel Carls Lehrerin an einem der ersten Nachmittage nach Beginn des neuen Kindergartenjahres eine kleine Ansammlung von Heftchen und Büchern in die Hand gedrückt. Bei dem einen handelte es sich um ein Malbuch – diese gedankliche Schlussfolgerung ließen uns zumindest die Konturen von Wasserbüffeln und Bäuerinnen auf dem Reisfeld auch ohne Wörterbuch ziehen. Auf dem anderen, kleineren DIN-A5-Heftchen strahlte uns Onkel Ho (Ho Chi Minh) in schulüblicher Pose mit einem kleinen Kind auf dem Arm entgegen. Es war das Büchlein, in dem Carls Verhalten und seine Fortschritte regelmäßig eingetragen würden. Wie wir später mithilfe unserer vietnamesischen Freunde herausfinden, hat Carl saubere Hände und Füße, sein Haar ist gepflegt und die Kleidung ordentlich. Kann ja nicht schaden, diese Qualitäten mal schwarz auf weiß bescheinigt zu bekommen … Nebst weiterem Lernmaterial war uns noch einer jener unentbehrlichen weißen Frotteelappen mitgegeben worden, mit dem sich eine ganze Nation mit Vorliebe das unter der tropischen Sonne dauerfeuchte Gesicht abzutupfen scheint.

Nachdem Carsten am nächsten Morgen unseren Schatz im Kindergarten abgeliefert hatte, berichtete er beschämt von den vielen Stapeln sauber eingebundener Büchlein, die die Mütter und Väter wieder bei der Lehrerin abgegeben hätten, sowie von lauter ordentlich mit Namen bestickten Läppchen mit Aufhänger. Wir hatten weder das eine noch das andere für unseren Sohn vorbereitet. Wir waren schon stolz genug gewesen, all die Titelseiten der jeweiligen Hefte mit Carls Namen, Adresse und Geburtsgewicht (!) richtig ausgefüllt zu haben. Dem Kleingedruckten, das wir ohnehin nicht hätten übersetzen können, hatten wir keine weitere Bedeutung beigemessen. Beschämt, dass unser Carl aufgrund der sprachlichen Unfähigkeit seiner Eltern als Einziger ohne Fahrschein seine Kindergartenkarriere in Vietnam beginnen sollte, zogen wir Erkundigungen ein: Wo können wir in unserer neuen Wahlheimat Plastikfolie erstehen, um seine ersten vietnamesischen Lehrbücher vorschriftsmäßig einzuschlagen? Wir erfuhren von einem speziellen Geschäft in der Stadt, das sich auf den Ansturm emsiger Mütter und Großmütter zum Schulbeginn unterspezialisiert hat und jenen Einbindeservice anbietet. Und wer verkauft Stickgarn und Nadel in dieser supermarktfreien Zone? Hätte ich doch nur im Handarbeitsunterricht besser aufgepasst! Warum brauche ich einen halben Tag, um vier Buchstaben halbwegs leserlich in das dafür vorgesehene Quadrat aus Frottee zu quetschen? Was bin ich froh, dass wir Carl nicht Jonathan oder Ferdinand genannt haben!

An einem anderen Morgen fährt unser Familienmotorrad mit Vater und Sohn einsam und alleine vor einem verwaisten Kindergarten und einem fest verriegelten Eisentor vor. Warum hatte sich am Vortag eine Ankündigung in großen roten Druckbuchstaben auf einer zugegebenermaßen überdimensional großen Tafel im Schulhof so gänzlich unseren Blicken entzogen? Ist dies ein Fallbeispiel für selektive Wahrnehmung? Ich bin sicher, wäre die Information über diesen freien Tag in Deutsch oder Englisch angeschrieben gewesen, säßen wir alle noch gemütlich bei Müsli und Obst am Frühstückstisch.

Ganz langsam versuchen wir, Carls neue Welt in seiner kindlichen Weise zu begreifen – weg von der verbalen oder schriftlichen Mitteilung und hin zur genauen Beobachtung der Mechanismen, die diesen Mikrokosmos ticken lassen. Dies ist überlebenswichtig, denn zusätzlich zu unserem Handicap des Analphabetismus leiden wir an Kommunikationslosigkeit! Einerseits mögen es fehlende Sprachkenntnisse sein, die jene Barrieren zwischen uns Eltern und den zurückhaltend-schüchternen Lehrerinnen verursachen. Ihr Englisch ist rudimentär, unser Vietnamesisch insbesondere zu Beginn unseres Aufenthaltes nicht existent. Noch massiver aber steht sicherlich eine generelle Scheu vor uns westlichen Marsmännchen einer Kontaktaufnahme im Wege. Carl ist das erste Ausländerkind, wir sind die ersten Ausländereltern, die sich bisher hinter die Eisentore dieses Kindergartens gewagt haben. Man hat keine Erfahrung im Umgang mit dieser blassen und überdimensional großen Sorte von Mensch. Vor allem aber, und das mag wiederum in der langen Abschottung des Landes nach außen begründet liegen, können sich die Vietnamesen nicht im Entferntesten vorstellen, wie fremd und anders die Pädagogik auf dieser südostasiatischen Seite des Globus auf uns wirkt. Stumm und passiv betrachtet man unsere Fauxpas. Unkommentiert lässt man uns fortfahren, Tag für Tag, bis wir selber mit unseren Langnasen auf dieses und jenes stoßen, das im Zuhause der Nachtigallen als unakzeptabel gilt.

So lieferten wir zum Beispiel unseren Sohn jeden Morgen um 7.30 Uhr mit seinem kleinen Rucksack auf dem Rücken auf dem Schulhof bei der Lehrerin ab. Man nickte sich zu – lächelnd im Land des Lächelns –, und Carl sauste fröhlich auf die wacklige Metallrutsche oder die kleinen, von lärmenden Kindern angeschubsten Hollywoodschaukeln zu. Erst nach vielen Wochen dieses morgendlichen Rituals schien folgende Beobachtung in unserem Bewusstsein angekommen zu sein: Die Routine der Kinderablieferung vietnamesischer Eltern sah vor, die Sprösslinge zuallererst zu ihrem Klassenraum in den oberen Stockwerken zu tragen, dort den Tagesrucksack in einem dafür vorgesehenen Regal zu deponieren, um die Kleinen dann, von dieser Last befreit, zum Spielen auf den Hof zu schicken. Nicht, dass dieser Programmpunkt von weltbewegender Bedeutung gewesen wäre, aber warum hat uns nur keine der Lehrerinnen auf dieses Ritual hingewiesen? Stattdessen ließen sie es geschehen, dass sie jeden Morgen die Siebensachen ihres weißhäutigen Zuwachses eigenhändig an Ort und Stelle räumen mussten.

Ein weiteres Beispiel der mangelhaften Kommunikation lässt uns sprachlos schlucken: Carl berichtet nach fast einem Jahr Kindergartendasein, er rolle sich zur Mittagsruhe, da er keine eigene Schlafmatte besitze, immer auf den Matten seiner Freunde, eng an diese gedrückt, zusammen. Aber wir hatten uns doch zu Beginn des Schuljahres in das Thema »Schlafen im Kindergarten« »hineinbeobachtet«. Eine junge Vietnamesin hatte uns geholfen, eine jener dünnen, mit Stoff bespannten Bastmatten zu kaufen, wie sie landesüblich in den heißen Stunden des Tages auf den Fliesenböden der Kindergärten zur *Siesta* für die Kleinen ausgerollt werden. Dieselbe hilfsbereite Person hatte dann auch die mit kindlichen Motiven bedruckte Matratze für uns im Kindergarten abgeliefert.

Wie wir erst im Nachhinein rekonstruierten, hatten wir es in unserer Ahnungslosigkeit versäumt, Carls Namen mit dickem schwarzem Stift auf die Rückseite zu schreiben. Und so ging das gute Stück wohl gleich in den ersten Wochen der Benutzung und nach einem Lehrerinnenwechsel im Mattengewusel der Schule unter. Eine westliche Reaktion einer Betreuerin, die ihren Schützling ohne »Bettchen« gesehen hätte, wäre sicherlich gewesen, die Eltern auf den Missstand anzusprechen. Dagegen werden sich die vietnamesischen Lehrerinnen gewundert haben, warum die seltsamen Westler, die doch im Geld schwimmen und umgerechnet 1,20 Euro für den Kauf einer solchen Schlafmatte übrig haben müssten, ihren Sohn noch nicht einmal mit dem Notwendigsten ausrüsten. Doch beim Wundern blieb es. Man fragt nicht, man erklärt nicht, man nennt kein Problem beim Namen, sondern umgeht es erfinderisch, wie in diesem Fall durch das Ermutigen der übrigen kleinen Steppkes, ihrem Ausländerfreund auf ihren Matten Asyl zu gewähren.

Während wir uns einerseits über fehlende sprachliche Kommunikation wundern, erstaunt uns andererseits die ausdrucksstarke Sprache der Gesten – und dies ist ein Instrument, das wir sprachlosen Ausländer zu entschlüsseln wissen. Ein Medium für eine derartig nonverbale Kommunikation, dessen sich die Direktorin der Nachtigall bedient, sind Bananen. Man stelle sich vor, in Deutschland würde mir ein gezogener Fußnagel den ehrwürdigen Besuch der Leiterin eines Kindergartens bescheren, die mit zwei Riesenbündeln duftender Bananen am Motorradlenker durchs geöffnete Gartentor fährt. Die »Königin der Nachtigall«, der die Neuigkeit von meiner Zehennageloperation zu Ohren gekommen war, bediente sich der gelben Früchte als freundschaftliches Friedenspfeifensymbol etwa der Art: »Auch wenn Sprach- und Kommunikationslosigkeit als kühl herüberkommen sollten, wir kümmern uns doch und fühlen mit.«

Einen weiteren Anlass, zu dem Bananen als Sprachrohr und fruchtige Brücke über einen linguistischen Graben dienen sollten, lieferte uns Carl selber – vielmehr seine Stirn, die im Kindergarten mit einem Besenstiel kollidiert war. Wir waren per Telefon von diesem unglücklichen Zusammentreffen unterrichtet worden und fanden im Büro der Allmächtigen schließlich unseren weinenden Sohn nebst vier der »Mittäterschaft« angeklagten Kinder, drei Lehrerinnen und die Kindergartenkrankenschwester vor. Die Anstifter zu der Rangelei und der des Besenstielhauens Beschuldigte mussten per Verbeugung ihre Reue zeigen. Die Lehrerschaft wartete sorgenvoll auf die Meinung des Vaters zum Thema »Ärztliche Behandlung der Stirn«. Ja, ein paar saubere Stiche wären bei der klaffenden Wunde sicherlich angebracht, lautete das Urteil.

Prompt wurde ein Motorrad für die Fahrt in eine Gesundheitsstation in der Parallelstraße des Kindergartens organisiert. Überraschenderweise sollten wir Eltern von diesem Unterfangen ausgeschlossen werden! Fürsorgliche Arme hatten Carl bereits auf den Sitz hinter seine Lehrerin gehoben. Ja, da riss er schon wieder auf, der Graben der kulturellen Unterschiede: Als westliche Eltern sahen wir uns als Hauptpersonen an der Seite unseres Ältesten und hätten ihn nie alleine mit der Lehrerin und der Schulkrankenschwester zu einem uns unbekannten Bestimmungsort und zu einem für uns undurchschaubaren ärztlichen Nähabenteuer fahren lassen. Während vietnamesische Elternpaare aus Achtung vor Etikette und Status des Lehrkörpers in passiver Zustimmung genickt hätten, setzten wir uns über Rangordnungen und Peinlichkeiten hinweg und beharrten auf unseren Sonderstatus als unkonforme ausländische Sonderlinge. Und diese Rolle behielten wir bei, als wir der Schwester der Gesundheitsstation ansichtig wurden, die sich anschickte, mit Nadel und Faden aus einer zerbeulten Blechkiste eine Naht auf die Stirn unseres Sohnes zu zaubern – noch dazu ohne Betäubung. Freundlich dankend kehrten wir der perplexen Gesellschaft den Rücken. Die Adjektive »steril« und »einfühlsam« hatten die Damen dieses Imperiums über Nadel und Faden offenbar nicht im Repertoire, sodass wir einen Seufzer der Erleichterung ausstießen, als wir zu dritt auf dem Motorrad, Carl in unserer Mitte, den Heimweg antraten.

Noch am selben Abend tauchte die Direktorin wieder auf, abermals mit Bananen am Motorradlenker. Und hätten die gelben Früchte sprechen können, so hätten sie sicherlich gewispert, es tue ihnen leid, dass es zu diesem Vorfall gekommen war. Sie sind aussagekräftiger als Worte, diese fruchtigen Gesten der Kommunikation.

Jeder Kindergartentag gibt neue kleine Einblicke frei: Einblicke in uns fremde Erziehungspraktiken, in kulturell vorgestanzte Verhaltensmuster zwischen Lehrerinnen, Kindern und Eltern und generell Einblicke in einen vietnamesischen Kindergartenalltag, wie ihn zurzeit etwa 17 Millionen Mädchen und Jungen sechs Tage in der Woche erleben. Aber es sind unsere westlichen Augen, die diese Einblicke erhaschen, und unsere westlichen Brillen, die filtern. Nach längerem Hinschauen beginnen unsere ausländischen Augen zu schmerzen, denn nicht immer können Bananen eine kühl-heilende Bandage auf fremde Werte und Ansichten in Sachen Kindererziehung legen.

So spüre ich zum Beispiel noch jetzt den Schauer des Entsetzens, der mir eines Morgens den Rücken herunterlief, als ich den Motorradeinweiser – einen extra für diesen Job von der Kindergartenleitung angestellten dürren Mann – mit vollem Elan Popos schlagend durch die lärmende Kinderschar ziehen sehe. Noch schockierter bin ich jedoch, als unser Bericht über dieses seltsame Geschehen bei vietnamesischen Freunden lediglich ein Achselzucken hervorruft. Aber das sei doch lediglich eine Methode der Respekt- und Furchterzeugung; das sei völlig normal, und ich solle mir keine Sorgen machen! Da, wo wir sonst so sehr auf Gleichbehandlung und Integration setzen, sind wir in diesem Fall dankbar, dass mit zweierlei Maß gemessen wird und man sich scheut, Carls ausländischen Popo in ähnlicher Weise zu misshandeln. Wir bitten eine Freundin, für die Direktorin unsere Ansichten über körperliche Züchtigung zu übersetzen, und stoßen im Gespräch immer wieder an die Grenzen zwischen den Werten zweier verschiedener kultureller Systeme. Nein, niemand schlage in der Schule, beruhigt sie uns. Doch was ist mit den Hieben auf die Beine der Kinder, die nicht einschlafen wollen, oder mit den Schlägen auf die Handflächen, die die Lehrerin im Klassenraum austeilt? Das sei kein Schlagen, das sei ein integrer Bestandteil der Erziehung im Schulalltag! Bis ins Teenager-Alter hinein, so berichten unsere vietnamesischen Freunde, gehöre eine schlagende Hand der Lehrer zum Schüleralltag. Und wo bei uns im Westen ein schlagender Pädagoge vor den Kadi gezogen würde, warten hier die Eltern des misshandelten Kindes vor der Klassentüre, um sich beim ehrwürdigen Lehrpersonal für das unangemessene Verhalten ihres Sprösslings zu entschuldigen.

Ja, Lehrer genießen höchstes Ansehen in der vietnamesischen Gesellschaft, und es gilt als gängige Praxis, sie durch Geschenke milde zu stimmen. Ob man sich erhofft, dass die Anzahl von Schlägen und die Anzahl von Blumen, Schokolade oder Parfüm in einem umgekehrt proportionalen Verhältnis zueinander stehen? Jedes Jahr am 20. November ist dieses Schenken sogar staatlich festgelegt: Am Tag der Lehrer haben Mutter und Vater nicht nur die Chance, ihre Dankbarkeit für den Einsatz der Lehrer zum Ausdruck zu bringen, sondern außerdem, die Waagschalen des Schenkens und Schlagens durch großzügige Gaben in Richtung »popofreundlich« auspendeln zu lassen. Vor diesem bedeutungsvollen Tag haben die Blumenläden Hochkonjunktur, türmen sich extra für diesen Zweck zusammengestellte Geschenkkistchen mit Shampoo oder Haarschmuck in den Geschäften und werden speziell zu diesem Anlass gedruckte Karten in den Regalen der Schreibwarenläden ganz nach vorne geschoben. Säuberlich malen auch wir in eine dieser Karten das Sprüchlein, das unsere Hauselfen für uns vorformuliert haben: »Wir danken der Lehrerin für die Erziehung und das Sorgen um unser Kind.«

»Wo ist denn hier das Klopapier?«, frage ich Carl, als dieser eines Tages beim Abholen noch einmal auf die dunkle, vom Uringeruch geschwängerte Toilette der Nachtigall saust. Als wäre es das Normalste der Welt, erklärt mir mein Sohn, dass ihm die Lehrerin nach Verrichten des großen Geschäftes mit Wasser und ihrem nackten Fuß den Po säubere. Ich suche Bestätigung, vielmehr Widerlegung dieser seltsamen Schilderung bei unserer vietnamesischen Kinderfrau. Ja, bestätigt sie tatsächlich, viele Lehrerinnen scheuten sich, die Pos ihrer Schützlinge, die in Vietnam üblicherweise mit Wasser gereinigt werden, mit der Hand anzufassen, und der Spann des nackten Fuß sei da eine gängige Alternative. Sollten Kinder zu viel auf die Toilette müssen, könnte jedoch auch mal die Hand ausrutschen; in diesem Fall aber nicht zum Säubern, sondern um das arme Menschlein dazu anzuhalten, die Lehrerin weniger mit derartigen Aufgaben zu belästigen. Ich schlucke.

Überhaupt scheinen alle Hände der Lehrerinnen konstant in Beschlag genommen zu sein, was bei der Versorgung und Fütterung von 30 Kindern durch zwei Betreuerinnen durchaus nachzuvollziehen ist. Ähnlich wie Kinder mit erhöhter Stuhlgangfrequenz in der Gunst der Lehrerin nicht gerade hoch angesiedelt sind, so fallen auch die Langsam-Esser schnell in Ungnade.

Eines Sonntagmittags sitzen wir als Familie beim Essen, als Carl auf eine Chilischote auf einem der Teller zeigt. »Das ist *ot*«, sagt er, stolz auf sein Vietnamesisch und die Schote, die die Lehrerinnen immer in die Münder seiner kleinen Freunde steckten, wenn sie nicht schnell genug äßen. Ungläubig schauen wir uns an. Unsere Beunruhigung möglichst verbergend, frage ich noch einmal nach: »Carl, was macht die Lehrerin mit so einer Chilischote?« »Weißt du, Mami«, erklärt er mir mit einer Selbstverständlichkeit, die mich schmerzt, »wenn die Kinder nicht essen, so steckt die Lehrerin ihnen Chili in den Mund.« Die scharfe Schote, so reimen wir es uns zusammen (und bekommen dies anschließend aus vietnamesischen Quellen bestätigt), bringt die armen Würmchen dazu, schnell ihre Münder wieder zu öffnen, um durch weiteres Essen Linderung zu erfahren. »Macht die Lehrerin das auch bei dir?«, frage ich besorgt? »Nein, Mami, ich esse doch schnell.« Und da sind wir wieder auf einer Talsohle unserer Kindergartenerlebnisse in diesem Land angekommen. Wie wird sich Carl in diesem Hin und Her zwischen Akzeptiertem und Verurteiltem orientieren? Bei uns, so erklären wir ihm, solle er das Essen nicht herunterschlingen, sondern sorgfältig kauen. In der Schule entgeht er durchs Schnellessen der Chilifolterung. Können wir es verantworten, ihn täglich einem Umfeld auszusetzen, mit dessen Prinzipien wir nicht immer übereinstimmen?

Am nächsten Morgen packt Carl fröhlich seinen kleinen Rucksack und winkt seinem Bruder zum Abschied zu. Er geht gerne! Wir Großen behaften seine Berichte, die für ihn neutrale Realität bedeuten, mit den Werten, mit denen wir groß geworden sind. Ein Grüppchen seiner engsten Freunde wartet schon am Kindergartentor, und sein dicker Freund Cat zeigt seine Zuneigung durch eine knuddelige Umarmung zur Begrüßung. Als er eine zappelnde grüne Heuschrecke aus seiner Hosentasche zieht, lacht Carl vor Entzücken laut auf. Ein zartes Mädchen im rosa Kleid steckt ihrem ausländischen Freund die Hälfte ihres angelutschten Bonbons in den Mund, und völlig integriert verliert er sich in der wuseligen, fröhlichen Kinderschar. Bis auf seine blonden Haare hat er sich vollständig hineinassimiliert in diese Welt des vietnamesischen Kindergartens, und selbst Gestik und Mimik schalten auf »Vietnamesisch« um, sobald er durch das eiserne Tor in die von Kinderliedern überschallte Welt hinübergelaufen ist.

Fakten, Infos, Ergänzungen, Fakten, Infos, Ergänzungen

Die Moritzburger – Einblicke vietnamesischer Schüler in das deutsche Schulsystem

»A Deutsch home coming«, so lautet der Titel des bewegenden Artikels in der ***Viet Nam News*** vom 30. Oktober 2005. 56 Vietnamesen über sechzig begaben sich per Transsibirische Eisenbahn auf die 15 000 Kilometer lange Reise über Peking durch die Mongolei und Sibirien, über Moskau und Berlin in die 15 Kilometer von Dresden gelegene Stadt Moritzburg. Insgesamt 350 vietnamesische Kinder von patriotischen Intellektuellen und Revolutionärsfamilien, Kinder im Alter zwischen 9 und 15 Jahren, waren 1955 und 1956 per Zug von Hanoi nach Moritzburg und Dresden verschickt worden, um dort am Käthe-Kollwitz-Internat und an der Maxim-Gorki-Schule eine deutsche Erziehung zu genießen. Finanziert wurde der mehrjährige Aufenthalt dieser Kinder aus Ho Chi Minhs kriegsgebeuteltem Nordvietnam von der damaligen Deutschen Demokratischen Republik.

Ein halbes Jahrhundert später reisen 56 mittlerweile ergraute Scholare auf den Spuren ihrer Vergangenheit und berichten von ihren Erfahrungen mit dem deutschen Schulsystem. Während Literatur, Geschichte und Geografie in vietnamesischer Sprache von vietnamesischen Lehrern unterrichtet wurde, übernahmen deutsche Pädagogen die Vermittlung von Mathematik, Physik, Chemie, Musik, Kunst, Biologie und der deutschen Sprache. Über reines Fachwissen hinaus jedoch erinnern sich die heute als »Moritzburger« bekannten Stipendiaten an den Einblick in deutsche Werte und Verhaltensmuster. Strebsamkeit, Disziplin, Sauberkeit, Pünktlichkeit und Ordnung seien für die später in die Heimat zurückkehrenden jungen Erwachsenen für ihre weitere Karriere zu einem entscheidenden Sprungbrett geworden. Die Mädchen hätten außerdem praktische Fertigkeiten wie Nähen, Sticken, Kochen, Wäschewaschen und gründliches Fensterputzen gelernt, während die Jungen an handwerkliche Fähigkeiten herangeführt wurden. Auch Gartenarbeit stand auf dem Lehrplan. Die ehemaligen Schüler wertschätzen rückblickend die umfassenden Lehrmethoden mit praktischem Schwerpunkt. Viele von ihnen blieben für Weiterbildungsprogramme im Osten Deutschlands oder kehrten zum Studium oder zur Promotion zurück. Heute ermutigt die Delegation der Ehemaligen die etwa 2000 in Deutschland studierenden jungen Vietnamesen, hart zu arbeiten und das Beste aus dieser besonderen Chance eines Auslandsstudiums zu machen.

Wir essen vietnamesisch –
ein Eldorado für den Gaumen,
doch eine psychische Herausforderung
für heimwehkranke Geschmacksnerven

Kapitel 7

Wir essen vietnamesisch –

ein Eldorado für den Gaumen, doch eine psychische Herausforderung für heimwehkranke Geschmacksnerven

An com chua? (»Hast du schon gegessen?«), grüßt mich die Mutter von Hong, als wir unsere Söhne im Kindergarten abholen. Sie erwartet von mir ebenso wenig wie die Engländer auf ihr bedeutungslos dahingesagtes «How are you?« eine Antwort – und schon gar keine Rechenschaft über den Zeitpunkt meiner letzten Nahrungsaufnahme oder die Reihenfolge der Gerichte. Diese sprachliche Geste aber illustriert den Stellenwert des Essens in der vietnamesischen Gesellschaft. Vietnamreisende schwärmen noch lange von den kulinarischen Genüssen dieser Küche. Obst und Gemüse in ihrer Reichhaltigkeit stellen selbst die größten Delikatessabteilungen der größten europäischen Kaufhäuser in den Schatten. Auf Märkten sind die Waren frisch, abwechslungsreich, exotisch, würzig, farbenfroh – kurz: ein Eldorado für Entdecker. Ich aber habe bereits sechs Kilo abgenommen und sehne mich mit jeder Faser meines Seins nach einem riesigen Stück Lasagne oder Roulade mit Rotkohl. Mein Körper lechzt nach Kalorien! Zum ersten Mal in meinem Leben trinke ich gerne Cola. Und dabei ist der leicht bittere grüne Tee mit Eis ja so viel gesünder, belebender und objektiv auch wohlschmeckender. Frische Meeresfrüchte, zu Hause eine Delikatesse und ein Schmaus für den Gaumen, lachen mich nicht mehr an. Ganz im Gegenteil, ich kann keine winkenden Krakenbeine mehr sehen. Ich koche Kartoffelbrei, um meine Seele zu streicheln. Was ist los mit mir?

Doch halt, dieses Kapitel scheint ja überhastig mit dem linken Bein aufgestanden zu sein. Meine ausgeprägte Sehnsucht nach germanen

Mahlzeiten kam ja erst nach vielen, vielen Monaten und vielen Bäuchen voller Fischsoße und rosa Krabben zum Ausbruch. Unsere ersten Berührungen mit den kulinarischen Hochgenüssen dieser fernöstlichen Küche standen unter dem Stern des exotisch Neuen und der aufregenden Reizung der Geschmacksnerven. Jedes Essen wurde zum Erlebnis, jeder Bissen zu bisher unbekannten Freuden für den Gaumen. Gerüche versprachen oder versprachen nicht, was sie anzukündigen meinten, denn unsere Nervenenden waren noch nicht auf die subtilen Unterschiede zwischen den verschiedenen Sößchen auf Soja- oder Fischbasis trainiert. Wir aßen uns durch eine völlig neue Erfahrung der Nahrungsaufnahme – und es war spannend! Wildschwein aus den Bergen mit unendlich viel Zitronengras und Knoblauch, dazu Reis und ein Berg voller Grünzeug schmeckten vorzüglich. Wir schlemmten Krabben süßsauer mit Ananas und viel Zwiebeln und Tomate. Auch Froschschenkelchen pikant empfanden wir als delikat, obwohl wir sie zugegebenermaßen nicht ganz ohne Abschalten des Oberstübchens herunterschluckten. Warum nur tut die Vorstellung von hüpfenden, schleimig-verwunschenen Prinzen dem uneingeschränkten Genuss Abbruch? Wir labten uns an Pfannkuchen auf Reismehlbasis mit Sojasprossen und Frühlingszwiebeln, Pilzen oder Tintenfisch. Und auch in hauchdünnes Reispapier eingewickelte Krabben mit Salat und Reisnudeln waren immer wieder ein kulinarischer Höhepunkt. Na, habe ich Ihre Zunge ein klein wenig in den Zauber südostasiatischer Exotik getunkt? Die Palette vietnamesischer Köstlichkeiten ist erschlagend reich und farbenfroh, und selbst nach mittlerweile mehreren Jahren kulinarischen Abenteuers auf dieser Seite des Globus kratzen wir immer noch an der Oberfläche vietnamesischer Gerichtevielfalt.

Eine Erkenntnis aber, die schon viel früher an uns »zu kratzen« begann und der dieses Kapitel gewidmet sein soll, gilt unserer emotionalen Unzulänglichkeit im täglichen Stäbchengebrauch. Während unsere

Holzstäbchen in den ersten Monaten voller Spannung und Humor das aufregende, fremdländische Neuland vietnamesischer Kochkunst balancierten, stochern sie mit fortschreitender Zeit sehnsüchtig nach Vertrautem. Essen hält ja sprichwörtlich Leib und Seele zusammen. Und so beginnt auch unsere Seele in puncto Ernährung ein Wörtchen mitzusprechen. Wo am Anfang Reis und Thunfisch, dünne Sesamfladenbrote und scharfer Fisch mit bitterem Kohl das aufregend Neue unserer Auslandserfahrung unterstrichen hatten, erlagen wir zunehmend einer seltsamen Rückbesinnung auf unsere kulinarischen Wurzeln. Kleine Fata Morganas von wohlgeformten, mit Sonnenblumenkernen bestreuten Frühstücksbrötchen begannen vor unserem inneren Auge zu tanzen, oder ein mit Salami belegtes kräftiges Roggenbrot. Es ist interessant, zu erleben, welch permanenten Stempel uns das Vertraute der Nahrung aufgedrückt hat. Wir schwärmen also aus, um wie Jäger und Sammler in einem fremden Territorium Vertrautem aufzulauern. Und so ein Auf-der-Lauer-Liegen in tropischen Gefilden kann ganz schön erschöpfend sein!

Zu unseren ersten Jagderfolgen gehörte gute, frische Vollmilch. Diese süßlich-sahnige Flüssigkeit zauberte uns beiden »Großen« und unserem Ältesten ein wohliges Grinsen aufs Gesicht, und warmer Kakao mit ganz viel Kakaopulver und Haferbrei am Morgen versetzte uns in einen Zustand des Dauerlächelns. Ein ausländischer Freund hatte uns die Adresse einer Milchfrau gegeben, die seit jenem denkwürdigen Tag mit ihrem Motorrad jeden Vormittag an unserem Gartenzaun vorfuhr. Aus alten 1,5-Liter-Wasserflaschen schüttete sie das cremige Nass durch die Gitterstäbe in einen Topf. Es leben Pudding und Vanillesoße, helle Mehlschwitze und natürlich: mein heiß geliebter Kartoffelbrei!

Interessanterweise schien unser Jüngster diese fröhliche Begeisterung nicht teilen zu können. Er hatte mit vier Monaten seinen Einstieg in die Ernährung mit Reisschleim und pürierten Krabben genommen. Und neben der Muttermilch bekam er zum Durstlöschen in Vietnams heißem Klima ausschließlich Wasser zu trinken. Wenn dies nicht ein Beispiel für frühkindliche Sozialisation in Sachen Geschmacksentwicklung ist ... Noch heute zieht unser »vietnamesisches Kind mit den blauen Augen« Wasser mit frisch gepresstem Zitronensaft oder grünen vietnamesischen Tee mit Eiswürfeln jedem Glas Milch vor. Nun soll das nicht heißen, dass vietnamesische Kleinkinder niemals Milch in den Mund bekämen. Ihnen wird jedoch zum kräftigen Heranwachsen in der Regel die aufbereitete und gesüßte Vinamilk in kleinen Trinkpackungen oder aber mit Wasser angerührtes Pulver verabreicht. Bereits in den Kindergärten werben Milchpulverhersteller für ihre intelligenzfördernden (!) Mixturen. Ich dachte eines Nachmittags, ich sei auf dem Jahrmarkt gelandet, als Mitarbeiter einer Milchpulverfirma in Giraffenkostümen auf dem Schulhof herumhüpften: Sie klärten die jungen Eltern über die Zusatzstoffe auf, die ihre zierlichen, grazilen Kinder in robuste, stämmige Kindergartenkinder verwandeln würden. Und dies ist der Traum eines jeden Elternpaares.

Mit dem Älterwerden wächst die Abneigung vietnamesischer Geschmacksnerven gegen das weiße Getränk, und erwachsenen Vietnamesen ist Milchtrinken regelrecht zuwider. Viele besitzen ohnehin nicht die nötigen Enzyme, um Milchprodukte abzubauen. Wenn unsere Köchin eine helle Mehlschwitze mit Milch bereitet, riechen das ihre Kinder am Abend noch an ihren Kleidern – oh, wie eklig! Ist es da verwunderlich, dass sich die Kundschaft der Motorrad-Milchfrau aus Langnasen mit »verbildeten« Geschmacksnerven zusammensetzt?

Nun, Milch stellte lediglich den ersten Schritt auf unserem Pfad der kulinarischen Jagd- und Sammelanstrengungen dar. Ein kleiner Laden für Rucksacktouristen in der Nähe der vielen Mini-Hotels an der Küste entwickelte sich schnell zum Rettungsanker für unsere heimwehgeplagten europäischen Zungen. So hatten wir zum Beispiel Oliven im Glas, sauer eingelegte Gurken und sogar Kapern entdeckt. Jene sauren Köstlichkeiten hielten unsere vietnamesischen Freunde dann staunend gegen das Licht. Nein, probieren wolle man nicht. Die Köchin habe gerade gestern eine Olive genascht und sich dermaßen gegruselt, dass man es ihr nicht an Waghalsigkeit gleichtun wolle.

Eines Tages hatte ich in eben diesem Laden Pinienkerne entdeckt: Leicht angeröstet, würden sie meinem italienischen Zucchini-Nudelgericht das i-Tüpfelchen aufsetzen. Wir hatten ein nettes älteres Ehepaar aus Schweden eingeladen, das schon seit einigen Jahren in Vietnam lebt und uns immer wieder bei praktischen Überlebensfragen in unserem neuen asiatischen Zuhause zur Seite gestanden hatte. Also sollte ein schmackhaftes Festmahl der Dankbarkeit her, und ich war auf meine Vorspeisenkreation so richtig stolz. Eine kleine Talfahrt hatte mein Stolz bereits im Vorfeld erfahren müssen, als unsere Köchin Gurken anstelle von Zucchini vom Markt mitbrachte. Ich wusste zu diesem Zeitpunkt noch nicht, dass Zucchini in hiesigen Breiten nicht heimisch sind. Aber sie hatte doch meine Zeichnung dieser grünen Leckereien mit Kopfnicken bedacht! Ich wollte unsere erste Abendeinladung nicht durch kulturelle Gräben der Verständigung trüben lassen. Nun gut, dann würde es halt gebratene Gurkenscheiben mit Parmesan und Knoblauch zu Bandnudeln geben. Zum Umdisponieren war die Zeit ohnehin zu knapp. Warum sollten wir nicht angesichts der besonderen Umstände flexibel sein?

Pünktlich um 8 Uhr setzten sich unsere Gäste mit eigens mitgebrachten Messern und Gabeln an die Tafel. Wir hatten uns schwergetan, ein Sortiment an westlichem Essbesteck in dieser stäbchendominierten Welt aufzutreiben. Bei unseren vietnamesischen Freunden haben Messer neben einem Essteller nichts verloren. Das gekonnte Kleinschneiden der Leckerbissen findet in der Küche und nicht barbarisch an der Tafel statt, und vietnamesische Besteckschubladen beherbergen dementsprechend neben einem beeindruckenden Sammelsurium an Stäbchen auch bemalte Porzellan- oder Plastikschäufelchen, Löffel aus Metall und die eine oder andere Gabel.

Zufrieden ließ ich meinen Blick über den gedeckten Tisch schweifen.

Meine Pinienkerne, so empfand ich, verliehen der liebevoll arrangierten Vorspeise die Note des Exquisiten. Und dann passierte es! Mein Stolz wandelte sich in schieres Entsetzen, als es im Gebiss des Herrn Ex-Botschafters mächtig krachte. Welch Glück, dass er keine abgebrochenen Zähne auf seinen Löffel spuckte, sondern lediglich meine gerösteten Pinienkerne, die mit einem seltsamen Klimpern auf das Metall fielen. Schnell schob auch ich einen Löffel voller Kerne in meinen Mund, um der peinlichen Angelegenheit auf den Grund zu gehen. Ich hätte meine Nudeln ebenso gut mit weißen Steinchen garnieren können. Verwirrt suchte ich im Küchenschrank nach der Tüte mit den restlichen Pinienkernen. Sie war ausschließlich auf Vietnamesisch beschriftet, und ich hatte in meiner Freude über den Fund keine weitere Zeit darauf verschwendet, mit meinem Wörterbuch das Etikett zu studieren. Gemeinsam entschlüsselten wir dann die fatale Aufschrift: Ich hatte getrocknete weiße Bohnen erstanden, die an sich schon hart genug waren, doch nun, nach dem Rösten, noch einen Härtegrad zugelegt hatten.

Möge diese Episode lediglich unsere Irrwege beim Jagen und Sammeln auf asiatischem Terrain illustrieren und nicht als Beispiel meiner kochtechnischen Unfähigkeit in die Geschichte eingehen. Denn mit zerknirschtem Gesichtsaudruck musste ich hinnehmen, wie das Opfer meiner Kochkünste mir zum Trost erzählte, dass seine Frau zu Beginn ihrer Ehe »auch nicht kochen konnte«.

Nun bestand unsere Suche nach Vertrautem aber nicht nur aus Rückschlägen. Kommen Sie und werfen Sie einen Blick in die chinesische Apotheke am Ende unserer Gasse: Dort, wo die Einheimischen Antworten auf Halsweh oder Rückenschmerzen suchen, trat ich mit meiner Rezeptsammlung für Weihnachtskekse vor die verwirrte Angestellte. Dieses Paradies fremdartiger Gerüche beherbergte Gewürze wie Zimt, Nelken, Muskatnuss und Kardamom in dunklen Holzschubladen und Papiertüten. Aus diesen mit chinesischen Schriftzeichen versehenen

Kästchen schaufelte man mir dann bereitwillig die weihnachtlichen Seelenstreichler und zerrieb sie in einem Mörser so lange, bis ich sie als kekstauglich empfand. Dann wurden sie in sauber gefaltete Zeitungstütchen eingeschlagen, und Verkäufer sowie Kunden im Laden lachten, als ich zu erklären versuchte, dass ihre Medizin in traditionelle deutsche Weihnachtskekse verbacken werden sollte. Vielleicht sollte ich mir in Deutschland meine Kekse mit Heilwirkung patentieren lassen.

Parallel zu all diesen Anstrengungen, westlich-heimische Nahrung auf unsere Stäbchen zu bekommen, hat es eine vietnamesische Speise geschafft, ganz oben auf der Liste unserer kulinarischen Favoriten zu überleben: die landestypische Frühstückssuppe. Was für eine Erfindung! Stehen Sie auf Herzhaftes am Morgen? Wir haben eine wahre Passion für diese Nudelsuppe mit Sojasprossen, Minzeblättern und Chili entwickelt. Ziehen Sie Ihre Knie hoch! Diese kleinen Plastikhocker sind wirklich nicht für westliche Beinlängen entworfen. Aber der Einsatz lohnt sich. Überall auf der *Bach Dang*-Straße brutzelt und brodelt es in den kleinen Suppenküchen, deren Tische und Stühlchen bis auf den Bürgersteig hinaus aufgebaut werden. Immer noch haben wir es nicht geschafft, uns durch die Bandbreite an Suppenarten hindurchzuessen. Entweder schwimmen in der klaren Brühe hauchdünne Rindfleischstreifen, die nur ganz kurz in der kochenden Flüssigkeit gegart werden; zusammen mit langen Reisnudeln ergibt das meinen absoluten Liebling unter den Suppen, die *pho bo*. Oder kleine Klößchen und Schweinefleischquadrate schmücken die dampfende Brühe; dann heißt sie *mi hoan than*. Rindfleischstücke mit Karotten und Zimt gegart ergibt *bo kho,* und die Variationen der Fleischsorten, Nudeltypen und Geschmacksrichtungen scheinen ohne Ende. Das Herz einer ganzen Nation schlägt offenbar im Nudelsuppentakt. Die Mägen von Nord- sowie Südvietnamesen jubeln beim Anblick von Nudelsuppe. Und ein

Dorf oder ein Viertel einer vietnamesischen Stadt ohne duftende Suppenstände ist schlichtweg unvorstellbar.

Ich liebe die Atmosphäre um den dampfenden Blechtopf herum. Wir haben unser Motorrad neben der mit Stricken an der Hauswand festgebundenen Markise geparkt und an einem der zwei Metalltische auf dem Bürgersteig Platz genommen. Schon wird ein Teller mit knackigem »Kaninchenfutter« gebracht, das frisch auf die heiße Suppe gegeben wird und einen leckeren Kontrast zu den gekochten Nudeln darstellt. Wir nicken nur, als die etwas beleibte Schwester unserer Suppenköchin fragt: »Wie immer?« Schon nach wenigen Momenten dampfen die Suppen vor uns – Fast Food auf Vietnamesisch. Von 5 Uhr morgens an köcheln in den Töpfen der Suppenküchen die Brühen für die Schar der Frühstückenden, die bis etwa 10 Uhr – dann zum zweiten Frühstück – diese Orte der Düfte und warmen Flüssigkeiten frequentieren. Und hierbei ist das Alter und Geschlecht der suppenhungrigen Mägen unrelevant: Männer auf dem Weg zur Arbeit, Kindergärtnerinnen in ihrer ersten Frühstückspause, Polizeibeamte mit ihren Geliebten, Großeltern mit Enkeln, Geschäftsreisende, Marktfrauen, sie alle tummeln sich auf den kleinen Plastikhockern um die Suppentöpfe. Auf jeden dieser Suppenküchentische gehört ein Behältnis mit Stäbchen und Löffeln, denn die rechte Hand pickt Nudeln, Sojasprossen und Fleisch mit Stäbchen, während die Linke quasi simultan mit dem Löffel Suppe nachlegt. Außerdem schmückt ein Sortiment an Sößchen das Zentrum des blank geputzten Tisches: von selbst gemachten Chilikreationen und eingelegtem Knoblauch bis zu handelsüblichen Sojasoßenprodukten. Auf einen Metallspieß aufgesteckt, dienen in Quadrate geschnittene gräuliche Papiere als Servietten, und dann dürfen natürlich die kleinen Gläschen für den kalten grünen Tee nicht fehlen.

Parallel zur suppigen Nationalspeise schlürft der vietnamesische Feinschmecker süßen, kalten Kaffee. Auch wir haben unsere Liebe zu dieser bizarren Kombination aus salziger Speise und süßem Getränk entdeckt. An einem winzigen Tischchen auf dem Bürgersteig gegenüber der Suppenküche läuft die Kaffeeproduktion auf Hochtouren. Ein Gaskocher hält Wasser am Kochen, und in einer Kühlbox lagern Eiswürfel. Ja, auf eine dicke Schicht süßer Dosenmilch tropft erst der heiße Kaffee, in den dann jede Menge Wassereiswürfelchen gegeben werden. Da wir zwei Westler mittlerweile zur morgendlichen Routine in der *Bach Dam*-Straße gehören, müssen wir nur kurz von der einen Straßenseite die Hand heben, und prompt beginnt auf der anderen das Kaffeebrauen. Öffnen wir hierbei weit unseren Mund und spannen die Lippen an, dann kann die schüchterne junge Vietnamesin daraus *da* (Eis) lesen. Ist es kühler, so wie in der Regenzeit, morsen wir häufiger ein *nong* (heiß), zu deren Aussprache wir die Backen wie bei einem aufgeblasenen Frosch nach außen wölben: Die Grimasse hält unsere Kaffeedame davon ab, mit ihren Händen Eiswürfel in unser Glas zu schaufeln. Wenige Minuten später balanciert sie dann die Gläser mit dem Metalllöffelchen über die Straße an unseren Tisch. So einen Hochgenuss an mokkasüßem Gesöff erhält man für umgerechnet 15 Cent.

Wir fühlen uns wohl, man sorgt sich um uns. Es verwundert uns nicht mehr, wenn plötzlich die Königin der Suppenküche mit einer Schere über unsere Teller herfällt und in unseren Reisnudeln wütet. Dabei bin ich schon recht stolz auf meine Stäbchenbeherrschung und hätte die Nudeln durchaus auch ohne ihre Hilfsbereitschaft in den Mund geschlürft bekommen. Dass sie sich selber jedoch ab und zu aus dem großen Topf bedient und ihre Kreation direkt von der großen Suppenkelle in den Mund rinnen lässt, hätten wir besser nicht beobachten sollen …

Irgendwann musste ja auch hier der kulinarische Dämpfer kommen. Traurig spüren wir, dass unsere Sehnsucht nach einem uneingeschränkten Genuss getrübt wird und sich westlich induziertes Unwohlsein beim Stäbchengebrauch einstellt. Denn auch beim Anblick der Abwaschschüsseln auf dem Fußboden, wo benutzte Schüsselchen und Stäbchen in kaltem Wasser einweichen, klingeln unsere Hygiene-Alarmglocken. All unsere Versuche, das Denken abzustellen, scheitern, und von nun an tauchen wir jeden Morgen unsere eigenen, mitgebrachten Stäbchen in die leckere Rinderbrühe.

Gegen die unfreiwilligen Tauchaktionen unserer Füße hingegen scheint kein Kraut gewachsen. Ja, wagen Sie doch schnell noch einen Blick unter unseren Tisch: Hier stupst mein großer Zeh gerade eine Zitronenschale beiseite, während ich versuche, meinen rechten Hacken auf der Metallstange über der Ansammlung von Papierchen und Salatresten zu positionieren. Alles, was oberhalb der Tische an Müll anfällt, fällt unterhalb auf den Müll der vorigen »Suppenschlürfer«. Und mit diesem Usus betreibt die Suppenküche das billigste Marketing, das mir je untergekommen ist: Viele Papierchen zeugen von vielen Kunden. Je höher der Berg, desto populärer das Etablissement!

Ebenfalls in die Kategorie »Hadern beim Essen« fällt die Sorge vor Parasiten. Eines Morgens beobachten wir, wie einer der Gäste am Nachbartisch eine leere Medikamentenverpackung neben seinem dreckigen Geschirr zurücklässt – sie gehört zu einer Entwurmungstablette! Ja, die aufgeklärte Schicht des Städtchens schluckt alle sechs Monate diese gepressten weißen Pulvertabletten, um potenziellen kriechenden Mitbewohnern in ihrem Körper im wahrsten Sinne des Wortes die Hintertür zu weisen. Vor allem die frischen grünen Blätter auf meiner Lieblingssuppe sind beliebte Wohnstätten für Wurmeier, die im warmen Wasserbüffeldung ein glückliches Leben führen. Für die Bevölkerung auf dem Land, die häufig noch ohne fließendes Wasser und Wasserklosetts lebt, gehört es zum Alltag, in ihren Gedärmen Hakenwürmer oder Askaris zu beherbergen.

Ja, und dann ist da schließlich noch die fehlende Privatsphäre, die unsere Emotionen beim täglichen Stäbchengebrauch ins Wanken bringt. Essen im Land des Lächelns hat nichts Privates. Reisnudeln und Reiskörner finden selten unbeobachtet ihren Weg in die Münder der hungrigen Stäbchenhalter. Auf diesem Fleckchen Erde geht Essen sichtbar vonstatten. Wie auch unsere Suppenküche, so befinden sich viele der Essensplätze entweder direkt auf dem Bürgersteig oder sind zur Straße hin offen. Der Hungrige ist somit nicht nur neugierigen Blicken der Vorbeischlendernden ausgesetzt, sondern auch der Ausdauer der vielen Straßenverkäufer: Kaugummis oder Lose werden über den Rand unserer Teller geschoben; eine Tüte mit frischen Erdnüssen schreckt uns beim Löffeln hoch. Auch die Tatsache, dass wir in trauter Zweisamkeit unser Frühstück einnehmen, scheint unsere Umwelt nicht davon abzuhalten, sich zu einem kurzweiligen Gespräch zu uns an den Tisch zu setzen.

Unsere vietnamesischen Freunde scheinen im Gegensatz zu uns keinerlei private Essens-Enklaven für ihr psychisches Wohlergehen zu benötigen. Auch der am heimischen Herd gekochte Fisch mit Reis und scharfer Fischsoße scheint auf der Treppenstufe vor der Haustüre besser zu schmecken als abgeschottet am Küchentisch. Der »Esstisch« vietnamesischer Kinder wird gleich auf die Straße verlegt und ist damit wohl der abwechslungsreichste dieser Erde. Junge Vietnamesen werden überall gefüttert: Mütter, mit Schüsselchen und Löffel bewaffnet, laufen ihren Dreikäsehochs bis in die Gasse nach. Diese führen unbeirrt ihr Spiel im Freien fort und öffnen, mehr oder weniger genervt, wie Vogelkinder ihre Mündchen für einen neuen Löffel des typischen *an chao*, einen Reisbrei mit Gemüse oder Fleischstückchen. Noch kleinere Süße nehmen ihre Mahlzeiten auf ihrem Dreirad ein – oder auf Omas Arm, während diese, an ihr Gartentor gelehnt, mit der Nachbarin ein Schwätzchen hält. Das Konzept eines sitzenden Kindes bei Tisch scheint kaum verbreitet.

Dieses vietnamesische Essverhalten der Kleinkinder stellte uns kurz nach unserer Ankunft im Land des öffentlichen Essens vor eine Herausforderung: In ganz *Nha Trang* fanden wir keinen Kinderladen, in dem Hochstühlchen angeboten wurden. Wir beschlossen, dass wir zu unflexibel seien, um uns in diesem Punkt den Sitten unseres Gastlandes anzupassen, und gingen auf die alternative Hochstuhl-Pirsch. Also fertigte ich eine Zeichnung eines solchen Füttermöbelstücks an, um einen Tischler zu bitten, einen derartigen Stuhl mit hohen Beinen und Tischchen für unseren Jüngsten zu schreinern. Der Tischler nickte enthusiastisch mit dem Kopf.

Was wir zu diesem Zeitpunkt noch nicht ahnen konnten, war, dass die begeisterte Reaktion des guten Mannes die Geburt unseres Elefantenthrons besiegeln sollte. Jenes bedeutungsvolle Nicken hatte, wie sich später herausstellte, keinesfalls seine Übereinstimmung mit unseren Wünschen ausgedrückt, sondern ein Überdecken seines Nichtverstehens. In einem Land, wo im Denken der Menschen das Gesichtwahren ganz oben und das Nachfragen ganz unten angesiedelt ist, wurde daraufhin von verwunderten Arbeitern ein museumsreifes Möbelstück produziert, auf dem ein Elefantenbaby hätte Platz nehmen können. Die mit grauem Plastik überspannte Sitzfläche hätte jeden ausgewachsenen Riesenpopo bequem beherbergt. Das kleine Tischchen war so weit von der Rückenlehne entfernt, dass drei Babys wie auf einem Schlitten hätten sitzen können. Die Rückenlehne entsprach stilistisch jener eines rustikalen Esszimmerstuhls für übergewichtige Herren, und den krönenden Abschluss bildeten die gedrechselten vier Beine des Kuriosums, die jeden Stuhl im Speisesaal eines edlen bayrischen Lokals hätten zieren können. Schallend lachten wir das unschuldige Möbel bei seinem Einzug in unser neues Heim aus. Nun aber, nach zweijähriger Existenz an unserem Esstisch, haben wir reuevoll Abbitte geleistet. Selbst Jonas' vietnamesische Kinderfrau scheint regelrecht verliebt in diesen robusten, schweren Kinderthron, der das Füttern erleichtert, aber auch zu künstlerischen Aktivitäten jeglicher Art hervorragend einsetzbar ist.

In diesem westlichen Möbelstück wurde Jonas dann auch in westlicher Manier dazu ermutigt, ganz ohne Hast und Druck selber den

Löffel zu schwingen. Draußen auf der Straße finden vietnamesische Süppchen auf energischere Art und Weise den Weg in die Münder seiner kleinen Freunde. Wer nicht freiwillig das Scheunentor öffnet, so beobachten wir es immer wieder, bekommt die Ration mit Gewalt hineingeschoben. Das größte Ziel einer vietnamesischen Mutter und Großmutter ist die liebevolle Anhäufung kindlicher Pfunde auf den Rippen ihres Nachwuchses. Als Jonas mit seiner Kinderfrau von einem Besuch im nachbarschaftlichen Kindergarten zurückkommt, berichten sie, dass sich Kinder immer wieder übergeben und das Hineingestopfte herauswürgen. Unberührt von dieser »Retour-Prozedur« gehe die »Gänse-Stopfung« jedoch weiter. Uns westlich sozialisierten Beobachtern schnürt sich aus Sympathie die Gurgel zu, wenn die Kleinen so lange ihr Herausgewürgtes wieder hineingestopft bekommen, bis es endgültig im kapitulierenden Bäuchlein verschwunden ist.

Die einzigen »Mitglieder« der Gesellschaft, die zwar gefüttert werden, aber völlige Entscheidungsfreiheit darüber zu haben scheinen, ob und wie sie die dargebotenen Speisen vereinnahmen, sind die Toten. Denn ja, im buddhistisch geprägten Vietnam wird ehrfurchtsvoll auch des Hungers der Verstorbenen gedacht. An bestimmten Tagen streuen unsere Nachbarn Reis in die Gasse, damit die hungrigen Seelen der Ahnen ihre Bedürfnisse nach irdischer Nahrung stillen können. Zu sich jährenden Todestagen kommt die Familie zu »Toten-Gedenk-Essen« zusammen, wobei für den Verstorbenen ein Gedeck an der Tafel der Lebenden aufgelegt wird und man ihm beim Essen von den herausragenden Geschehnissen im Familienkreis berichtet. Auch auf die Altäre in Suppenküchen oder Geschäften gehören Nahrungsmittel neben den Räucherstäbchen zu buddhistischen Feier- und Gedenktagen. Wir müssen ein Auge auf unsere Kinder halten, die diese Leckereien auf ihrer Augenhöhe allzu verlockend finden.

Die Tatsache, dass Nahrung den vietnamesischen Alltag bis in spirituelle Sphären hinein prägt, tröstet uns in Momenten kulinarischer Depressionen – mag es doch auch unser emotional schwankendes Gedankenkreisen um unseren Speiseplan entschuldigen. Unser deutscher Geist braucht wieder Nahrung. Gestern Abend haben wir mit einem aus Deutschland geschickten Zuckerhut eine Feuerzangenbowle mit Nelken aus der Apotheke improvisiert – übrigens ganz privat in unserer Küche, und ohne Zaungäste (!) –, und auf der Einkaufsliste für morgen habe ich Zutaten für Kartoffelpuffer mit Apfelmus notiert.

Fakten, Infos, Ergänzungen, Fakten, Infos, Ergänzungen

Fischsoße ist Balsam für vietnamesische Mägen

Mische Wasser oder Kokosnussmilch mit einem großzügigen Spritzer Fischsoße. Zerreibe Chili und Knoblauch in einem Mörser und rühre es in die Flüssigkeit. Eine Prise Zucker und ein Spritzer Zitronensaft runden das Sößchen ab, und hauchdünn geschnittene Chilischeiben verleihen der Delikatesse das optische i-Tüpfelchen.

Ich habe genau mitgeschrieben, als unsere Hauselfen dieses vietnamesische Lebenselexier anrühren. Ein Einblick in vietnamesische Essgewohnheiten ohne die respektvolle Würdigung der Fischsoße käme einem deutschem Kochbuch ohne Kartoffelrezepte gleich. Fischsoße wird als eines der Hauptgewürze in der vietnamesischen Küche verwandt und ist als Dip für Frühlingsrollen, Fisch, pikante Pfannkuchen und viele Gerichte unersetzbar. Varianten zur Verfeinerung der Fischsoße mit Chili, Knoblauch, Zitrone etc. kennen keine Grenzen, und jede Region im Land hat ihre Art und Weise, der heiß geliebten braunen Flüssigkeit eine individuelle Note zu verleihen. Eine gute Fischsoße ersetzt für die Armen sogar Fisch, Fleisch oder Gemüse, und so manches Mal habe ich beobachtet, wie die Baustellenarbeiter von nebenan zum Mittag ausschließlich Reis mit Fischsoße löffelten. Penetranter Fischsoßengeruch bedeuted für den Vietnamesen »Heimat«, und so mancher Überseevietnamese lässt sich sein »salziges Fischwasser« – denn so heißt die Soße direkt übersetzt ***(nuoc mam)*** – von zu Hause mitbringen. Doch woraus besteht dieses stinkende Herzstück einer jeden vietnamesischen Küche?
Kleine Fischchen, in der Regel Sardellen, werden mit Salz, Zucker

und Wasser einem Fermentationsprozess unterzogen, der mehrere Monate dauert. Am Ende des chemischen Fischsoßenwunders ist eine hellbraune Flüssigkeit voller Aromastoffe, Proteine und Aminosäuren entstanden. Glaubt man den Fischsoßen-Befürwortern, dann tun wir unserem Körper etwas Gutes, wenn wir ihm über ***nuoc mam*** Vitamine wie B 12 zuführen. Kritiker weisen jedoch auch auf krebserregende Stoffe hin, die während des Fermentationsprozesses durch Hydrolyse mit Salzsäure und Neutralisation mit Soda oder Natronlauge entstehen können. Möchte man hundertprozentige Fischsoße guter Qualität erwerben, dann sollte diese nicht im Fermentationsprozess durch Hydrolyse beschleunigt worden sein. Auch sollte man darauf achten, dass keine Geschmacksverstärker zugegeben oder Zucker und Karamell zur Farbbeeinflussung zugesetzt worden sind. Eine gute Fischsoße sollte bräunlich klar sein, so wie guter Whiskey, und keine Bodensätze aufweisen. Echte Kenner schwören zusätzlich auf die Herkunftsregion der nationalen Labsal, wobei in der Regel patriotisch motiviert die Heimatregion am besten abschneidet. Ich bin natürlich auch davon überzeugt, dass ***Nha Trang*** die qualitativ hochwertigste und geschmacklich beste stinkend-braune Flüssigkeit im ganzen Land hervorbringt.

Kreativ auf zwei Rädern –
wie die Fahnen im Wind

Kapitel 8

Kreativ auf zwei Rädern –

wie die Fahnen im Wind

Bei der zum Trocknen ausgelegten, gewürfelten Schweineschwarte biege ich in die *Hung Vuong* Straße ein, nicht ohne vorher zur Warnung gehupt zu haben. Es ist 7 Uhr am Morgen, und bereits diese entlegene Gasse ist angefüllt vom Motorengeräusch der unzähligen Honda-Billigversionen, vom rostigen Scheppern der Fahrradklingeln und vom wellenförmigen Hoch- und Herunterschalten beim Anfahren und Abbremsen der Fahrzeuge. Während die einen noch an der Schweineschwarten-Garküche ihre Reisteigküchlein schlotzen, rollen die anderen bereits auf ihren Zweirädern ihrem Tagewerk entgegen. Und dieses Rollen erfolgt mit einer derartigen Kreativität, mit Erfindungsgeist und stoischer Ignoranz aller auch nur erdenklichen Hindernisse, dass es uns Anfängern in der Kunst des vietnamesischen Motorradfahrens stets aufs Neue den Schweiß der Angst oder der Verwunderung auf die Stirn treibt. Na, wir sind ja auch nicht von Kindesbeinen an in diese Rolle eines vietnamesischen Verkehrsteilnehmers hineingewachsen.

Hätten Sie Lust, einen Moment auf einem der roten Plastikhocker der Garküche zu verweilen, Reisküchlein in getrocknete Krabben und Schweineschwartenbrösel zu tunken und zu beobachten, wie eine Motorradkarriere in Vietnam ihren Anfang nimmt? Gerade in dieser frühen Morgenstunde sind nämlich die Vielzahl aller Vehikel in der Mission »Schule« unterwegs. Und da sitzen sie, die kleinen Würmchen, mit ihren Rucksäcken voller klebriger Süßigkeiten, Vinamilch im Pappkarton und Kleidung zum Wechseln, und werden von ihren Mamis oder Papis zum nahegelegenen Kindergarten gefahren. Wer privilegiert ist, thront dabei auf einem zwischen Lenker und Fahrersitz angeschraubten Kindersitz. Die Knirpse waghalsigerer Eltern schauen unbeeindruckt von ihrem Bambusstühlchen herunter, das eigentlich ins Wohn- oder Esszimmer gehört, in vielen Fällen jedoch kunstvoll vor dem Fahrer auf die Maschine gepfropft wurde. Der Rest der kleinen Verkehrsteilnehmer schafft es immer wieder, meine deutschen (spießigen?) Vorstellungen von Sicherheit im Straßenverkehr vollends auf den Kopf zu stellen, denn die Bandbreite an Kindertransport-Varianten ohne speziellen Sitz ist sensationell: Da gibt es zum Beispiel die ganz kleinen Sandwich-Passagiere, die eingequetscht zwischen Fahrer und Beifahrer schon mit wenigen Monaten ein Gefühl für die Fortbewegung auf dem Feuerstuhl entwickeln. Populär scheint bei diesen jungen Motorradhelden das Genießen einer guten Aussicht. So sieht man sie in der Regel aufrecht auf dem Sattel stehen, entweder über die Schulter des Beifahrers nach hinten lächeln oder – mit beiden Händchen am Hals des Fahrers und den Wind in den wenigen Haaren – das Verkehrsgewusel vor der Maschine bewundern. Außerdem scheint ein «drink on the road« nicht unüblich für diese Generation, und so mancher Dreikäsehoch lässt unbeirrt die Milch aus dem Fläschchen durch die Kehle rinnen, während sich Papi stetig durch den Verkehr arbeitet. Ist der kleine Mitfahrer schon ein wenig älter, darf er selbstständig hinter seinen Eltern Platz nehmen, und ich bin beeindruckt von der Disziplin, mit der die Verkehrsakrobaten der Zukunft ihre Beinchen an beiden Seiten abspreizen, um zu verhindern, sich an dem heiß gewordenen Auspuff zu verbrennen.

Haben Sie ein Auge für Modetrends? Achten Sie mal auf die Spezial-Motorradbekleidung für vietnamesische Kids: Mädchen sehe ich immer wieder mit einer »Gardine« behängt durch die Straßen kreuzen; wie ein Fliegengitter über der Torte einer illustren Tee-Gesellschaft soll dieses Arrangement verhindern, dass den kleinen Damen Mücken, Fliegen, aber vor allem Staub ins Gesichtchen fliegen. Viele der Kinder tun es ihren Müttern gleich und tragen die landesübliche

Bankräubermaske, einen Mundschutz, der mit Gummis hinter den Ohren befestigt wird – ebenfalls, um Staub fernzuhalten. Nur wenige der Kinder sieht man mit Helm ihre Fahrt antreten, doch »behütet« sind sie alle mit Kappen und Mützen, Tüchern und bunt bedruckten Hütchen, um sie gegen die Sonne zu schützen.

So wächst sie heran, die neue Generation der Zweiradkünstler. Bald wird sie es ihren Eltern an Kreativität und Fahrgeschick gleichtun. Denn noch rollt ein gesamtes Land auf zwei Rädern – abgesehen von wenigen Privilegierten in den größeren Städten. Noch stellen Taxis, Feuerwehrautos, Busse, Krankenwagen, Regierungsfahrzeuge und die äußerst spärlich gesäten Privatwagen der wenigen Reichen die einzigen vierrädrigen motorisierten Gefährte auf den Straßen Vietnams dar. Noch ist Ideenreichtum gefragt, wenn es darum geht, nicht nur Personen, sondern alles, und wirklich alles, was so im Leben eines Menschen transportiert werden muss, auf Motorrädern, Fahrrädern, Cyclos oder per Fahrrad angetriebenen Karren zu befördern.

So staunte ich zum Beispiel nicht schlecht, als kurz nach unserem Einzug in die Gasse des Mekongduftes Waschmaschine und Kühlschrank auf dem Motorrad angeliefert wurden. Unsere Doppelmatratze, auf der wir vier die ersten Wochen unseres Vietnamdaseins die Nächte verbrachten, bugsierte ein drahtiger alter Mann per Cyclo durch unser Gartentor. Wie sein Kollege den schwankenden, instabilen Turm aus acht wabbeligen Matratzen auch nur annähernd sicher durch den Verkehr manövriert, ist mir ein Rätsel. Unser Getränkemann balanciert übereinandergestapelte Wasser- und Bierkisten auf dem Sattel seiner olivgrünen Maschine, und für Carstens Studie finden 45 Kilo Salz zur Stuhlanalyse natürlich ihren Weg per Motorrad in unsere Straße. Die Angestellten des Computerladens liefern Rechner, Bildschirm und Drucker auf ihren Rollern aus, und der freundliche Herr des Spielzeugladens lächelt beim Kauf der Dreiräder für Carl und Jonas: Anlieferung inklusive – natürlich mit dem Scooter. Ganze Wohnzimmereinrichtungen wackeln auf der vietnamesischen Rikscha durch den dichten Verkehr, eine kleine Garküche wird erfindungsreich in Tüten und Taschen an ein Fahrrad drapiert, zwei riesige Bastkörbe mit frischem, duftendem Baguette lassen nur noch die Krempe des geübten Brotausfahrers aus der Fülle der Brote hervorragen. Große, mit Stricken aneinandergebundene Fensterscheiben flimmern auf dem Sitz eines Cyclos in der Sonne und blenden die vorbeifahrenden Schülerinnen in ihren weißen Uniformen.

Doch nicht nur Menschen und Güter fahren Zwei- oder Dreirad. Wenn Sie ein wenig länger am Straßenrand verweilen, werden Sie sicherlich auch immer wieder Tiere erspähen, die wie selbstverständlich auf zwei Rädern durch das Verkehrschaos kreuzen. Ich schmunzele zum Beispiel über die Vogelkäfige, die an den Lenkstangen passionierter Vogelhalter baumeln. Diese Männer – hierzulande sind es die Vertreter des männlichen Geschlechtes, die mit einer Hingabe das Hobby des Vogelhaltens ausüben – gewöhnen die kleinen Sänger von klein auf ans Motorradfahren. Mit blauen Tüchern zugedeckt, schaukeln die Piepmätze zu den vielen Zusammenkünften der Vogelfreunde und scheinen es sichtlich zu genießen, mal von einem anderen Zweig zu zwitschern und von fachsimpelnden Ornithologen bewundert zu werden. Doch nicht nur beflügelte Freunde fahren Motorrad – auch behufte, beflosste oder befellte Kreaturen hängen, sitzen oder stapeln sich auf Zweirädern. Lebendige Schweine sieht man in Bambusreusen auf den Gepäckträger geschnallt. Mich erinnern sie an die grobmaschigen grünen Netze für Weihnachtsbäume, in die man in Deutschland die Tanne zum Transport hineinschiebt. Fische für den Hausteich oder für ein Glas auf dem Wohnzimmertisch schwimmen in Plastiktütchen am Lenker der Motorräder, und Hunde jeder Größe thronen vor ihren Herrchen oder Frauchen auf dem Sattel wie kleine Kinder.

Es ist gar nicht nötig, unseren Schweineschwarten-Ausguck auf dem Bürgersteig zu verlassen, um weitere Verkehrsstudien zu betreiben.

Soll ich uns Sojamilch in einer durchsichtigen Plastiktüte mit Strohhalm von der schrumpeligen Oma an der gegenüberliegenden Ecke herüberholen? Gerade fährt eine fünfköpfige Familie fröhlich und pitschnass in Badekleidung auf einem Motorrad an mir vorbei. Wie sie es schaffen, dass die Mutter mit dem dicken Po am hinteren Ende des Sitzes nicht herunterrutscht, grenzt an ein Wunder. Reichere »dicke Pos«, so habe ich beobachtet, fahren mit Vorliebe Automatikscooter, und dies alleine. Ja, wer es sich leisten kann, zeigt seinen Reichtum in Form von Körpervolumen und Pferdestärke. Noch sind beleibte Vietnamesinnen eine Seltenheit, doch sie sind auf dem Vormarsch, und ihre Pfunde werden von vielen als Zeichen des Wohlstandes sehnsüchtig bewundert. So füllig die einen, so dürr die anderen. Die dürrsten unter den Verkehrsteilnehmern sind in aller Regel die Cyclofahrer, zähe, durchtrainierte Männer, deren Körper aus Muskeln und sonnengebräunter Haut tagein, tagaus Hochleistungssport betreiben. Wenn sie nicht gerade mit Fotoapparaten behangene Touristen oder mit Gemüsekörben beladene Marktfrauen chauffieren, dann dösen sie am Straßenrand in ihren »Dreirädern«. Doch Achtung vor zu voreiligen Schlüssen! Der Schein trügt, denn unter halb geschlossenen Lidern sucht das geschulte Auge die Straßenränder nach potenziellen Kunden ab. Glücklich ist derjenige, dem feste Kundschaft ein stetiges Einkommen bringt. Einige der radelnden Kollegen warten zum Beispiel jeden Nachmittag vor den Kindergartentoren auf ihre Fuhre quirliger, lärmender Kinder, die dann über- und aufeinandergestapelt den Rückweg nach Hause antreten.

Gilt es, sperrigere Objekte größeren Volumens zu transportieren, an denen selbst der findigste Motorradfahrer oder der stapelfreudigste Cyclofahrer scheitern würde, dann müssen beradelte rechteckige Holzkarren mit vier Rädern her. Als unsere Nachbarn ein neues Haus bauen, wird sämtliches Baumaterial, Zementsäcke und Ziegelsteine, Sand und Kies, Werkzeuge und Betonmischer, mit dieser Spezies von

Vehikel angeliefert und vor unserem Zaun abgekippt. Auch eignen sich diese per pedes angetriebenen Vierräder ausnehmend gut für den »Doppelakt«. So staune ich nicht schlecht, als lange Eisenstangen für das Gießen von Zementpfeilern von einem Karren auf den anderen gelegt und per Karren-Tandem ihren Bestimmungsort erreichen. Nur für einen Moment geträumt – und schnell macht der uneingeweihte Hondafahrer einen Salto wie am Reck. Leicht sind die dünnen Eisenstangen zwischen den Karren zu übersehen, und nicht jedes Tandem-Team zeigt sich vorausschauend rücksichtsvoll und dekoriert die halsbrecherischen Verkehrsfallen mit bunten Wimpelchen. Eine noch größere Herausforderung für ahnungslose Verkehrsteilnehmer stellt jedoch das Trio oder Quartett dar, sozusagen die aufgemotzte Version des Tandem-Karrentransportes. Denn haben die in die Pedale tretenden Radler Glück, dann leihen ihnen Freunde die zusätzlichen PS per Motorrad und schieben von der Seite mit dem Fuß die unmotorisierten Kollegen an.

Egal, wer und was, wie und von wem transportiert wird, alle diese Aktionen unterliegen ein und demselben verkehrstechnischen Prinzip: »Fahre wie das Flattern der Fahnen im Wind.« Ja, Sie ahnen vielleicht schon, jetzt geht es ans Eingemachte, herunter vom Plastikhocker des passiven Beobachters, hinauf auf den Sattel und hinein ins Geschehen. Ich habe mich dazu durchgerungen, von einer abhängigen, chauffierten Frau zum unabhängigen und eigenständigen Chauffeur zurückzumutieren. Ich war an einem Punkt angelangt, an dem ich es nicht länger akzeptieren wollte, dass ein mir fremder, wuseliger, undurchsichtiger Zweiradverkehr meine dynamische Selbstständigkeit beschnitt. Bevor ich mich jedoch in den höheren Sphären des verkehrstechnischen Mitmischens tummeln konnte, galt es zuallererst, so ein motorisiertes Gefährt überhaupt in Gang zu bekommen, es halbwegs gradlinig zu steuern, Schaltung und Gasgeben zu koordinieren und es nach erfolgreicher Fahrt auch wieder zum Stehen zu bringen. In den heißen Mittagsstunden umrundete ich immer wieder das Häuserquadrat der Nachbarschaft. Zwischen 12 und 13.30 Uhr sind die Gassen wie ausgestorben, und wenn mir auch der Schweiß von der Nasenspitze tropfte, so war doch niemand potenziell davon bedroht, meinen Anfänger-Eskapaden zum Opfer zu fallen.

Sobald ich die technische Seite der Fortbewegung auf unserer neu erworbenen »Honda-Wave« gemeistert hatte, stand mir die Feuer- und Wassertaufe des Eintritts ins wahre Motorradleben bevor. Die beste Herangehensweise an dieses Unterfangen war es vielleicht, jegliche Erinnerung an den Unterricht in einer deutschen Fahrschule auszulöschen und völlig von vorne anzufangen. Regel Nummer eins: Bleibe immer im Fluss, bleibe nie stehen. Und hier ist die Metapher der Fahnen im Wind hilfreich. So wie diese immer in Bewegung, schlängelnd im Wind dahinflattern, so sollte sich auch das Motorrad konstant bewegen. Abruptes Bremsen verunsichert und verschreckt die Umwelt. Und diese Philosophie hat Konsequenzen: Mit einer einzigen Ausnahme, nämlich an roten Ampeln (obwohl auch hier nicht jeder die rote Farbe mit seiner Bremse in Verbindung bringt), hält man *nicht* an! Wollen Sie zum Beispiel links abbiegen und es kommt Gegenverkehr, so heißt das nicht, anhalten und abwarten, sondern dennoch abbiegen. Lassen Sie sich dabei keinesfalls von einer heranrollenden Front von Gegenverkehr abschrecken! Begeben Sie sich nur mutig und genau darauf zu. Wie Tannenzapfen auf Wasser scheinen sich alle Fahrzeuge einer unstrukturierten Gesetzgebung unterliegend zu umschaukeln. Während die einen stetig ihrem Geradeaus-Kurs folgen, schlängeln sich die Abbieger diagonal bis auf die andere Straßenseite hindurch. Von ultimativer Wichtigkeit ist es hierbei, nicht zu zögern und bloß keinen Blickkontakt aufzunehmen. Verunsichertes Aufblicken schafft Verwirrung. Langsames, stetiges Fahren, egal wohin, macht berechenbar und einschätzbar. Auch Geisterfahren ist absolut legitim und funktioniert am besten, wenn Sie selbstbewusst und burschikos auftreten. Also, Augen zu und durch, hinein ins Gewusel, weiterfahren – den

Atem, jedoch nie das Fahrzeug per Bremse anhalten! Und so fließt es tagein und tagaus bei 20 bis 30 Stundenkilometern dahin mit einer verblüffenden chaotischen Gelassenheit – und dem gelegentlichen Unfall …

Ja, und auch da können wir mitreden. Ort des Geschehens: Gasse des Mekongduftes. Angeklagte und Kläger: Papi mit Sohn Carl und der Blockwart des Viertels. Ja, gerade der hatte es sein müssen, der aus der Seitengasse herausschoss und mit dem es einen Beinahe-Zusammenstoß gab. Nun möge man annehmen, ein Beinahe-Zusammenstoß sei ja kein richtiger, und damit sei das Thema glimpflich vom Tisch beziehungsweise von der Straße. Doch weit gefehlt. Die kleine Quasi-Kollision sollte lediglich den Auftakt unseres eignen, persönlichen Verkehrskrimis bilden. Herr Dung, ein regierungstreuer Beobachter der Nachbarschaft, war von seiner Maschine geglitten und begann sich wild gestikulierend wie ein Rumpelstilzchen zu gebärden, was bei unserem Vater die Alarmglocken klingeln ließ. »Mache dich aus dem Staub, so schnell du kannst«, wird vielen Entwicklungshelfern und westlichen Berufstätigen von ihren Entsendeorganisationen geraten, denn Situationen können schnell eskalieren, und dann steht man als Ausländer hilflos überfordert da. Ohne dem Wutausbruch verbal folgen zu können, wirkten die fuchtelnden Arme bedrohlich, und außerdem gab es da noch unseren unschuldigen Dreijährigen auf dem Motorradsitz. Also, nichts wie davon!

Doch damit ließ sich Herr Dung nicht abspeisen. Auch er schwang sich auf seinen Feuerstuhl, nahm die Verfolgung auf, und schon war sie in vollem Gang, eine Jagd wie im Gangsterfilm, Motorrad an Motorrad durch die Straßen der morgendlich geschäftigen Stadt. Unser Papi war von dem einzigen Gedanken beseelt, seinen Sohn ungeschoren hinter die sicheren Mauern des Kindergartens zu bringen. Und da waren sie auch schon in Sicht, die starken, ausgebreiteten Arme der Direktorin, die ihnen Unterschlupf und Verschnaufpause gewährte, während der Verfolger wutschnaubend vor dem Gittertor auf und ab patrouillierte. Nun folgte, was viele Vietnamesen mit allen Mitteln zu verhindern wünschen: das Einschalten der Polizei. Denn sobald die Beamten auf der Bildfläche erscheinen, heißt es: »Motorrad, ade!« Das Gefährt wird auf einen Polizeiwagen verladen, sodass Sie sich für die nächsten Wochen, wenn nicht Monate, von Ihrem fahrbaren Untersatz verabschieden können.

Nächster Ort der Handlung: Polizeiwache. Mittlerweile war nach Carstens Telefonat aus dem Büro der Direktorin ein gut deutsch sprechender, vietnamesischer Freund eingetroffen und begann zu vermitteln. Noch immer ist uns rückblickend nicht ganz klar, welche kulturellen Dynamiken die Geschehnisse an jenem Morgen prägten. Einerseits vermuteten unsere Freunde, Herr Dung habe Geld aus uns Ausländern herausquetschen wollen. Denn objektiv war nichts passiert, und weder Mensch noch Fahrzeug hatten Kratzer vorzuweisen. Immer wieder kommt es vor, dass man den unwissenden, hilflosen Ausländer um einige Dollar zu erleichtern hofft. Andererseits schienen filigranere zwischenmenschliche Verhaltensmuster eine Rolle zu spielen, und wieder einmal wurden wir mit der Sorge der Vietnamesen konfrontiert, »das Gesicht zu verlieren«. Carsten solle sich dafür entschuldigen, sich einfach aus dem Staub gemacht zu haben, hieß es. Das würde Herrn Dungs Seelenheil wiederherstellen sowie die Konfiszierung der beiden Fahrzeuge rückgängig machen. Carsten erklärte den Grund für seine Flucht, hielt sich aber zurück, Argumente wie »rechts vor links« vorzubringen, und murmelte höflich einige versöhnende Worte. Beide Parteien schüttelten sich die Hand, und somit war dieser Vorfall ad acta gelegt. Noch am gleichen Nachmittag fuhren wir los, um für die ganze Familie Sturzhelme zu kaufen.

Kehren wir kurz zurück ins innerstädtische Verkehrsgewusel mit seinen eigenen Regeln. Denn ohne die Erwähnung des Fußgängers ist die Charakterisierung des asiatischen Straßenlebens noch nicht komplett.

Auch zweibeinige Verkehrsteilnehmer gehen – getreu dem alles dominierenden Motto – ohne anzuhalten und ohne zu gucken, unbeirrt wie sich schlängelnde Fahnen im Wind, durch die Stadt. Frauen überqueren mit Kochtöpfen die stark befahrene Straße; zwei Jungen kicken einen Fußball genau dort, wo bei uns ein Mittelstreifen wäre; ein blinder älterer Mann im landesüblichen Altherren-Schlafanzug tastet sich zum Suppenstand auf den gegenüberliegenden Bürgersteig herüber; eine Oma schiebt ihren zweijährigen Enkel auf einem Dreirad mitten in die Straße hinein (ohne Rücksicht auf Verluste!); und eine gebückte Marktfrau trägt auf einem Joch die Überbleibsel ihrer Ware nach Hause. Wenn ich darüber nachdenke, so ist mir während unseres gesamten Aufenthaltes in Vietnam keine Situation in Erinnerung, wo eines dieser zweibeinigen Verkehrshindernisse mit abfälligen Bemerkungen bedacht worden wäre. Wo einem motorisierten Sturkopf im Westen ein »Kannst du nicht aufpassen!« entfahren würde, umschifft sein vietnamesischer Counterpart alles, was sich ihm in den Weg stellt, mit geradezu unverständlicher Selbstverständlichkeit: Schlaglöcher und Fußgänger, Radfahrer und motorisierte Mitkämpfer.

Nur ein einziges weiteres Gesetz scheint – als das Nonplusultra – jener Regel der Fahnen im Wind übergeordnet zu sein und dem Orientierungslosen zumindest einen kleinen Anhaltspunkt zu geben; es lautet: Macht dem Stärkeren! Welch seltsames ungeschriebenes Verkehrsgesetz in einem kommunistischen und somit der Gleichheit verschriebenen politischen System! Sollte es also im Straßenverkehr dazu kommen, Vorfahrtsentscheidungen zu treffen, so sind die uns vertrauten Regelungen der Straßenverkehrsordnung radikal außer Kraft gesetzt. Hier gilt die Hierarchie der Pferdestärke – beziehungsweise »groß vor klein« –, also: Bus vor Taxi, Taxi vor Motorrad, Motorrad vor Fahrrad, Fahrrad vor Fußgänger! Schauen Sie mal, gerade schiebt sich ein voll beladener, stinkender Bus mitten hinein in den Fluss der unzähligen

Motorräder auf der Hauptstraße und pflügt sich langsam, aber bestimmt seine Gasse frei.

Ist es uns schlussendlich erfolgreich gelungen, jegliche Verkehrsregeln europäischen Ursprungs ins Unterbewusstsein zu verbannen und uns in dieses hierarchisch gegliederte Wehen der Fahnen einzufinden, so wartet nur noch das letzte Kapitelchen, sozusagen der Abspann im Buch der vietnamesischen Radelkreativität darauf, beherzigt zu werden: das Parken. Denn schließlich muss eine Infrastruktur her, die diese Zweirädrigkeit halbwegs geordnet unterstützt und es uns ermöglicht, von zwei Rädern auf zwei Füße umzusteigen. So gibt es überall in der Stadt Motorradabstellplätze, die von uniformierten Herren mit Kreide und Zettelchen bemannt werden. Sei es auf dem Markt, wo unter wackelig abgespannten Planen Zweiräder im Schatten geparkt werden können, vor Krankenhäusern, vor größeren Geschäften, vor der Post, vor Banken, Regierungsgebäuden oder Restaurants, überall verblüfft die Kunst des Rangierens von Motorrädern auf engstem Raum. Mit weißer Kreide wird eine Nummer auf Sattel oder Verkleidung des Motorrades gekritzelt und im Gegenzug ein Zettelchen mit der korrespondierenden Nummer ausgegeben. Als ich heute aus der Post kam, fand ich anstelle einer Nummer die Aufschrift *xe tay* (»Ausländer-Fahrzeug«) auf meinem Sattel.

Kommt der vietnamesische Mann oder die Frau des Abends nach Hause, verbessert sich die Qualität des Parkens für den zweirädrigen Kameraden, und das knatternde Vehikel wird zum Freund der Familie aufgewertet: Es bekommt den Logenplatz im Wohnzimmer zugewiesen. Am Anfang wirkten diese Einblicke noch befremdlich und wir schmunzelten, wenn wir beim Spazierengehen durch offene Haustüren Motorräder jeglicher Form und Größe neben Sofa und Fernseher geparkt entdeckten. Doch mittlerweile ist es auch für uns Routine geworden, einen geschäftigen Motorradtag damit zu beenden, unser Zweirad über die eigens dafür angestellte Rampe durch die Haustüre hinein in die Küche zu hieven und vor dem Arbeitszimmer zu parken. So ist es nicht nur diebstahlsicher verstaut, sondern verwandelt sich in diesen Abendstunden noch für ein Weilchen in das Lieblingsspielzeug unserer Söhne, die unter »Brumm-brumm«-Geräuschen auf den Sattel zu klettern versuchen und ihre Interpretation von »Fahnen im Wind« in der weniger chaotischen Atmosphäre des eigenen Hauses ausprobieren.

Fakten, Infos, Ergänzungen, Fakten, Infos, Ergänzungen

Und noch immer tragen vietnamesische Sturköpfe keine Helme

Vietnamesisches Verkehrsverhalten ist weit mehr als ein fotogenes, beschreibenswertes Kuriosum für uns Ausländer. Die mit dem Straßenverkehr verbundenen Risiken haben es ganz oben auf die Liste der potenziellen Gefahren geschafft, die Touristen von ihren Regierungen vor ihrer Reise ausgehändigt bekommen. Neben Hühnergrippe und Kriminalität warnt zum Beispiel die amerikanische Regierung auf dem Informationsblatt ihrer Botschaft ganz massiv vor Unfällen: Motorräder und Fahrräder führen häufig gegen den Verkehrsfluss, Straßen in größeren Städten seien verstopft mit Motorrädern, Autos, Bussen, Lastwagen, Fahrrädern, Fußgängern und Cyclos. Grundlegende Verkehrsregeln würden nicht befolgt, die Vorfahrt nicht beachtet und das rote Licht der Ampeln ignoriert. Stimmt, das können wir nur bestätigen.

Als Tourist kann man sich dieser ihren eigenen Gesetzen folgenden Verkehrswelt einfach entziehen: Ein Wedeln mit einem Bündel Dollarnoten genügt, und schon pflügt man, geschützt vom dicken Metall einer klimatisierten Limousine, den westlichen Po auf weiches Leder gebettet und mit gezückter Kamera, durchs Chaos. Für viele Vietnamesen jedoch bedeutet dieses Straßenchaos: Unfälle, Verletzungen und häufig auch Tod. Um die 12 Millionen Motorräder sind derzeit auf vietnamesischen Straßen zugelassen – Tendenz steigend! Lassen Sie uns drei Nullen wegstreichen, und wir kommen auf die Zahl von 12 000 tödlichen Verkehrsunfällen pro Jahr – auch hier ist die Tendenz steigend! Das entspräche, so vergleicht die Hilfsorganisation Asia Injury Prevention Foundation eindrücklich, einem Jumbojet-

Absturz alle 20 Tage. Was die makabere Statistik an Verkehrstoten anbelangt, steht Vietnam damit an achter Stelle weltweit. Darüber hinaus weisen die Landesstatistiken jährlich um die 30 000 schwere Kopfverletzungen und Gehirnschäden als Folge von Verkehrsunfällen aus. Diese Verletzungen wiederum beanspruchen in den urbanen Ballungszentren rund 75 Prozent des finanziellen Budgets der Krankenhäuser.

Zunehmend suchen die vietnamesische Regierung und Hilfsorganisationen nach Gründen für die dramatischen Statistiken. Neben fehlender Kenntnis von Verkehrsregeln und schlecht gesicherten Kreuzungen und Verkehrsknotenpunkten wird die frustrierende Antwort immer lauter: Der vietnamesische Sturkopf trägt keinen Helm!

Wir zur Vorsicht instruierten Westler schütteln nur sprachlos den behelmten Kopf. In einem Land jedoch, wo noch vor einem Jahrzehnt die Mehrzahl der Verkehrsteilnehmer mit dem Fahrrad unterwegs war, haben Anti-Helm-Argumente immer noch Gewicht: Helme sind teuer; Helme sehen nicht schick aus und ruinieren die Frisur; mit Helm lässt sich das Mobiltelefon beim Fahren nicht benutzen; unter einem Helm bricht einem in diesen tropischen Gefilden schnell der Schweiß aus.

Vietnamesische und internationale Hilfsorganisationen betreiben derzeit eine massive Propaganda für das Tragen von Helmen, welche nun auch durch praktische Maßnahmen der Polizei unterstützt wird. So ist dies zum Beispiel bereits der vierte Morgen, an dem ich am Stadtrand an einer beachtlichen Reihe betrübter Fußgänger vorbeikomme, die verzweifelt in ihre Mobiltelefone tippen, um von Freunden abgeholt zu werden. Ihre eigenen, konfiszierten Fahrzeuge werden gerade auf einen Lastwagen gehievt, neben dem uniformierte Beamte wie am Fließband unbehelmte Verkehrsteilnehmer aus dem Verkehrsfluss fischen. Erst drei Tage später wird der nun über die Helmpflicht auf außerstädtischen Straßen Instruierte sein Zweirad gegen eine Gebühr abholen dürfen. Gerade gestern hat mich eine vietnamesische Freundin darüber aufgeklärt, was es mit den wie Pilze aus dem Boden schießenden Helmständen vor besagten Polizeikontrollen auf sich habe: Für eine Gebühr von umgerechnet 50 Cent, so erzählt sie, kann der Unvorbereitete einen Plastikhut ausleihen, mit dem er dann guten Gewissens an den uniformierten Beamten vorbeirollt. Hundert Meter weiter nimmt ein Mitarbeiter des findigen Ausleihers diese Requisiten wieder entgegen.

Ein Hoch den Schlappen – oder: Eine dreiminütige Ode an vietnamesische Schuhe

Kapitel 9

Ein Hoch den Schlappen –

oder: Eine dreiminütige Ode an vietnamesische Schuhe

Plastik in allen Farben und fußangepassten Formen, ein vertikales Röllchen desselben Materials zwischen dem großen Zeh und dem »Zeigezeh« und ein weiteres Riemchen über dem Spann: das versteckte Wahrzeichen einer Nation. Sie stellen selbst den traditionellen *non,* den aus Palmenblättern gefertigten Spitzhut, oder die landesbekannte Frühstückssuppe *pho bo* in den Schatten. Nie hätte ich gedacht, dass meine Gedanken einmal mehr als über die praktische Notwendigkeit des Schuhetragens hinaus um Fußbekleidung kreisen würden, geschweige denn, dass das Sinnieren über Schlappen ein ganzes Kapitel füllen würde. Die tägliche Konfrontation mit diesem luftigen Schuhwerk aber hat mich eines Besseren belehrt.

Schnell erstirbt dem Sandalen oder Turnschuh tragenden Westler das Lächeln auf den Lippen, wenn er unzählige Male am Tag versucht, sich an Türschwellen zu Privathäusern, Mini-Hotels, Tempeln oder Büroräumen ungeschickt seiner Schuhe zu entledigen. Während die Vietnamesen elegant im Gehen, quasi ohne auch nur für einen Moment zu verweilen, ihre Schlappen von den Füßen streifen und barfuß das Innere eines Hauses betreten, überkommt den Ungeübten das Gefühl des Unbeholfenseins. Wir stellen den Rucksack ab, lösen die Klettverschlüsse unserer Trampersandalen oder die Schnürsenkel unserer Markensportschuhe und sind irgendwie immer die Letzten, die unsere klobig wirkenden Treter säuberlich neben das Sammelsurium an Schläppchen neben der Türschwelle stellen. Nach vielen Monaten und vielen Schritten auf dieser tropischen Seite des Globus wackeln nun auch unsere Zehen in asiatischen Schläppchen, wobei unser Carl derjenige ist, der am natürlichsten und selbstverständlichsten in und aus seinen bunt bedruckten Kinderschläppchen schlüpft. Dass Jonas einmal in blauen Minischläppchen aus Plastik laufen lernen sollte, hätte ich noch vor Betreten dieses Schlappenimperiums als unvorstellbar abgetan.

Wenn sie auch jeglichem Konzept von Fußorthopädie, von Gedanken an Fußbett, Senk- oder Spreizfuß, Spann oder Wölbung spotten, so sind sie hinsichtlich Form und Modell, Farbe und Schnitt geradezu unschlagbar. Vorne spitz zulaufend, rechteckig oder abgerundet, mit oder ohne Absatz, in Pink mit Röschen auf den Riemen, in einer Plastikimitation von Gold, mit schimmernder Seide bezogen oder einfach nur von einem Gitter in schmutzig- weißem Plastik überspannt: Der Bandbreite an Schläppchen scheint keine Grenze gesetzt zu sein. Selbst die Soldaten im Krieg transformierten altes Reifengummi in eine latschenähnliche Fußbekleidung. In den Märkten nageln Schuster eine beeindruckende Auswahl an geblümten und gemusterten Plastikriemen auf eine ebenso große Auswahl an verschiedenfarbigen Holzsohlen. Und so mancher Tourist lässt sich von dem hübschen Design blenden, nur um am Abend seine blasengebeutelten Füße durch ein warmes Fußbad oder eine Massage milde zu stimmen.

Ebensowenig wie Form und Farbe der vietnamesischen Schläppchenkollektionen an Grenzen von Design oder Kreativität stoßen, ebensowenig scheint es Einschränkungen in Sachen Trageanlass und Gelegenheit zu geben. Frauen tragen die elegante Version zum Seidenkleid am Abend und die Kunstlederversion – denn die gibt es schließlich auch – ins Büro. Der weiße Netzlatschen ist zum Arbeiten auf dem Bau beliebt, und die Röschenversion wird offenbar von jungen Damen des Landes zur Jeans bevorzugt. Es gibt Garten- und Ausgehschlappen, Arbeits- und Freizeitschlappen, Strand- und Straßenschlappen, Tanz- und Feiertagsschlappen – aber Schlappen sind es halt immer.

Wohin das Auge auch schaut: Das Volk »schlappt« – und alles ist darauf eingestellt, sogar die Motorradindustrie. Natürlich steuert man dieses Hauptverkehrsmittel mit den Schlappen. Auch Stilettoabsätze an feminin-filigraner Fußbekleidung halten die Damen der Schöpfung nicht davon ab, das schwere Gefährt sicher durch den Verkehr zu manövrieren. Ob in der Herstellung dieser Zweiräder die Gangschaltung schon im Hinblick auf die beschlappten Fahrer so eingerichtet worden ist, dass Hoch- und Herunterschalten der Gänge jeweils durch Treten und nicht durch Hochziehen des Spanns, wie bei uns in Europa, ausgelöst wird? Auch scheinen das Schlappentragen und die Fußbeherrschung quasi Hand in Hand zu gehen. Amüsiert bestaune ich ein Schlappen-Angelmanöver eines barfüßigen Motorradfahrers, der im Zentrum einer befahrenen Kreuzung mit seinem wackelnden großen Zeh seinen abtrünnig gewordenen braunen Lederlatschen wieder seinem Bestimmungsort zuführen will – und dies wohlgemerkt während der Fahrt von seiner langsam den Schuh umkreisenden Honda herunter.

Schlappen, die sich gerade nicht in Bewegung befinden, wollen deponiert werden. Ein vietnamesischer Hauseingang ohne eine mehr oder weniger chaotische Ansammlung von Schlappen wäre ebenso undenkbar wie ein Eisverkäufer ohne Eis. Schlappen stehen an Vorder- und Hintertüren für Familienmitglieder und Besucher bereit. Schlappen reihen sich auf den Stufen der Pagoden, empfangen den Zugreisenden in seinem Schlafwagenabteil oder türmen sich auf klapperigen Metallregalen in Schulen und Kindergärten.

Das heißt, seit ein paar Wochen hoffe ich jedes Mal beim Abholen unseres ältesten Schatzes, dass ich diese Palette an Kinderschlappen, deren Bandbreite an Modellen übrigens jener für Erwachsene in keiner Weise nachsteht, noch in ihrer Vollzähligkeit vorfinde. So erwartete mich doch Frau Hong, eine der beiden für die 30 Kinder aus Carls Gruppe zuständigen Lehrerinnen, eines Nachmittags in hocherregtem Zustand, um mir mit fuchtelnden Gesten klarzumachen, mein Sohn habe den rechten Schlappen eines Mädchens durchs offene Fenster in eines der Nachbarhäuser gezielt. Orange sei er gewesen, mit einer Biene auf dem Querriemen, und zur Demonstration hielt sie die linke Version dieses Schlappens in die Luft. Ach, wenn mir doch nur die passenden Worte auf Vietnamesisch zur Verfügung gestanden hätten, diesen bedauernswerten Schlappenwurf zu kommentieren. Auch wollte ich mich gebührend dafür entschuldigen, dass eines der kleinen Mädchen an diesem Tag beinahe mit nur einem Schuh nach Hause trippeln sollte und die Lehrerin peinlichst berührt bei den Nachbarn hatte vorstellig werden müssen, um den »bebienten« Schlappen zurückzufordern.

Abgesehen von der Einteilung in Kinder- und Erwachsenenschlappen und Schlappen für jede erdenkliche Gelegenheit, lässt sich auch die Gruppe der privaten Schlappen von jener der kommunalen Schlappen abgrenzen. Mit diesem Aspekt der vietnamesischen Schlappenbenutzung wurden wir bereits in den ersten Wochen unseres Aufenthaltes im Lande vertraut gemacht. Wenn auch das Haus, in das wir zogen, nur spärlich möbliert und im Großen und Ganzen dürftig eingerichtet war, so übernahmen wir es jedoch »mit Schlappen«, Schlappen der kommunalen Sorte. Auf einem grauen Plastikregal vor der Haustüre reihten sich ein paar weiße Männerschlappen der einfachsten Badelatschengüte, ein zierliches Paar Damenschläppchen aus hartem Plastik in Lila, von denen man schnell Druckstellen am Ballen bekam, und ein weiteres Paar der Marke »Gitternetzlatschen«.

Vor allem in der Anfangszeit im Hause 5 der Gasse des Mekongduftes herrschte ein Kommen und Gehen der verschiedensten Handwerker. Und an dieser Stelle sei dieser Truppe ein dreifaches Hoch ausgesprochen, denn ein jeder, ob Glaser oder Maler, Schlosser oder Küchenfliesenleger, Elektriker oder Klempner, streifte am Hauseingang unaufgefordert seine dreckigen Schlappen ab und betrat barfuß das Haus. Wie würden die Augen deutscher Hausfrauen leuchten, ließen die deutschen Kollegen dieser Männer ihre Matschschuhe auf dem Abtreter stehen!

Wieder einmal war eine Gruppe Männer im Haus, diesmal um Möbel zu liefern. Ich stand am Eingang und entdeckte nach langem Suchen meine aus Deutschland mitgebrachten weichen Badelatschen an den staubigen Füßen eines Tischlers, der wie selbstverständlich damit im Garten auf und ab lief. Vielleicht sind meine Wahnvorstellungen von Warzen oder Fußpilz völlig überzogen und ich sollte mich an der freizügigen Art und Weise des Schlappenteilens erfreuen …

Eine weitere Episode dieses üblichen Schlappenteilens spielte sich im kleinen Hinterhof unseres Hauses hinter unserer Küche ab. Carl rief mich eines Mittags freudestrahlend herbei und verkündete lachend: »Guck mal, Mami, Frau Ngoc und Papi wechseln sich ab.« »Sich abwechseln« gehört zum festen Bestandteil von Carls Kleinkindwortschatz und war bisher in unserer Familie auf das Teilen von Spielzeug angewandt worden. Na, wenn das, was sich meinen Augen darbot, nicht ein Beispiel für frühkindliche Transferleistung war! Da stand unsere Köchin in Papis Schlappen und schnippelte Gemüse. Dass wir bisher die Idee von »sich abwechseln« auf zwei aktiv beteiligte Partner angewandt hatten, schien für Carl nicht von Bedeutung, und die Tatsache, dass Papi ungefragt seine Schuhe mit Frau Ngoc teilte, war schlichtweg zweitrangig. Besagte Köchin fuhr übrigens gerade gestern in den Schlappen unseres Gärtners heim – ein Versehen, das unserem Herrn Ngia nicht die Möglichkeit der Revanche gab, da sie in spitzen Kunstlederschlappen für Damen gekommen war, in die sich seine Füße nicht hätten hineinzwängen lassen.

Zuweilen geht das Teilen auch zu weit. Eines Morgens war unsere gesamte Straße »entschlappt« aufgewacht, nachdem eine Diebesbande systematisch alle vor den Türen stehenden Latschen und Schlappen im Schutz der Dunkelheit und sicherlich barfüßig, da lautlos, eingesammelt hatte. Schlappauge, sei wachsam!

Fakten, Infos, Ergänzungen, Fakten, Infos, Ergänzungen

Die vietnamesische Schuhindustrie boomt

Diskussionen um Dumpingpreise und Strafzölle hat Vietnams Schuhindustrie 2006 in europäische Schlagzeilen katapultiert. Unfaire Subventionen der vietnamesischen Regierung, so argumentiert die Europäische Kommission, würden die heimischen Produzenten schädigen und das Angebot vietnamesischer Schuhe unter den Herstellungskosten die Wettbewerbssituation verzerren. Strafzölle in Höhe von 16,8 Prozent für Schuhe aus Vietnam werden eingeführt.
Diese Diskussion verdeutlicht: Die Schuhindustrie Vietnams boomt und macht auf sich aufmerksam. Etwa eine halbe Million Menschen sind bereits in diesem Sektor beschäftigt. Im Jahr 2005 bezog Deutschland 67 Millionen Paar Schuhe aus Vietnam, das damit an die zweite Stelle auf der Importländerskala rückte. Nur aus China werden noch mehr Schuhe importiert. Hierbei handelt es sich vor allem um Kunstlederprodukte und den Schlager im vietnamesischen Schuhsortiment: die Schlappen.
Auch der nationale Verband der Schuh- und Lederindustrie Vietnams ist sich des Potenzials dieses Industriezweiges bewusst und erhofft sich nach der Aufnahme des Landes in die Welthandelsorganisation seine Exportzahlen im Schuhsektor weiter in die Höhe treiben zu können. Hierbei profitiert der Standort Vietnam vor allem von Trends der europäischen Schuhindustrie, wegen des immer teurer werdenden Faktors Arbeit unzählige arbeitsintensive Fertig- oder Halbfertigprodukte aus Drittländern mit niedrigem Lohnniveau zu beziehen. Nicht selten werden auch ganze Produktionsstufen in Billiglohnländer ausgelagert. Des Weiteren wird die verstärkte Förderung von Rohöl und Gas im Südchinesischen Meer

dazu führen, dass die Schuhindustrie Vietnams wettbewerbsfähiger werden kann, insbesondere dann, wenn das Land – voraussichtlich ab 2007 – auf eigene Raffineriekapazitäten zurückgreifen kann. Die zunehmende Bedeutung der vietnamesischen Schuhe im Ausland spiegelt sich außerdem im wachsenden Interesse von ausländischen Importeuren an der Qualität des Herstellungsprozesses des vietnamesischen Schuhs wider. So hat es sich zum Beispiel die 1999 gegründete Vietnam Business Links Initiative (VBLI) zur Aufgabe gemacht, die Branche bei Einhaltung internationaler Standards für Sicherheit und Gesundheit am Arbeitsplatz zu unterstützen. Arbeitsbedingungen rund um die Schuhproduktion sollen verbessert werden. Hierunter fallen unter anderem die Auswahl, Lagerung, Handhabung, Verwendung und Entsorgung der Chemikalien, die für die Schuhherstellung benötigt werden. Auch Sicherheitsfragen bezüglich Elektrizität, Schutzkleidung, Reinlichkeit im Arbeitsbereich, Lärmreduktion und schädlichen Auswirkungen von Dämpfen und Staub werden angegangen. Unterstützung findet diese spezielle Initiative vonseiten des Britischen Amts für Internationale Entwicklung, Adidas-Salomon und anderer Sportartikelhersteller. Laut eigener Angaben nehmen bereits über 60 Prozent der lokalen Schuhfabriken an Aktionen im Rahmen dieses Programmes teil.

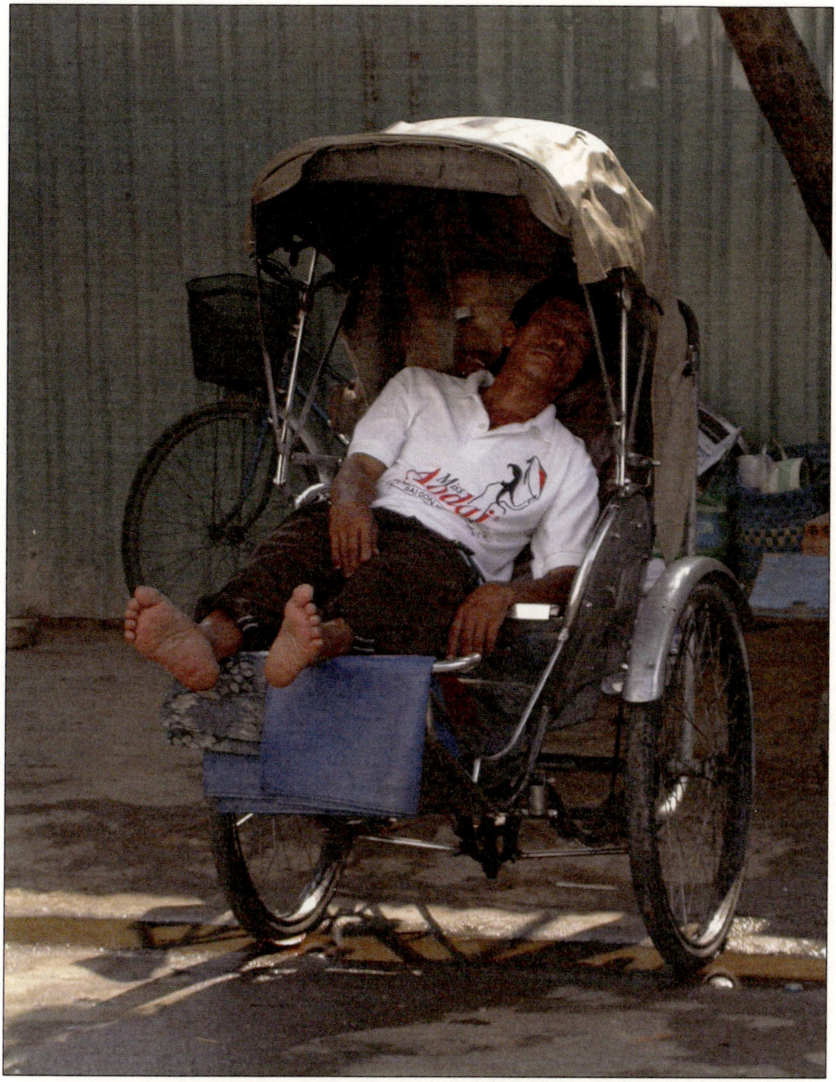

In Vietnam scheint Privatsphäre
ein seltsames Konzept –
Beinhaarzupfen und Sojapudding im Regen

Kapitel 10

In Vietnam scheint Privatsphäre ein seltsames Konzept –

Beinhaarzupfen und Sojapudding im Regen

Wir sitzen auf dem kühlen Fliesenboden in der offenen Tür des Häuschens meiner Freundin. Neben dem blühenden Porzellanstrauch im verzierten Tontopf liegt, wie zufällig zu einem modernen Kunstwerk arrangiert, ein Sortiment an Schlappen, und ein stuppiger Hund döst ergeben an seiner kurzen Leine unter dem Vordach aus Wellblech. Wir riechen den Regen, der noch nicht fällt, aber imminent ist. Vor der Kokosnusspalme haben sich die Wolken schwarz verfärbt, und schließlich öffnen sich die Schleusen des Himmels und ganze Wassermassen stürzen hernieder. Gemäß dem Auftritt eines Schauspielers zu Beginn einer Tragödie taucht just in diesem Moment eine faltige Frau im »Schlafanzugensemble« mit spitzem Strohhut und Tragejoch über den Schultern am Gartentor auf und tritt ein – ungebeten. Wie selbstverständlich sucht sie unter dem Baum im kleinen Vorgarten Schutz vor dem Unwetter. Das ungenierte Verhalten des ungeladenen Gastes scheint niemanden zu verwundern. Überhaupt scheint das selbstverständliche Auftauchen fremder oder flüchtig bekannter Menschen im eigenen Garten zum vietnamesischen Miteinander zu gehören.

Als das Dach unseres Hauses repariert wurde, beobachteten wir zum Beispiel erstaunt, wie wildfremde Neugierige zwischen Zementsäcken und Holzplanken angeregte Gespräche mit unseren Arbeitern führten. Sie diskutierten das Bauvorhaben, die Kosten, aber ganz besonders natürlich »uns«. Hier mischt man sich ein, ganz legitim.

Ein anderes Mal komme ich vom Einkaufen nach Hause und finde auf den Stufen zu unserer Eingangstür ein kleines Mädchen auf Jonas' Dreirad vor, das sich nur unwillig von seiner Kinderfrau mit

Reisschleim füttern lässt. Beide, Mädchen wie Kinderfrau, hatte ich noch nie zuvor gesehen. Na, wenn ein Umgebungswechsel die Kleine zum Essen animiert, soll mir das nur recht sein.

Aber zurück zur faltigen Dame und dem Regenguss. Auf den beiden geflochtenen Bambusschalen ihres Joches balanciert sie eine Schale mit süßem Sojapudding, der mit Ingwerstückchen garniert ist. Da sie nun einmal auf den Schwingen der Vorsehung hereingeschneit, vielmehr hereingeregnet kam, reichen wir ihr Porzellanschälchen aus der Küche. Mit einer blechernen Kelle löffelt sie den glibberigen Inhalt in jedes hinein, und während wir uns im Schneidersitz auf dem Boden die unverhoffte Delikatesse schmecken lassen, hockt sie daneben, schaut zu und erzählt. Man stelle sich vor, »Herr Bofrost«, der bei seiner Lebensmittellieferung zufällig von einem Gewitter überrascht wird, setzte sich ungebeten und wie selbstverständlich an den Mittagstisch seiner Kunden, um das Mahl der Familie durch seine Kommentare zu bereichern.

Abgesehen von der gewissen Verwirrtheit, die mich befiel – denn auf dem Plan der Erziehung und Sozialisation in unseren Breiten ist ein Umgang mit derartigen Situationen nicht vorgesehen –, faszinierte mich jedoch auch diese unkomplizierte Nähe. Jeden Tag aufs Neue erleben wir vier, wie die unsichtbare »Glocke der Privatsphäre«, die wir als Mitteleuropäer sorgsam über uns gestülpt haben, angetastet oder sogar durchstoßen wird. Und dies ist eine gänzlich neue Erfahrung.

Eine Methode, in unsere Privatsphäre einzudringen, erfolgt ganz subtil, lediglich durch Blicke. Doch sie ist äußerst kraftvoll, und gerade ihr können wir uns am schwierigsten entziehen. Ich möchte sie den Zooeffekt nennen: Denn da saßen wir vier weißen Westler im Garten unseres neuen Zuhauses, buchstäblich hinter Gittern, und zogen Blicke an wie Starkstrommagneten. Vorbeischlendernde ältere Frauen mit Strohhut legten eine Pause unter dem Schatten spendenden Bougainvilleabusch an unserem Gartentor ein. Sie pressten ihre Stirn an die kühlen Metallstäbe unseres Gartenzauns und beäugten uns offen. Mütter hoben ihre Söhne und Töchter auf den Mauervorsprung unter den Eisenstäben und ermutigten sie unter Fingerzeigen, sich doch diese Gattung Mensch da im Garten mal so richtig anzuschauen. Motorradfahrer zügelten ihr Tempo und warfen verwunderte Blicke zu uns herüber, Schulkinder drückten ihre Nasen quasi an der nicht vorhandenen Fensterscheibe platt, und all dieses Schauen war geprägt von einer unschuldigen Ungeniertheit.

Wenn auch die Anzahl der Zaun- bzw. Gitterstabgäste im Laufe unseres Aufenthalts in der Gasse des Mekongduftes abgenommen hat, so berühren uns diese offenen, interessierten Blicke doch immer noch befremdlich, denn mit ihnen einher geht unsere Befangenheit. Oder könnten Sie in aller Ruhe auf der Terrasse ihr Frühstücksei pellen, wenn jede kleine Geste öffentlich wird? Ich habe Schwierigkeiten, den Besen unbeirrt weiterzuschwingen, wenn Argusaugen in meinem Rücken zu ergründen suchen, ob denn die ausländische Frau ebenso fegt wie ihre vietnamesischen Artgenossinnen. Schlussendlich versuchen wir, zumindest auf der Veranda eine kleine, von Blicken undurchdringbare Welt zu schaffen, und kreieren unsere Oase der Privatsphäre mithilfe eines Paravents aus Bambus und Stoff. In »freier Wildbahn« – sprich: zum Beispiel auf offener Straße – schützt kein Paravent, und jeder Blick trifft sein ungeschütztes Ziel. Fingerzeigend schaut man uns nach, beäugt uns interessiert oder guckt einfach nur verwundert. Während in Deutschland eine Mutter ihr Kind ermahnen würde, fremde Menschen nicht so anzustarren, wird ein vietnamesisches Kind geradezu ermutigt, die weißhäutigen Langnasen eingehend zu studieren. Ein Motorrad im Straßenverkehr bremst ab, um im gleichen Tempo neben uns zu fahren, sodass alle Mitfahrer einen optimalen Blick auf die Ausländerfamilie werfen können. Im Bus erleben wir, dass die junge Frau in der Reihe vor uns ihre Kleinbildkamera zückt, sie durch den Schlitz zwischen den Sitzen direkt vor dem Gesicht unseres Ältesten positioniert und abdrückt. Alle diese Attacken auf unsere Privatsphäre sind jedoch äußerst freundlicher Natur, und sicherlich ahnt keiner der Angreifer, was für ein Unbehagen sie bei uns Opfern auslösen. Es sind unsere Konnotationen mit dem Konzept der Privatsphäre, die hier in Vietnam restlos auf den Kopf gestellt werden.

Noch mehr als der Umgang mit der visuellen Neugier plagt uns der Umgang mit tätlichen Übergriffen. Denn auch was das Körperliche anbelangt, scheinen die Vietnamesen Privatsphäre anders zu definieren. Ein Ausspruch meines englischen Arbeitskollegen fasst dessen Verzweiflung über die handgreifliche Nähe wunderbar zusammen: »Ach«, gesteht er mir eines Morgens verzweifelt, »ich möchte doch einfach mal wieder in einem Bus sitzen, ohne dass jemand an meinen Beinhaaren zupft!« Physischer Nähe im vietnamesischen Miteinander kommt eine ganz andere Bedeutung zu als der körperlichen Nähe in unseren Breiten – doch woher sollen die Uneingeweihten davon wissen? Niemand hat ihnen erzählt, dass bei uns das Gesicht durchaus ein sehr intimer Körperbereich ist, in dem kneifende und streichelnde fremde Hände nichts verloren haben. Unsere beiden Jungs sind das Ziel dieser vietnamesisch-freundlichen Tuchfühlung, und wir beobachten fasziniert die Bedeutung von Sozialisation: Während unser Jüngster mit Zuneigungsgesten dieser Art vom vierten Monat an vertraut ist und jegliches Befühlen seiner Wangen unbeeindruckt über sich ergehen lässt, legt Carl direkt und unmissverständlich ein Veto ein. Bereits in seinem zarten Alter von drei Jahren waren ihm derartige Übergriffe so zuwider, dass er sie mit dem einzigen ihm zur Verfügung stehenden Instrumentarium der Gegenwehr erwiderte: Er spuckte, er ballte seine Fäustchen und wies die verdutzten Arme der Übergreifer in ihre Schranken. Man kann sich das Entsetzen der zärtelnden Frauen vorstellen, denen noch nie so eine ungehobelt-freche Kinderhand ins Handwerk pfuschte.

Die Intimsphäre unserer Kinder wurde vollends ignoriert, als man auch noch auf ein Körperteil losging, das im Westen für fremde Hände absolut tabu ist, nämlich den Penis. Ja, das blanke Entsetzen muss uns wohl im Gesicht gestanden haben, als vor unseren Augen ein wildfremder Mann zwischen die Beine unseres Ältesten griff, um nach dem zu greifen, was die Vietnamesen »das Vögelchen« nennen. Dieser Rüpel, dieses verrohte, ungehobelte Monster! Mein Vokabular rutschte infolge des mütterlichen Gefühlsausbruchs in ebenso ungehobelte Gefilde ab. In Deutschland würde so ein Übergriff als Kindesmisshandlung geahndet. Viele Gespräche mit vietnamesischen Freunden und das Beobachten ähnlicher Szenen in tagheller Öffentlichkeit öffneten uns wieder einmal die Augen für die faszinierenden Unterschiede im Bewerten von adäquatem gesellschaftlichem Verhalten. »Vögelchenziehen« ist in Vietnam gesellschaftlich toleriert. Man zieht, um das Geschlecht eines Kindes zu erfahren. Man zieht, da regelmäßiges Ziehen dieses Körperteil schön lang werden lässt. Man zieht, weil Väter und Vorväter bereits gezogen haben und weil niemand diese Geste des Ziehens zu hinterfragen scheint.

Hier aber setzen wir uns zur Wehr und weisen den Angreifer in seine Schranken, denn aus unserer Sicht hat er eine klare Grenze überschritten. Leider erlauben weder unsere bescheidenen Sprachkenntnisse noch die Umstände des Augenblicks, dem Vögelchenzieher einen Vortrag über unsere verletzte Intimsphäre zu halten – ganz zu schweigen davon, dass er diese seltsamen westlichen Empfindlichkeiten auch nur annähernd verstehen würde.

Ein weiterer Bereich der Privatsphäre, in dem unsere Vorstellungen von denen unseres Gastlandes sehr verschieden sind, stellt die Diskretion dar, wenn es um Fotos geht. Man stelle sich vor, wie ich den Fuji-Fotoladen am Kreisel nahe der französischen Kathedrale betrete und mir lachende Angestellte schon von Weitem das Foto aus meinem Packen entgegenhalten, das sie für das gelungenste halten. Auch meine Kinder fänden sie ungemein süß, und ob das mein Mann im Urlaub sei?

Ebenso fühlen wir uns seltsam fehl am Platz, als wir zum Hineinblicken in die fotografische Privatsphäre uns völlig fremder Menschen eingeladen werden. Wir vier hatten uns in europäische Schale geworfen, um uns in einem Fotostudio für die Großeltern in der Heimat ablichten zu lassen. Als wir zur Auswahl unserer Familienschnappschüsse nun auf kleinen roten Plastikhockern vor dem Computer sitzen, werden uns anstelle der Familie Flohr zuallererst Hochzeitsfotos von Paaren in einem Edelhotel vorgeführt: Er und sie vor einem Teich mit Lotosblüten, mehr oder weniger spontan mit den Händen nach einem Fisch greifend; er und sie in einem Boot vor der Silhouette von Palmen und Luxusvillen, in denen eine Übernachtung ein Jahresgehalt einer Durchschnittsfamilie aufzehren würde; er und sie verträumt an ein Fahrrad auf einer kleinen Insel gelehnt, wo es gar keine Wege zum Fahrradfahren gibt. Immer wieder drückt der Finger des Fotografen auf weitere Thumbnails, und wir tauchen in Momente der Zweisamkeit uns unbekannter Liebespaare ein – ungefragt, leicht gehemmt, doch zugegebenermaßen interessiert. Derartige Bilder scheinen nichts Privates an sich zu haben, und wir müssen uns wohl damit abfinden, dass auch wir vier nicht direkt im Ordner des nagelneuen Computers verschwinden, sondern für so manch neuen Kunden zu Werbezwecken auf den Bildschirm geholt werden.

Eine weitere Episode, die wir durch unsere westlichen Brillen eindeutig als klare Missachtung der Privatsphäre beurteilen, fällt in den Bereich »Informationen über Kinder in Kindergarten und Schule«. Wir erkundigen uns bei der Direktorin von Carls Kindergarten danach, wie sich unser Schatz eingelebt habe, wie er sich in die Gruppe integriere und kommuniziere, nur um wenige Sätze später einen Vortrag über das Verhalten des kleinen Jean zu bekommen, der freundlich und anhänglich sei, aber bei Weitem noch nicht so gut vietnamesisch spreche wie Carl, und dessen Vater Franzose sei und die Mutter Vietnamesin, und der Schwierigkeiten mit der Aussprache habe und, und, und. Ich bin peinlich berührt. Unwillkürlich kommen mir Begriffe wie »Datenschutz«, »Schweigepflicht« und »vertraulich behandeln« in den Sinn. Welche Histörchen sie wohl anderen Eltern zu deren Amüsement über Carls Eskapaden zum Besten gibt?

Von allen Seiten kratzt man also an dieser Glocke der Privatsphäre, die Carsten und ich von Kindesbeinen an mit uns herumtragen. Und es scheint uns, als würde diese nicht vorhandene Wand zum Schutz dessen, was die Vietnamesen gar nicht als schützenswürdig empfinden, mit allen Sinnen durchbrochen. Selbst die Sinne des Riechens und Hörens scheinen dazu geeignet, die dünne Membran um uns herum löcherig zu piksen. Die Fenster in Küche, Bad und Wohnzimmer unseres Hauses sind unverglast. Daher lässt es sich auch nicht verhindern, selbst die intimsten Geräusche und Gerüche mit unseren Nachbarn zu teilen. Und da ist die Bandbreite der Peinlichkeit groß. Während das Teilen von Essensgerüchen zuweilen bereichernd ist und zu neuen Rezepten animieren kann, wünsche ich nichts sehnlicher, als die Menschen von nebenan durch eine dicke deutsche Haustüre vom Anteilnehmen am lautstarken Streit unserer Kinder oder an längeren Toilettensitzungen während einer Magen-Darm-Geschichte auszuschließen.

Ja, und schlussendlich ziehen sich diese unterschiedlichen Empfindungen bei der Fragestellung »Was ist privat und was nicht?« bis hinein in die Themen »Schlafen« und »Tod«. Schlafen macht verletzlich, so zumindest habe ich es bisher empfunden. Wir entziehen uns beim Schlafen den Blicken anderer und schnarchen oder brabbeln im stillen Kämmerlein, sprich: ganz privat vor uns hin. Der Schlafende in unserer vietnamesischen Umgebung hingegen scheint keinerlei Probleme mit der Öffentlichkeit zu haben. Auf der Baustelle des Nachbarn von gegenüber schwingt zum Beispiel der Baustellenaufpasser jede Nacht zwischen zwei Bäumen in seiner Hängematte. Unter dem Schein einer Petroleumlampe hat er es sich so gemütlich wie eben möglich gemacht und trotz Tiefschlaf die Ohren auf Empfang gestellt, um potenziellen Werkzeug- oder Zementdieben ins Handwerk zu pfuschen. Cyclo- oder »Honda-ong-Fahrer« (Motorradtaxifahrer) gehören ebenso zu dieser Gattung der öffentlich Schlafenden. Zwischen 11.30 und 1.30 Uhr am frühen Nachmittag sieht man sie am Straßenrand auf ihren Gefährten dösen, wobei es mir ein Rätsel bleibt, wie ein schlafender Körper auf einem Motorradsattel die Balance hält. Ebenso übersteigt es meine Vorstellungsgabe, nachzuvollziehen, wie sie durch geschlossene Augenlider dennoch den einsamen Kunden erspähen, der sich in der Mittagshitze verirrt hat und nach einem fahrbaren Untersatz Ausschau hält.

Der Ort, an dem das Phänomen des öffentlichen Schlafens am geballtesten auftritt, ist der Markt. Als ich einmal den Fehler begehe, gegen 12.30 Uhr am Mittag einen neuen Sonnenhut erstehen zu wollen, erwartet mich ein ganzes Heer schlafender Marktbudenfrauen: Auf hölzernen Ausstellungstischen zusammengerollt, auf dem Boden der kleinen Butzen hinter einem Berg von Kinder-T-Shirts, in Hängematten zwischen Schuhregalen, auf Reissäcken und in Klappstühlen hinter aufgetürmten Drachenfrüchten heiligen diese Frauen die vietnamesische Mittagsruhe und bewachen hierbei gleichzeitig, wie auch der Baustellenaufpasser oder der Cyclofahrer, den Ort ihres Gelderwerbs. Es mutet seltsam an, sanft über das aus einer Bude herausragende Bein einer schlafenden Marktfrau zu klettern oder einen Blick auf das Sortiment an Papiergeld am Stand mit buddhistischem Ahnenanbetungs-Zubehör zu werfen, während die Besitzerin daneben gleichmäßige Schnauflaute ausstößt.

Und dann erleben wir, dass selbst über den Tod kein Schutzmantel des Privaten gebreitet wird, sondern Trauer und Leichnam mit überraschender Normalität »öffentlich« sind. Trauerfeiern beispielsweise, die in der Heimat hinter den verschlossenen Türen eines separaten Raumes einer Gaststätte stattfinden, werden in Vietnam auf dem Bürgersteig vor dem Haus des Verstorbenen ausgerichtet beziehungsweise im vorderen Raum des Gebäudes bei offener Haustüre. Aus lebendigem Verkehrschaos heraus blicken wir auf die Gesellschaft der Trauernden, die mit weißen Bändern um den Kopf (in Vietnam gilt Weiß als die Farbe der Trauer) zusammengekommen sind. Dumpfe Trommelklänge sowie der Dunst von Räucherstäbchen dringen aus weit geöffneten Türen hinaus auf die Straße und vermischen sich mit Motorengeknatter und den Gerüchen des nahen Standes mit pikanten Pfannkuchen. Als im Eckhaus unserer Gasse ein Familienmitglied stirbt, richtet die Familie aus Platzmangel im Haus und in Ermangelung eines Bürgersteiges die Trauerfeier direkt auf der Gasse aus. Eine blaue Plane, an Stricken aufgespannt, bietet Schutz vor der Sonne, und die Motorräder der Anwohner umfahren die Holzbänke mit den Kondolenzbesuchern so selbstverständlich, wie sie ein mit Matratzen beladenes Cyclo oder ein lebendiges Schwein auf einem Motorrad umschiffen würden.

Als ein Familienmitglied einer Freundin im Krankenhaus stirbt, werde ich gebeten, doch auf der Stelle dorthin zu fahren und einen Besuch abzustatten. Dies erschüttert jegliche anerzogenen Vorstellungen von Privatsphäre in der Trauer, und ich versuche klarzustellen, ob sie wirklich wünschten, ich möge den Leichnam »besuchen«. Nur einmal hatte ich zuvor die Familie der Verstorbenen getroffen und erachtete es als in höchstem Maße störend, in einem derart persönlichen Moment als Fremde in die Verwandtschaft einzudringen. Aber nein, werde ich belehrt, mein Besuch gebe den Angehörigen Stärke und Trost. Nachbarn und Freunde haben sich bereits auf dem Gang vor der Leichenhalle um die Liege mit der Toten versammelt. Ich bin tief ergriffen, wie viele Menschen diesen in unserer Gesellschaft vor den Augen der Öffentlichkeit verborgenen Moment großer Trauer miteinander teilen.

Und so wird immer wieder neu, in den verschiedensten Situationen unseres vietnamesischen Alltags, an den Fundamenten unseres

Empfindens für Privatheit gerüttelt. Wir versuchen, uns in östliche Nähe hineinzufühlen, und tasten uns an neue zwischenmenschliche Grenzen heran. Doch muss ich zugeben, dass es auch immer wieder Momente gibt, wo uns die fehlende asiatische Distanz fast erdrückt. Und dann nehmen wir Reißaus und flüchten in eines der westlichen Hotels am Strand. Hier löffeln wir unser Eis, ohne dass uns Neugierige wie ein Museumsstück studieren, ohne dass eine Gruppe von Teenagern »Hello, Baby!« zu unseren Kindern herüberruft, ohne dass sich eine alte Dame zum Wangenkneifen anschickt und ohne dass ein junger Student eine Konversation über Deutschland nicht enden lassen will.

Fakten, Infos, Ergänzungen, Fakten, Infos, Ergänzungen

Verloren im Wirrwarr der Etikette – der vietnamesische Knigge

Ich habe meiner wunderbaren vietnamesischen Nachbarin mein Herz ausgeschüttet. Sie ist eine der ganz wenigen Menschen um uns herum, mit der ich mich aufgrund ihrer hervorragenden Englischkenntnisse auch über tiefsinnigere Themen unterhalten kann als über das Wetter und die Familie.

»Ich kann mit meinen Kindern nicht mehr am Strand spielen«, eröffne ich ihr unglücklich. »Es ist ihnen kein ungestörtes Burgenbauen vergönnt. Nach spätestens zwei Spatenstichen fasst ihnen eine Hand ins Gesicht, betatschen Zuschauer die kleinen Westler wie im Zoo, hat eine junge Frau eine Unterhaltung der Sorte ›What is your name?‹ begonnen, und sicherlich sitzt auch bald ein Grüppchen neugieriger Soldaten im Sand und baut mit.«

Dao hört mir zu. Sie nickt, sie hat alles verstanden. Nur meine Verzweiflung versteht sie nicht. Ich solle mich doch freuen, dass meine Söhne so viel Zuwendung erfahren. Alle diese Gesten seien ein Zeichen dafür, wie süß unsere Kinder seien. Eine vietnamesische Mutter wäre stolz!

Und wieder einmal klafft er auf, der Graben der kulturellen Unterschiede im täglichen Miteinander. Unsere vietnamesische Umwelt ist blind für die undurchsichtige Glocke der Privatsphäre, die wir Westler so gerne schützend mit uns herumtragen.

Doch in anderer Hinsicht leiden auch wir unter flächendeckender Blindheit, wenn es um akzeptiertes und nicht akzeptiertes Verhalten unseren vietnamesischen Mitmenschen gegenüber geht. Auch Vietnam hat seinen Knigge – und er hat viele Seiten!

Interessanterweise stehen wir nicht alleine da, wenn es darum geht, der vietnamesischen Etikette auf die Schliche zu kommen. Da das Land seit der Öffnung Ende der Achtzigerjahre als billiger Produktionsstandort für ausländische Firmen immer interessanter wird, sind zunehmend interkulturelle Kompetenz-Trainingsseminare gefragt. Man hat erkannt, dass Fehlverhalten im kulturellen Umgang zu Missverständnissen und damit zu Wettbewerbsnachteilen, zu Verhandlungsverzögerungen und letztendlich zu Mehrkosten führen kann. Auch nachhaltig orientierte Reiseveranstalter geben ihren Kunden Benimmregeln mit auf den Weg. Und wir büffeln den vietnamesischen Knigge mit dem Ziel, die Rate unserer täglichen Fettnäpfchen-Tritte zu reduzieren. Die hier aufgeführten Ge- und Verbote geben nur einen klitzekleinen Einblick in das komplexe vietnamesische Regelwerk menschlichen Miteinanders:

- Behandele Mitmenschen, die älter sind als du, immer respektvoll. Na, das ist mir auch aus unserem Kulturkreis vertraut. Nur bin ich erstaunt darüber, dass das Gegenteil für jüngere Menschen zuzutreffen scheint! Kinder zum Beispiel haben keinen Respekt verdient, und jüngere Bedienungen im Restaurant werden von den Gästen häufig wie Luft behandelt.

- Öffne nie ein Geschenk vor den Augen des Gebers – dies erschiene gierig und ungeduldig! Dabei habe ich doch gelernt, mich stets und gleich für ein nettes, wunderschönes und ach so originelles Geschenk zu bedanken.

- Greife nie nach dem letzten Stückchen Essen in der Schüssel. Es sollte immer ein wenig für die Ahnen übrig bleiben, um deren

Zorn nicht auf dich zu ziehen. Ade dem Bestreben, auch das letzte Schüsselchen auszulecken.

- Lächele in jeder Lebenssituation und zwinge nie dein Gegenüber, sein »Gesicht« zu verlieren. Im Klartext heißt dies für den untrainierten Westler, im Land des Lächelns Lächeln von Lächeln unterscheiden zu lernen.

- Betrete nie mit Schuhen ein Haus – willkommen im Eldorado der Barfüßler!

- Vermeide den Körperkontakt zu Andersgeschlechtlichen. Menschen des gleichen Geschlechts aber umarme aus Herzenslust. Hier kommt man nicht auf den Gedanken, dies falsch zu interpretieren.

Vietnamesische Weisheiten oder medizinischer Humbug? – Bloß kein Krabbenfleisch bei gezogenen Fußnägeln!

Kapitel 11

Vietnamesische Weisheiten oder medizinischer Humbug?

Bloß kein Krabbenfleisch bei gezogenen Fußnägeln!

Mit mulmigem Gefühl hatte ich auf der schwarzen Kunstlederliege Platz genommen. Vier Stiche, zwei in die untere Hälfte meines »Zeigezehs« und je einen rechts und links des Nagels, auf den unser Küchenbrett gefallen war – und ehe ich mich versah, war ich um einen blau angelaufenen Nagel ärmer und um eine Erfahrung reicher.

Im Wartezimmer war die Zeit stehen geblieben, und der konstante Rhythmus, mit dem die beiden älteren Frauen ihre gymnastischen Übungen machten, schien meine ganz persönliche Zeiteinteilung in »Vor-Zehennagel-Entfernung« und »Post-Operation« zu verhöhnen. Stoisch und mit gleichbleibendem rhythmischem Ziehen bewegten die Damen im leichten Baumwoll-Ensemble grüne Seile, die über zwei Rollen aufgespannt vor Plastikstühlen von der Decke hingen. Auch der weiß-braun gefleckte Hund einer undefinierbaren Rasse döste in der Ecke noch genauso wie vor jenem Moment, da ich das Behandlungszimmer betrat. Ich humpele auf den Stuhl vor dem kleinen Rezeptionstisch zu, und wir zahlen umgerechnet 7,50 Euro in bar für das Entfernen meines Fußnagels und das Beutelchen mit den bunten Pillen ohne Beipackzettel. Meine Ungeschicktheit in der Küche hatte mich also gänzlich unfreiwillig in die Welt des privaten Gesundheitssystems eines Landes im Umbruch hineinkatapultiert. Der freundliche Herr mit der Narbe am Kinn hatte – wie die Gattung der gesamten vietnamesischen Ärzteschaft – sein Privathaus um ein Warte- und Empfangszimmer und zwei Behandlungsräume erweitert. Vom Wartezimmer aus, das gleichzeitig auch der Eingang in die Privaträume der Familie darstellt, gab die offene Tür zum Wohnraum den Blick auf ein Regal mit einer Stereoanlage und den Esstisch der Familie frei. In dieser Symbiose aus Praxis und Familienleben scheffelt der vietnamesische Medikus das wahre Geld. Ein normaler Klinikalltag wirft nämlich gerade mal zu viel zum Sterben, aber zu wenig zum Leben ab. (2006 betrug das Gehalt eines leitenden Arztes im Provinzkrankenhaus umgerechnet rund 37 Euro im Monat.) Und so boomt die Privatpraxis am frühen Morgen vor offiziellem Arbeitsbeginn oder in der Mittagspause und in den Abendstunden nach Dienstschluss.

Mit meinem weiß verbundenen Fuß nur halb in den Schuh gequetscht, hopse ich ins Freie und schwinge mich aufs Motorrad. Wo hätte ich in der Heimat mal eben an einem Sonntagnachmittag einen Ausflug zur Zehennagel-Entfernung antreten können?

Am Vortag bereits hatte uns die Unkompliziertheit dieser unzähligen »Drive-in-Kliniken« tief beeindruckt. Um einen Bruch meines so schmerzhaften Zehs auszuschließen, waren wir vor der offenen Tür einer kleinen Privatpraxis vorgefahren, auf die ein großes Schild mit der Aufschrift *x quang* (Röntgen) hinwies. Gepriesen sei die Welt ohne Überweisungsscheine und ohne Sprechstundenhilfen der Sorte »Kommen-Sie-doch-Freitag-nächster-Woche-um-zehn-Uhr-fünfundzwanzig-vorbei!« Doch halt, hüten Sie sich vor zu voreiligen Schlüssen, denn auch diese Gattung der vietnamesischen »Drive-in-Klinik« hat ihren Zugangs-Regelmechanismus. Wer hier über die Schwelle treten darf, diktiert in diesem sozialistischen Land erstaunlicherweise einzig und alleine der Geldbeutel. In dieser krankenkassenfreien Zone entscheidet die Anzahl der Scheine in der Hosentasche, ob Mann oder Frau für ihre Wehwehchen Erleichterung erfahren. Auch hier zahlt der Patient cash in die Hand des Adlatus. So zückte ich in diesem Etablissement für zwei überdimensional große Schwarz-Weiß-Bilder meiner Fußknochen ein Äquivalent von zwei Euro. Schade nur, dass man im Gegenzug für mich keinerlei Schutzkleidung oder sonstige Schutzvorrichtungen parat hatte. Schon beim Eintreten in den dunklen Röntgenraum am hinteren Ende des Wartezimmers hatte mich der Anblick der vorsintflutlichen Ausrüstung irritiert: Ob bereits Dr. Yersin persönlich während seines Aufenthaltes in Vietnam zu Anfang des 20. Jahrhunderts mit dieser Maschine Röntgenaufnahmen gemacht hatte? Ehe ich mich versah, war mein Fuß auf einer Metallplatte positioniert worden und die Tür hinter dem Röntgenassistenten ins Schloss gefallen. Da saß ich nun, und die Strahlen drangen gänzlich unvorbereitet in mich ein. Röntgenschutzkleidung gebe es zwar, erfuhren wir später von einem befreundeten Arzt, sie sei nur so schwer und unpraktisch in diesem heißen Klima. *Gesprochen* hatte der Meister dieses Strahlenimperiums übrigens nicht mit mir.

Sicherlich mag so mancher Aspekt der fehlenden Patientenkommunikation durch unsere eingeschränkten Sprachkenntnisse zu erklären sein, doch haben auch unsere vietnamesischen Freunde immer wieder diese nicht vorhandene Patientenaufklärung beklagt. Während im Westen der aufgeklärte Kranke im Internet surft und dem Arzt zuweilen kritisch und in der Regel gleichberechtigt gegenübertritt, thront der vietnamesische Herr Doktor unantastbar auf dem Elfenbeinturm der Gelehrigkeit. Das Skriptum für das Rollenspiel »Arzt-Patienten-Kontakt« ist gesellschaftlich vorgegeben. Ärzte befehlen, anstatt zu empfehlen, und Patienten ertragen, anstatt zu fragen. Eine Diagnose oder gar eine Behandlungsweise zu hinterfragen gilt als in höchstem Maße unhöflich, und der Kranke folgt gehorsam der Weisheit des Mediziners in Weiß. Immer wieder sind wir erstaunt, wenn Bekannte mit Plastiktüten voller »Smarties« an Carsten herantreten und fragen, ob er ihnen nicht erklären könne, was sie da einnähmen und worunter sie eigentlich litten. Die Abgabe der farbigen Pillen ist eine weitere Einkommenssäule der Medizinmänner und -frauen in Vietnam. Ihr Wartezimmer fungiert nämlich obendrein als Miniapotheke, und meist gibt eine Verwandte oder ein Gehilfe der Doktoren hier die Medikamente ab, die soeben verschrieben wurden. Die eine Hand verschreibt, sodass die andere verkaufen kann. Außerdem erhält der

Patient keine sauber beschrifteten Tablettenpäckchen mit einem Beipackzettel voller Erklärungen und Hinweise auf Nebenwirkungen und Kontraindikationen. Nein, unter glücklicheren Umständen befinden sich vollständige Paletten in der Tüte, unter weniger glücklichen Umständen nur die bereits herausgedrückten bunten Pillen. Oh, könnten doch beide Welten voneinander lernen! Während der vietnamesische Kollege seinen Kranken den Beipackzettel kopieren und sie durch diese Geste zu mündigeren Patienten machen könnte, würde ein Abzählen der Kapseln im Westen sicherlich eine nicht zu unterschätzende Anzahl von Pillen davor bewahren, in Badezimmerschränkchen zu verstauben und das Limit des Haltbarkeitsdatums zu überschreiten. Außerdem trüge der vietnamesische Ansatz der Tablettenzuteilung zur Kostensenkung in westlichen Gesundheitssystemen bei.

Aber zurück zu meinem nun hübsch eingewickelten linken Fuß, den ich behutsam auf dem Zweirad nach Hause befördere. Er hat mir schon genug Scherereien gemacht und nun soll er auch noch dafür verantwortlich sein, dass ich nicht vernünftig zu Abend essen soll? »Nein«, unsere Köchin gibt mit gerunzelter Stirn ihr Veto ab: Die in Reisteig eingelegten Krabben mit den gerösteten Zwiebeln und der pikanten Fischsoße dürfe ich heute auf keinen Fall kosten. Bei einer Verletzung wie der meinen – was auch immer sie damit genau meint – sei der Verzehr von Krabben geradezu gefährlich. Als ich westlich direkt schmunzele und ihr damit Anlass gebe, zu vermuten, dass ich ihrem Rat nicht folgen würde, wendet sie sich an Carsten. Es ist ihr ernst dabei! Unter keinen Umständen dürfe ich die fischige Spezialität auch nur probieren, und er solle sicherstellen, dass seine unvernünftige Frau diesem Befehl auch Folge leiste. Mit zwinkernden Gesten bitte ich ihn, er solle einwilligen und Kooperation signalisieren. Sie sind so gut gemeint, diese besorgten Einwände, und unsere sprachlichen Defizite erlauben es nicht, näher zu hinterfragen, worin denn die Verbindung zwischen toten Krabben und einem fehlenden

Fußnagel bestehe. Sie haben übrigens hervorragend geschmeckt, diese pikanten vietnamesischen Köstlichkeiten! Doch muss ich zugeben, dass ich ein klitzekleines ungutes Gefühl nicht unterdrücken konnte, vielleicht doch etwas Unvernünftiges getan zu haben.

Ja, diese gut gemeinten Ratschläge aus der Kategorie Volksweisheiten, sie sind mindestens ebenso »mächtig« wie die Mediziner in Weiß, wenn nicht sogar mächtiger. »In Vietnam tun wir das nicht!« Ich ertappe mich dabei, die Bananen zurück in die Obstschale zu legen und meinem fieberkranken Sohnemann stattdessen Melonenstückchen in seinen Haferbrei zu mischen. Unsere vietnamesischen Freunde haben eine Gabe, uns Ignoranten ihre medizinischen Verhaltensregeln so eindringlich nahezulegen, dass ich bald selber Angst davor bekomme, mein geliebter Patient könnte am Genuss von Bananen in seinem jetzigen Zustand sterben. Unsere Nachforschungen, worin denn nun die Gefahr des Verzehrs dieser süßen gelben Früchte bei Fieber und Erkältung bestehen könnte, verliefen erfolglos im Sand. Die Ratschläge sind wohlgemeint. Sie kommen täglich und immer wieder und ungefragt, und sie wollen befolgt werden!

Mit offenen Augen und Ohren sind wir in dieses Land gereist – gegenüber der östlichen Medizin in ihren naturkundlichen und traditionellen Ansätzen positiv, ja geradezu begeistert eingestellt. Nach vielen Monaten, in denen wir die verschiedensten Therapien am eigenen Körper erfuhren, tritt uns jedoch schnell der Angstschweiß auf die Stirn, wenn unsere energische Köchin den Tigerbalm schwingt und sich tatkräftig die Ärmel hochschiebt. So lag ich zum Beispiel eines Morgens still vor mich hin leidend mit Mastitis im Bett. Ich hatte die Schlafzimmertüre fest geschlossen und war gerade endlich tief eingeschlafen, als jemand an meiner Schulter rüttelte. Da stand sie, unsere Köchin, und hatte mich nur mal »kurz geweckt«, um zu schauen, ob ich schliefe, und zu fragen, wie es mir gehe. Schnell hatte sie meine

Lage diagnostiziert und mir eine Kopfmassage verordnet. Zu müde, um zu protestieren, fühlte ich, wie ich leicht gedreht und mein Kopf unter dem Moskitonetz hindurch an den Rand der Matratze positioniert wurde. Und dann ergoss sich eine Wolke von Tigeröl über mich, gemischt mit einem penetranten Fischgeruch, der von dem sich gerade in Arbeit befindlichen Mittagessen zeugte. Stirn und Kopfhaut waren alsbald aufs Festeste durchgewalkt und mir brannten die Augen vom scharfen Dunst des Öls. Ich muss zugeben, es war nicht unangenehm, nur hatte diese Behandlung – aus meiner bescheidenen Perspektive heraus – nicht im Geringsten mit der Heilung einer verstopften Milchdrüse zu tun. Und eine halbe Shampooflasche kam anschließend zum Einsatz, um mich in einen Zustand zurückzuversetzen, in dem ich mich auch nur halbwegs unter die Leute mischen konnte.

Starken schwarzen Kaffee bekamen wir als Heilmittel bei Magenbeschwerden gereicht, und der rohe Ingwer, auf dem ich kaute, hat vielleicht sogar etwas gegen mein Bauchzwicken bewirkt. Dass die Flohrs und ihresgleichen hingegen diese »Medizin gegen Magendrücken« als Zutat für unsere Weihnachtskekse verwenden, hat unsere vietnamesischen Hauselfen in basses Erstaunen versetzt.

Unsere Milchfrau, die täglich auf dem Gepäckträger ihres Motorrads Plastikflaschen mit der weißen, cremigen Flüssigkeit vom Land in die Stadt transportiert, lässt ihren Kindern ausschließlich die gute, pasteurisierte, in Plastik abgepackte H-Milch aus dem Geschäft zukommen und wundert sich, dass wir so scharf auf ihre normale, unbehandelte Milch vom Lande sind. Auch dass unsere Kinder am Vormittag Obst essen, findet sie geradezu unverantwortlich, und dass beide so gesund aussehen, ist ob der Übersäuerungsgefahr bei Obstgenuss am Morgen geradezu ein Wunder.

Wir beginnen diese »Wunder« zu sammeln und knapsen an der Herausforderung, den Respekt und die Achtung vor jahrhundertealten Weisheiten einerseits und unser naturwissenschaftlich-nüchternes medizinisches Wissen aus dem Westen andererseits unter einen Hut zu bekommen. »Gebt den Kindern nicht von dem Ziegenfleisch zu essen«, rufen uns unsere Hauselfen besorgt nach, als wir uns zu einem Ziegensuppenessen mit unserem Vietnamesischlehrer am Rande der Stadt aufs Familienzweirad schwingen. Ganz abgesehen davon, dass sich so eine deftige, laute Männergesellschaft vor brodelnden Pötten und eisgefüllten Bierhumpen ohnehin nicht als das richtige Ambiente für unsere Minis herausstellt – unserem unverheirateten Sprachlehrer sei dieses fehlende Einschätzungsvermögen verziehen –, könnte Ziegenfleisch mit seinen kühlenden Eigenschaften nach gerade überstandener Magen-Darm-Grippe fatale Wirkungen haben. Wieder einmal missachten wir wohlgemeinte Ratschläge. Wieder einmal schüchtert uns tief im Innern ein erhobener Zeigefinger ein, durch Unvernunft und Nichtachtung traditioneller Überlieferungen vielleicht doch die Gesundheit unserer Kinder zu gefährden. Wieder einmal haben wir unbeschadet überlebt.

Wir nicken freundlich, als unsere Freundin erklärt, das Nasenbluten ihres Sohnes werde stets durch einen übermäßigen Verzehr von Mangos ausgelöst. Es war mir neu, dass der Genuss dieses süß-fruchtigen tropischen Obstes Nasenbluten hervorrufen kann – aber vielleicht ist ja etwas dran?! Fasziniert beobachten wir am eigenen Leibe die Kraft der Sozialisation und Umgebung. Wenn alle mit Bestimmtheit und Fürsorge bei blutigem Durchfall zu Ananas raten, wie könnten wir dann der sauren Frucht Heilwirkung absprechen? Und warum sollten wir nicht einfach einmal die Probe aufs Exempel machen und ausprobieren, ob Krabbenfleisch gegen Bettnässen wirkt? Eingelegter, gezuckerter Ingwer wärmt von innen, das können wir bestätigen. Dass jedoch das heimliche Mümmeln von frischen Erdnüssen in irgendeiner Weise auf den Heilungsprozess meiner Wunde am Fuß Einfluss genommen hat, wage ich zu bezweifeln.

Hat es unsere industrialisierte Gesellschaft geschafft, jeden von uns degenerierten Westlern zu einem ungläubigen Thomas verkommen zu lassen, der in diesem Fall jegliche Beziehung zu Pflanzen, Heilwirkungen und Elementen verloren hat? In der Gasse des Mekongduftes kommt es noch vor, dass Passanten anhalten und uns um Blätter von einem Busch oder Blüten von einem Baum bitten, um daraus ein Heilmittelchen zu brauen. Unsere vietnamesischen Nachbarn und Freunde bekommen Fieber wegen des zu heißen oder zu kalten Wetters – die Quecksilbersäule schwankt in diesen Breitengraden wohlgemerkt lediglich sanft um die 30-Grad-Marke herum! Kopfweh und Bauchschmerzen, allgemeines Unwohlsein und Müdigkeit, all dies gilt als eine Folge von Sonnenschein oder Wind, Kälte oder Regen. Unterliegen wir nicht auch dem Einfluss der Gestirne? Aber halt, mein Sohn hat einen westlichen Bauch. Sicherlich ist es ein Bakterium, das er sich im Kindergarten eingefangen hat und das es auf ihn abgesehen hat, und nicht der böse Ostwind. Dennoch schließen unsere Hauselfen die Hintertüre zur Küche, um den Wind auszusperren. Das hätten wir wirklich schon früher machen müssen, dann hätte er sich sicherlich nicht übergeben! Einer schlimmen Erkältung unseres Jüngsten beugen wir durch das Überstülpen einer dicken Wollmütze vor. Immerhin zeigt das Thermometer winterliche 25 Grad an, und wir wollen ja nicht in der Nachbarschaft als Rabeneltern gelten, die ihre Kinder in dieser Eiseskälte halbnackt ins Freie lassen.

Während Kleidung und Ernährung Spielraum zu Kompromissen und Anpassung bieten, machte schieres Entsetzen jegliches zustimmende und höfliche Kopfnicken unmöglich, als ich Zeuge der Wochenbettrituale meiner schwangeren Kollegin wurde. Bald würde sie gebären, und dann ginge sie in »Klausur«, erzählte sie mir – nicht ganz so lange wie beim ersten Kind, aber für zwei Monate sicherlich. »Klausur?«, fragte ich zögerlich nach. Ja, eine junge Mutter in traditionellen Familien Vietnams wird regelrecht von der Bühne der Öffentlichkeit heruntergezogen und »unter Verschluss« gehalten. Nur zu engsten Familienangehörigen hat sie in den Wochen nach der Geburt Kontakt und selbst hier gibt es immer noch Verwandte, die aus Rücksicht auf dieses Ritual der Isolation von Wöchnerinnen nur durch eine halb offene Tür oder einen Paravent hindurch Worte an die junge Frau richten.

Boun de heißt diese Zeit der spirituellen Erneuerung und körperlichen Erfrischung. Generationen von Müttern haben ihren Töchtern die Bedeutung von *boun de* nicht unbedingt mit Hinblick auf deren eigene Gesundheit erklärt, sondern als Notwendigkeit, um für ihre Ehemänner attraktiv zu bleiben. Diese könnten, so der Mythos, vor dem ersten Kind ihre Augen nicht von der jungen Frau lassen. Nach dem zweiten jedoch verschlössen sie dieselben ehemals lustvollen Augen, wenn sie an der nun zweifachen Mutter auch nur vorbeigingen. Und um eben diese Gefahr des Augenschließens abzuwenden, müssten die uralten Riten des *boun de* ernst genommen werden. Begrenzt stimme ich zu. Ruhe nach der Geburt ist sicherlich ein sehr sinnvolles Konzept, und das Bild einer frisch entbundenen westlichen Mutter, die nach dem Abliefern des ältesten Sohnes im Kindergarten den Einkaufswagen samt drei Tage altem Säugling durch den Supermarkt schiebt, bedarf ganz bestimmt des Überdenkens. Dennoch möchte ich mit einer vietnamesischen Wöchnerin nicht tauschen. Der Bewegungsradius der jungen Mutter ist aufs Krankenbett zurückgeschrumpft. Jegliche Anstrengung, Bewegung und Tätigkeit ist ihr untersagt, denn Bewegung in diesen Wochen nach der Geburt könnte später ihren Knochen schaden. Auch eine lesende junge Mutter wird man in Vietnam nicht antreffen. Lesen in diesem Zustand hätte schlimme Auswirkungen auf die Augen. Das Reden sollte sie nur aufs Nötigste beschränken, um ihre Energie nicht zu verschwenden. Ja, und dann ist Körperreinigung der konventionellen Art untersagt. Ach, als wie erfrischend empfand ich die Dusche nach der Entbindung! Stattdessen ersetzt hier ein Dampfbad den herkömmlichen Waschvorgang. Bei tropischen Außentemperaturen wird unter dem Bett der Wöchnerin ein Gefäß mit glühenden Kohlen aufgestellt, und einmal am Tag wird eine Decke über die arme Leidende geworfen, unter der sie wie in einer Sauna schwitzen muss. Die Praktiken basieren auf der Sorge, mit dem Wasser könnten »krankmachende« Stoffe durch die Haut aufgenommen werden, welche die geschwächte Frau infizieren. Auch ihre Haare dürfen nicht gewaschen werden. Ventilatoren, wie sonst überall im Haus üblich, dürfen ihr keine Luft zufächeln, und ihre Ohren werden mit Pfropfen verschlossen, um Ohrinfektionen vorzubeugen.

Aus meiner westlichen Perspektive ist es da kein Wunder, dass meine arme Kollegin nach ihrem ersten Kind und vier Monaten dieser Folterklausur an schweren Depressionen litt. Auch kann mein rebellierender Geist nicht nachvollziehen, warum eine aufgeklärte Frau gegenüber dieser Prozedur kampflos die Waffen streckt. »Die Schwiegermutter«, kommt die Antwort, und es hört sich beinahe so an, als hätte sie »böse Stiefmutter« gesagt und an Schneewittchen und die sieben Zwerge gedacht. Traditionsgemäß ziehen die jungverheirateten Frauen der ersten Söhne bei ihren Schwiegereltern ein, und das wichtigste weibliche Oberhaupt der Familie übernimmt dann auch die Pflege ihrer Schwiegertochter nach der Geburt der Enkel. Lehnte sich die junge Frau gegen Ohrstöpsel und Dampfbad auf, so könnte die mächtige Alte androhen, ihr die Pflege zu verweigern. Außerdem würde sie mit all den negativen gesundheitlichen Konsequenzen drohen, die sich aus Nichtachtung der jahrhundertealten Traditionen ergäben. Und da geht es meiner Arbeitskollegin nun wie mir: Sie wird gebeutelt vom Aufeinandertreffen medizinischer Aufklärung und tiefsitzender Ängste, weil die Praktiken von ganzen Mütter- und Großmütter-Generationen durchaus ihre Berechtigung und tiefe Weisheiten in sich bergen (könnten). Sie ist gefangen im Netz dieser wohlgemeinten Traditionen, und ich hoffe, sie hat die Kraft, diese zweite Klausur zu überstehen!

Ich werde versuchen, sie im Krankenhaus zu besuchen, denn sobald sie nach Hause zurückgekehrt ist, wird sie sich in ihre nonnenartige Eremitage zurückziehen und für die nächsten Wochen vor Baby-Willkommensbesuchen abgeschirmt sein. Auf meine Frage, über was sich denn eine junge Mutter im Wochenbett freue, wird mir Milch empfohlen – die gute Milch, versteht sich, die pasteurisierte in der kleinen Packung mit aufgeklebtem Strohhalm. Außerdem tut der Besucher im Krankenhaus gut daran, Kleingeld in der Tasche zu haben, denn kostenlos ist so ein Vorbeischauen bei jungen Müttern beziehungsweise generell bei Patienten nicht. Am Eingang zum Treppenhaus sammeln zwei junge Frauen in hellblauer Uniform 1000-Dong-Scheine (etwa 5 Cent) von Angehörigen und Freunden ein und geben erst nach dem Abliefern der Eintrittsgebühr den Weg zum Fahrstuhl und somit zu den Stationen frei.

Neben der Macht der Mediziner im weißen Kittel und der Macht der traditionellen Volksweisheiten in Sachen Gesundheit erleben wir vier die Bedeutung des Anteilnehmens an Wehwehchen und Zipperlein am eigenen Leibe. Dem vietnamesischen Kranken sind weder ein stilles Vor-sich-Hinleiden noch ein wenig Privatsphäre gegönnt – eine Beobachtung, die wir sowohl in den Praxen der Ärzte als auch im Freundeskreis und in der Nachbarschaft machen.

So wurde zum Beispiel das Todesurteil für meinen Zehennagel nach öffentlicher Konsultation im Wartezimmer vor den beiden trainierenden älteren Damen und ihren Begleitern gefällt. Bin ich dankbar, dass ich mit Schmerzen an einem nicht allzu intimen Körperteil im Wartezimmer erschienen bin! Im hinteren Ende der chinesischen Apotheke am Ende unserer Gasse führt tagein, tagaus ein alter Weiser der östlichen Heilkunst Patientengespräche – für alle hörbar. Und an dieser öffentlichen Diskussion körperlicher Gebrechen scheint niemand Anstoß zu nehmen.

Lediglich ein mit Papier bespannter Paravent trennt in der Regel das Patientenbett einer zur Straße hin offenen traditionellen Arztpraxis von den Blicken der Vorbeischlendernden. Auch im Privaten stehen die Vorzeichen gegen Privatsphäre und für Anteilnahme. So diskutieren zum Beispiel unsere Nachbarn zur Rechten, warum unser Jüngster nach unserem Urlaub übers verlängerte Wochenende so viel schmaler aussehe und warum Carls Haut dunkler und meine Wangen voller geworden seien. Weder kann ich diese magischen Veränderungen in unserem Aussehen nachvollziehen, noch halte ich eine solche Transformation über den Zeitraum von nur drei Tagen für möglich. Aber bald erkennen wir in dieser Anteilnahme an äußerlichen Veränderungen ein urvietnamesisches Ritual im menschlichen Miteinander. Während meine westlich abgestumpften Augen zwischen »dünn« und »dünn« keinen Unterschied ausmachen, wird der extreme Gewichtsverlust nach einer Prüfung oder das volle Gesicht nach nur einer üppigen Mahlzeit kommentiert. Ich frage mich, ob man nach Veränderungen sucht, um durch Kommentare dieser Art Zuneigung auszudrücken?

Im Haus auf der anderen Straßenseite versucht man zu erraten, ob ich deshalb Wasser mit frischem Zitronensaft ohne Zucker trinke, weil ich abnehmen wolle, denn dies sei ein beliebtes Hausmittel im Kampf gegen die überzähligen Pfunde. Wer sie über unsere Vorlieben in Sachen Getränke informiert hat, ist mir ein Rätsel, und meine Ausführungen über die schädliche Wirkung von Zucker stoßen auf taube Ohren.

Eine wildfremde Frau hält ihr Fahrrad vor unserem Gartenzaun an, um sich zu erkundigen, wie lange ich meine Söhne gestillt hätte. Ich werde mit einem zustimmenden Nicken belohnt, als sie erfährt, dass ich ihnen bis ins erste Lebensjahr hinein die gute Muttermilch hatte zukommen lassen. Ich sei ja geradezu vietnamesisch. Man kommentiert die Mückenstiche an den Beinen unserer Kinder und beugt sich über den Nacken unseres Jüngsten, um mit dreckigem Finger über seinen Hitzeausschlag zu fahren. Ob diese Ausländer ihre Kinder vernachlässigen? Da gehört doch Puder drauf! Machen wir ja! Zu jeder Schramme und Beule erfragt (und erfühlt!) man deren Entstehungsgeschichte, und nach langem Diskutieren ist sich die Nachbarschaft nun hundertprozentig sicher, dass es wohl das Wasser war, das die Haare unseres damals vier Monate alten Säuglings endlich zum Wachsen brachte. Sein kleiner Glatzkopf hatte großes Aufsehen in einer Welt der behaarten Babyköpfe erweckt, und der Umstand, dass westliche Babys aufgrund ihrer genetischen Veranlagung häufig mit nur einem Flaum oder ganz wenig Haaren auf die Welt kommen, wurde schlichtweg negiert. Nein, wir würden schon sehen, sobald wir ihm mehr Wasser zu trinken gäben, würden sie wachsen, die Haare, wie die schwarzen Schöpfe seiner vietnamesischen Freunde. Sie hatten recht: Endlich, mit über einem Jahr, hatte er eine wahre Lockenpracht vorzuweisen – wie gut, dass wir ihm Wasser zu trinken gaben …

Fakten, Infos, Ergänzungen, Fakten, Infos, Ergänzungen

Schröpf mich – doch lieber den Rücken als meinen Geldbeutel!

Ein Krankheitsfall in einer vietnamesischen Familie kann eine gesamte Verwandtschaft in den finanziellen Ruin treiben. Der Traum von der kostenfreien Gleichbehandlung aller in einem staatskontrollierten Sozialismus ist ausgeträumt: Zunehmend ist es die Anzahl der Geldnoten, die über den Zugang zu medizinischer Versorgung entscheiden. Und hierfür ist der politische Wandel hin zur sozialistischen Marktwirtschaft und die zunehmende Bedeutung des privaten Sektors verantwortlich. Wer heutzutage blutüberströmt vor den Toren einer Klinik medizinische Hilfe sucht, wird zuerst nach seiner Zahlungsfähigkeit befragt. Die Belegung des Krankenhausbettes, die Untersuchungen und die Medizin – das kostet! Auch das Engagement der Ärzte und die Pflegebereitschaft der Schwestern sind käuflich. Die Qualität dessen, was sich der arme Kranke da erkaufen kann, ist im Vergleich mit anderen Ländern ähnlichen Entwicklungsstands sehr gut. Schlüsselindikatoren des Gesundheitswesens wie der Prozentsatz geimpfter Kinder (90 Prozent), Kindersterblichkeit (30 pro 1000 Lebendgeburten) oder die durchschnittliche Lebenserwartung (70 Jahre) können sich sehen lassen. Die Statistiken verblassen jedoch für den mittellosen Kranken schnell zu hohlen Zahlen, wenn seine Behandlung an den fehlenden Nullen in seinem Portemonnaie scheitert. Die Idee einer Krankenversicherung steckt noch in den Kinderschuhen, und in einem Krankeitsfall gehen Familienmitglieder an ihre Ersparnisse oder es werden Kredite aufgenommen.

Traditionelle Heilmethoden sind im Vergleich zur westlichen Schulmedizin um vieles günstiger und sehr populär. Und so handelt derjenige, der nicht gerade ein Fall für die Notfallmedizin ist, gerne nach dem Motto »Schröpf nicht meinen Geldbeutel, sondern meinen Rücken«. Die erfahrenen Weisen östlicher Heilpraktiken wirken in den Hinterräumchen ihrer traditionellen Apotheken und mixen Tees und Aufgüsse, verkaufen Schlangenalkohol und heilkräftige Wurzeln. Uns gewährt das Schröpfen wohl einen der sichtbarsten Einblicke in ihr Wirken: Immer wieder fallen uns die kreisrunden Abdrücke der Schröpfköpfe auf Brust oder Rücken unserer vietnamesischen Umgebung auf. Durch Unterdruck werden positive Reize ausgelöst, die die Selbstheilungskräfte des Körpers aktivieren. Ziel ist es, die Blutzirkulation anzuregen, Verspannungen zu lösen und den Stoffwechsel zu beschleunigen. Anstelle von Schröpfköpfen benutzen unsere Hauselfen Münzen, mit denen sie die Hautoberfläche auf Stirn oder Hals »rot rubbeln«, um Kopfschmerzen oder allgemeinem Unwohlsein beizukommen. Ehrfürchtig bestaunen wir die Selbstverständlichkeit im Umgang mit uraltem Wissen. Westliche und östliche Medizin scheinen in Vietnam brüderlich nebeneinander zu bestehen. Doch ist es nicht immer nur die ideelle Gesinnung des Kranken, die dessen Behandlungsvorlieben bestimmt. Über den Zugang zu vietnamesischen Gesundheitseinrichtungen entscheidet der Dong, und wir stehen fassungslos davor, als die jüngere Schwester unserer Suppenküchenfee monatelang ihr geschwollenes, verdrehtes Knie mit Kräutersäftchen behandelt. Die Konsultation bei einem Chirurgen, der Bruch oder Bänderriss mit westlichen Methoden behandeln könnte, ist einfach zu teuer.

Arbeitsalltag in Vietnam–
Essen, Streicheln und Samba in Sandalen

Kapitel 12

Arbeitsalltag in Vietnam –

Essen, Streicheln und Samba in Sandalen

Mot, hai, ba, bon (eins, zwei, drei, vier) schlurfen die braunen Sandalen über die Fliesen meines Büros, und aus dem Lautsprecher des Computers dringt Musik aus dem Internet. Zwei meiner männlichen Kollegen drehen sich im Kreise, wobei der eine der erfahrene Dreher und der andere der unbeholfene Gedrehte ist. Eine Kollegin tippt unbeirrt Zahlen in eine Tabelle, während eine andere amüsiert den Takt des Sambas auf den Tisch trommelt. Es ist Dienstagmorgen, ein normaler Arbeitsalltag. Immer wieder verblüffen mich meine vietnamesischen Mitstreiter im Büro mit ihrer Gabe, mich in Erstaunen zu versetzen und alles Gewohnte durch die Originalität ihrer Arbeitsausführung auf den Kopf zu stellen. Ohne große Vorwarnung hat also der erfahrene Tänzer, Musiker und Zuständige für Umwelterziehung den schmächtigen Designer in die Mitte des Raumes geschoben und dirigiert nun dessen Füße geduldig über den schwarz-weiß karierten Boden: Nachhilfe in Sachen Tanzunterricht. Ebenso schnell wie begonnen, ist der Spuk auch schon vorbei, jeder sitzt wieder auf seinem blauen Drehstuhl, und niemand, der das Büro in diesem Moment beträte, würde ahnen, dass körperliche Ertüchtigung in diesen vier Wänden auch nur annähernd praktikabel sei.

Ich habe sie lieb gewonnen, diese Truppe aus fröhlichen, spontanen und warmherzigen Kollegen des Marineschutzprojektes. Seit September 2004 arbeite ich in Teilzeit für das erste marine Naturschutzgebiet Vietnams. Die Bucht vor *Nha Trang* mit ihren vorgelagerten Inseln ist durch ihre Vielfalt an Korallen zu einem Touristenmagnet und

Taucherparadies geworden. Allein 350 Arten harter Korallen wurden hier kartiert, was 40 Prozent aller harten Korallenarten weltweit entspricht. Auf der Kehrseite der »Medaille« aber stehen der Rückgang der bunten, tropischen Fischbestände, eine Verschlechterung der Wasserqualität sowie die Zerstörung der Korallenriffe.

Seit 2001 soll die Initiative des *Hon-Mun*-Projektes – benannt nach einer der Inseln in der Bucht vor *Nha Trang* – Übeln wie Umweltverschmutzung, Überfischung oder Dynamitfischen Einhalt gebieten. Die lokale Provinzregierung und das Ministerium für Fischerei haben dieses Projekt gemeinsam mit der Weltbank, IUCN (The World Conservation Union) und verschiedenen ausländischen Umweltorganisationen ins Leben gerufen. Außer mir sind noch zwei Ausländer hauptberuflich angestellt, der Rest der knapp 40 Mitarbeiter sind Vietnamesen. Meine Aufgabe ist es, im Bereich Umweltmanagement und -erziehung ein Besucherzentrum zum Thema Korallenschutz inhaltlich zu konzipieren und einzurichten. Bisher habe ich jeden einzelnen Tag genossen. Welch kreative, exotisch-verrückte und manchmal surreale Arbeitswelt! Haben Sie Zeit, einen Morgen lang »Mäuschen« zu spielen und mich bei meiner Tätigkeit zu begleiten? Ich treffe Sie um 7.30 Uhr vor meinem Büro …

Entschuldigen Sie bitte: Bevor ich Ihnen eine Tasse grünen Tee und einen Plastikdrehstuhl neben meinem Computer anbieten kann, müssen wir uns noch einmal ins staubige Verkehrschaos auf der Straße stürzen. Wären Sie gestern gekommen, wären wir mit dem Schnellboot auf die Inseln hinausgefahren und hätten ein Korbflechtprojekt zur Einkommensgenerierung für Frauen studiert sowie das Resultat einer Müllsammelaktion der lokalen Dorfbevölkerung unter die Lupe genommen. Sie hätten mich vielleicht gefragt, warum denn die vielen »Ranger« in den Patrouillenbooten das Dynamitfischen nicht in den Griff bekommen. Und ich hätte Ihnen erklärt, dass die meisten jener Aufpasser mit den Fischern verwandt sind … Sie hätten die vielen Taucherboote kommentiert, und ich hätte Ihnen das Konzept der unterschiedlichen Schutzzonen um die einzelnen Inseln und ihre Korallenriffe herum erläutert. Doch heute stehen meine beruflichen Vorzeichen auf »staubige Innenstadt«. Ich hocke hinter unserer spindeldürren Seele von Sekretärin auf deren Motorrad – sie mit »Bankräuber-Mundschutz« und langen »Opernballhandschuhen« und ich ausländerüblich mit Motorradhelm. Wir wollen Handwerker abklappern, die mit Metall und Glas arbeiten. Diese Zunft der Metall-Glas-Arbeiter produziert normalerweise das elementare Kernstück einer jeden vietnamesischen Küche: den krabbel-, kriech- und flugresistenten Vorratsschrank. Wegen der vielen ungebetenen Mitbewohner in tropischen Haushalten ist Vorratshaltung bis auf ein absolutes Minimum beschränkt. Geschirr, Töpfe und die wenigen eingelagerten Nahrungsmittel wie zum Beispiel Reis werden in diesen für Insekten uneinnehmbaren Festungen aus goldfarbenem oder silbrigem Metall aufbewart. Unsere Mission auf dem Territorium der Küchenschrankhersteller ist aber nicht der Erwerb eines solchen Möbels, sondern die Bitte, uns Schautafeln auf Ständern für unser Besucherzentrum zu fabrizieren.

Vietnamesischsein bedeutet Einfallsreichtum. Keine von der Bandbreite der alltäglichen Tätigkeiten abweichende Frage scheint einen vietnamesischen Handwerker zu verwundern; eine Lösung gibt es eigentlich immer. Schnell wird auf dem Fußboden zwischen Eisenstangen und Glasscheiben eine Skizze unserer Ideen auf ein Stück Kalenderpapier gekritzelt, und zwei Minuten später halten wir den Kostenvoranschlag in den Händen.

Die Herstellung dieser Ausstellungsutensilien scheint geklärt, und wir schwingen uns wieder auf die Maschine mit dem mittlerweile abschreckend heißen Sattel und fahren in die nächste Seitenstraße hinein zum Tischler. Dieser hat unsere »Fühl- und Ratebox« in Arbeit, in die Kinder ihre Ärmchen stecken sollen, um Koralle, Mangroven und Seegras zu ertasten. Auch hier sei Flexibilität gepriesen. Es müssen ja nicht jeden Tag Tische und Stühle sein! Klar fertigt man nach unseren Spezialwünschen diese Riesenkiste mit den fünf Löchern an. Ein Schneider wird kleine Gardinen dahinter nähen und dann kann das Ganze aufs Schiff, um auf die vorgelagerte Insel ins gerade fertiggestellte Museumsgebäude transportiert zu werden.

Wieder tauchen wir ins Verkehrschaos ein, diesmal geht es zum »Korallenmacher« im grauen und desolaten Industriegebiet am Rande der Stadt. Dieser Künstler seines Handwerks erstellt in seinem Vorgärtchen für unsere Unterwasserwelt im Besucherzentrum einige übergroße Modelle von Korallen aus Beton. Welch bizarrer Anblick, als wir in seine Gasse einbiegen und eine Tafelkoralle am Gartentor lehnt.

«Mission accomplished«, und wir freuen uns auf ein Sojabohnenküchlein im Büro, denn: Ein Charakteristikum des vietnamesischen Arbeitsalltags scheint das freudige Teilen von Leckereien zu sein. Immer wieder zaubern Mitarbeiter kleine Überraschungen aus ihren Taschen hervor und reichen mit einem lächelnden *xin moi* (bitte sehr) Knabbereien und Süßigkeiten herum. Aus an den Ecken aufgebissenen Plastiktütchen lassen sich gesüßte Bohnen direkt in den Mund quetschen. Auch sandähnliche grüne Bohnenkekse sind beliebte Pausenfüller. Ich werde an gebratene Süßkartoffel herangeführt und überrasche den Rest der Crew im Gegenzug mit selbst gemachtem deutschem Zitronenkuchen. Für die eher herzhaft Gesonnenen unter uns – wobei das Herzhafte das Süße keinesfalls ausschließt – ist *banh mi*, ein belegtes Baguette, eine verlockende Arbeitsunterbrechung. Wenn sich mein hungriger Magen lautstark bemerkbar macht, stecke ich meine 4000 Dong (20 Cent) in die Hosentasche und bestelle am kleinen Stand gegenüber unserem Bürogebäude – der übrigens à la Küchenvorratsschrank gebaut ist – ein Käsebaguette. Auf *la vache qui rit* werden sauer eingelegte Möhren getürmt, Tomatenscheiben und Frühlingszwiebeln, Salz, Pfeffer und eine undefinierbare Soße, vermutlich auf Fischbasis.

Für den fruchtigen Nachtisch könnten in der Zwischenzeit schon die sportlichen Mitarbeiter unter uns gesorgt haben. Sie klettern mit Vorliebe über den Balkon im ersten Stock in den Baum mit *qua manh* und pflücken ganze Plastiktüten voll dieses säuerlichen apfelähnlichen Obstes. Dann mümmeln alle sichtlich zufrieden das weiß-mehlige Fleisch dieser vitaminreichen Frucht und stärken sich für die zweite Arbeitshälfte des Morgens.

Nicht nur das leibliche Wohl, auch Seelenstreicheln unter Kollegen wird großgeschrieben, wobei die Seele, sofern ich es beurteilen kann, in Vietnam über die Haut erreicht wird. Ja, Körperkontakt, auch im Büro, gehört zum Arbeitsalltag wie Computerbildschirm und Visitenkarten – unter Angehörigen des gleichen Geschlechts, versteht sich! So war ich nicht wenig überrascht, als man mich an meinem ersten Arbeitstag dem Team vorstellte und mich eine schmale Mitarbeiterin in ihren Zwanzigern spontan in den Arm nahm und herzhaft an sich drückte. Während es mir am Anfang doch ein wenig bizarr vorkam, wenn zwei meiner Kolleginnen Hand in Hand in den Tagesraum schlenderten oder eine andere mich vor Freude hüpfend lobte, wie gut ich heute aussähe, so kann mich nun nach mehreren Monaten vietnamesischem Arbeitsalltag keine Form der körperlichen Zuwendung mehr verschrecken. Ich lasse mir geduldig über den Rücken streicheln, Arme um meine Schulter legen, während ich versuche, mich am Computer zu konzentrieren, oder mich an der Hand fortziehen, wenn es etwas Interessantes zu zeigen gibt. Ja, bei unserer Rückkehr nach Europa wird mich vielleicht sogar die fehlende Tuchfühlung unserer nördlichen Gemüter befremdlich berühren und ich werde an die spontanen Ausbrüche kollegialer Zuneigung zurückdenken.

Spontanitäten, wie die der zwischenmenschlichen Art, konnte ich immer wieder auch in der Art und Weise des Arbeitens beobachten. So saß ich eines Morgens nichts ahnend unter dem großen Deckenventilator an meinem grauen Schreibtisch bei einer Tasse Tee, als um mich herum urplötzlich eine untypische, hektische Geschäftigkeit ausbrach. Alles, was man als Unordnung hätte deuten können, verschwand in Schubladen und Tüten unter den Tischen; ein Bild mit hundert verschiedenen Muschelfotos wurde an den Nagel neben der Tür gehängt, wo seit meinem Arbeitsbeginn in diesem Büro gähnende Leere geherrscht hatte. Man rannte ins Badezimmer und strich sich die Haare zurecht, und ich hatte gerade noch Zeit zu fragen, was denn um alles in der Welt vor sich gehe, als auch schon eine Filmcrew des staatlichen Senders KTV die Treppe heraufkeuchte und Mikrofon und Kamera zwischen unseren Schreibtischen aufbaute. Ehe ich mich versah, war die Linse auf mich gerichtet, dann auf eine kleine Gruppe, die einen Projektvorschlag zum Thema alternative Einkommensgenerierung auf den vorgelagerten Inseln diskutierte, bevor die Kamera auf eine Karte in der Tischmitte zoomte. Ich atmete erleichtert auf, dass ich am Morgen zu der gebügelten weißen Bluse und nicht zum flippigen T-Shirt in Neongrün gegriffen hatte. Nein, ich müsse gar nichts sagen; ein Ausländer im Hintergrund »komme immer gut«.

Konzepten wie Mitarbeiterführung, -information oder -partizipation an Entscheidungen bin ich in meinem vietnamesischen Arbeitsumfeld nur selten über den Weg gelaufen. Doch breiten sich Informationen wie durch magische Osmose auch ohne offizielle Ankündigungen aus, und meine Kollegen scheinen Meister in lächelnder Spontanität.

Tja, und wenn dann so ein Arbeitsmorgen vorbei ist, ist es seltsamerweise auch schlagartig mit jeglicher Spontanität und Kreativität vorbei – zumindest was den Zeitpunkt des Nachhausegehens anbelangt. Punkt 11.30 Uhr »fällt der Hammer«, und dies mit einer verblüffenden Regelmäßigkeit, Tag für Tag, Woche für Woche, denn: Die Mittagspause in Vietnam ist heiliger als heilig. 11.30 Uhr ist gleichzusetzen mit Motorradknattern auf den Straßen, hungrigen Menschen, dem Bestreben, nach Hause zu sausen, zu essen, zu schlafen und, vor allem, der Mittagshitze zu entkommen. Die wenigen, die nicht das

Glück haben, sich über Mittag nach Hause zurückziehen zu können, schnarchen auf oder unter Tischen am Arbeitsplatz, nachdem sie ihr mitgebrachtes Essen oder ein Reisgericht in einer der omnipräsenten Garküchen verspeist haben.

Heilig hin oder her, herbeigesehnt oder nicht, jeder wartet pflichtbewusst auf diese magische Minute. Auch wenn die Arbeit früher beendet sein sollte: Man sitzt bis zum bitteren Ende. Gegen 11.15 Uhr werden Zeitungen herausgeholt, Mitarbeiter surfen im Internet, schreiben E-Mails oder blättern in Modezeitschrifen. Nur eine Minute früher zu gehen gehört zum schlechten Ton. Schon ein oder zwei Minuten nach 11.30 Uhr jedoch ist das Bürogebäude wie leer gefegt, und ich ertappe mich dabei, unbeholfen eine Entschuldigung zu stammeln, als sich der Wächter am Tor besorgt erkundigt, was ich denn so spät noch an meinem Computer gemacht habe. Es ist immerhin 11.40 Uhr und meine einsame *Honda Wave* scheint im heißen Innenhof wie ein vergessenes Kind darauf zu warten, von seiner Mutter abgeholt zu werden.

Ein Höhepunkt meiner vietnamesischen Berufskarriere war sicherlich der fröhliche Betriebsausflug der mir ans Herz gewachsenen Truppe mariner Umweltkämpfer. Kulturell typischer hätte bereits die Abfahrt – vielmehr die verhinderte Abfahrt – des Busses am Morgen nicht sein können. Da saßen wir alle vorfreudig und plaudernd in den verblichenen Sitzen des gemieteten Busses, und erst nach und nach blickte dieser oder jener verwundert auf seine Armbanduhr: Relativ pünktlich hatten wir alle um 7 Uhr Platz genommen, und nun verstrichen fünf Minuten um fünf Minuten. Der große Zeiger war bereits bis auf die 6 gewandert, doch niemand schien Anstalten zu machen, das Signal zum Aufbruch zu geben. Allem Anschein nach waren wir vollzählig, auch der Fahrer hockte auf seinem Sitz. Erst nach vorsichtigem, sehr zurückhaltendem Nachfragen stellte sich heraus, dass es keinerlei Grund gab, unsere Fahrt in die Sommerfrische hinauszuzögern.

Nur hatte jeder angenommen, jemand anders sei verantwortlich, zum Start zu blasen. Der westlichen Eigenschaft, Eigeninitiative zu zeigen, Situationen zu hinterfragen und sich einzubringen, stehen hier im sanften Land des Lächelns Abwarten und Zurückhaltung gegenüber. Man hätte ja jemanden durch Fragen wie »Was für ein Problem gibt es?« oder: »Was hindert uns am Aufbruch?« Gesicht verlieren lassen können, das heißt, indirekt der Ineffizienz bezichtigt.

Aber nun rollte der Bus gen Norden, den *Highway Number One* an der Küste hinauf (die einzige Hauptverbindungsachse zwischen Nord und Süd des Landes), wo nach zweistündiger Fahrt ein Strandrestaurant an einer herrlichen Sandbucht aufgesucht werden sollte. Bereits im nächsten Provinzstädtchen parkte der Bus am Hauptmarkt, und fünf Mitfahrer kletterten ins Freie. Wieder staunte ich über die Abwesenheit jeglicher Kommunikation und Erklärung dieser seltsamen Pause. Man kaufe kalt gepresstes Schweinefleisch in Bananenblättern mit ganz viel Knoblauch ein, erfuhr ich auf mein direktes westliches Nachfragen. Dies sei die Spezialität dieser Stadt. Zwei junge Männer unseres Teams hatten noch einen Plastikball zum Wasserballspielen erstanden, und zwei zierliche Kolleginnen übergaben sich erwartungsgemäß in den Staub hinter dem Bus. Vietnamesinnen sind an lange Fahrten in Bus oder Auto nicht gewöhnt – das konnte ich immer wieder beobachten–, und es scheint hierzulande normal zu sein, dass bleiche, würgende Gestalten am Straßenrand stehen. Von Kindesbeinen an radeln sie an der frischen Luft oder haben die frische Brise beim Motorradfahren im Gesicht. Reisen in geschlossenen Räumen ist für viele ein Albtraum.

Nach etwa 10 Minuten stiegen die Einkäufer sowie die Spucker wieder in den Bus zurück – und mit ihnen zwei Kinder, die ich nie zuvor gesehen hatte. Dies seien die jüngeren Geschwister von Ngia, erklärte man mir wiederum auf explizites Nachfragen. Ja, Ngia stamme aus diesem Ort, ebenso wie der Chef der Belegschaft, die Sekretärin, der Fahrer des Projektwagens sowie drei der Patrouillebootfahrer und der

Buchhalter. Ob ich denn nicht gewusst hätte, dass sie alle verschwägert, verliebt oder verheiratet seien. »Vetternwirtschaft« geht es mir durch den Kopf. In einer Gesellschaft, in der die Familie die wichtigste Kernzelle sozialer Existenz darstellt, »hilft« man sich gegenseitig, und so mancher Schwiegervater oder Cousin hat Schwiegersohn oder Cousine in Positionen gehebelt, die sie ohne »Vitamin B« nie hätten bekleiden können.

Aber nun kann es weitergehen, und ich genieße die Fahrt am Wasser entlang mit traumhaften Ausblicken auf Palmenhaine und hellgrüne Reisfelder. Der erste Programmpunkt unseres eigentlich programmlosen Betriebsausflugs heißt Baden im Meer. In voller Montur stürzen sich meine Mitarbeiter in die Fluten – spezielle Badekleidung ist unter Vietnamesen kaum verbreitet –, und mit einer kindlichen Freude spritzen wir herum, werfen den Ball und weichen ab und zu einem noch wohlgeformten Würstchen menschlichen Ursprungs aus, das wohl von einem der ankernden Hausboote in der Bucht herübergeschwappt ist. Wie adäquat, eines der Umweltübel, die zu bekämpfen wir eingestellt worden sind, so illustrativ vor die Nase zu bekommen …

In pitschnasser Kleidung lässt sich die ausgetobte Mannschaft dann auf den Liegestühlen im Schatten der Palmen nieder, und das Restaurant fährt auf, was es zu bieten hat. Ganz ungeniert ergänzen unsere Frauen das offizielle Menü mit den mitgebrachten Leckereien aus Schweinefleisch in Bananenblättern und Obst, und nach einem Glas kalten Kaffees dösen wir alle zufrieden in der salzigen Brise des sanft gurgelnden Meeres. Meine männlichen Kollegen halten sich am Freibier schädlich, und als zum Aufbruch geblasen wird, kann der eine oder andere dieser den Alkohol so schlecht tolerierenden Männer gerade noch auf seinen Sitz gehievt werden, bevor er grunzende Schnarchlaute von sich gibt. Der fittere Teil der Truppe vertreibt sich mit einem Gedichteschreibwettbewerb die Rückfahrt, und ich lerne, dass es hierbei nicht aufs Reimen, sondern auf ein komplexes Versmaß ankommt, in das die einsilbigen Wörter gekonnt gepresst werden.

Salzig, sandig und um viele Eindrücke reicher trenne ich mich nach unserer Ankunft in *Nha Trang* wieder von meinen Kollegen und ahne zu diesem Zeitpunkt nicht, wie schnell diese harmonische Gruppe vorwiegend junger Menschen in alle Winde zerstreut sein wird.

Ja, das Datum rückte näher, zu dem sich, wie vereinbart, die ausländischen Geldgeber aus dem Projekt zurückziehen wollten, um es gänzlich seinen vietnamesischen Trägern zu übergeben. Auf einer feierlichen Abschlusskundgebung im Kulturpalast am Meer lauschten zufriedene Vertreter der diversen Umweltorganisationen den Vorträgen über die Erfolge der verschiedensten Marineschutz-Aktivitäten – und dann senkte sich die graue Realität eines vietnamesischen Arbeitsalltags auf meine Mitarbeiter hernieder.

Als ich bereits wenige Tage später bei ihnen im Büro vorbeischaute, überraschte ich zwei meiner Kollegen dabei, schweißgebadet und mit nacktem Oberkörper die Wand des kleinen Badezimmers aufzuklopfen. Nein, für Handwerker sei kein Geld mehr im Budget vorgesehen, und die geplatzte Wasserleitung könne wohl auch von ambitionierten Akademikern repariert werden. Die Wasserkanister, aus denen sich jeder in den letzten Jahren frei hatte bedienen können, waren verschwunden und man brachte das kühle Nass von nun an in Plastikflaschen von zu Hause mit. Was mich jedoch mehr bestürzte als die Abwesenheit von Trinkwasser, war die Abwesenheit von so manch vertrautem Gesicht. Dezent versuchte man mir zu erklären, dass mit dem Rückzug der Ausländer auch die Ära der ausländischen Gehälter zu Ende gegangen sei. So mancher Kollege mit einem Universitätsabschluss vor allem in Englisch könne in einer ausländischen Firma in Saigon oder in der Tourismusbranche mehr verdienen als im staatlichen Umweltschutzprojekt. Futsch war die über die Jahre aufgebaute Expertise, gekündigt hatten die qualifizierten Mitarbeiter, die über die Zeit einen guten Rapport mit der Inselbevölkerung aufgebaut und die Training in nachhaltiger Fischzucht angeboten hatten, die Erziehungsprojekte in Schulen ins Leben gerufen und Freude an ihrer Arbeit gezeigt hatten. Ich kann es ihnen nicht übel nehmen. Reiner Idealismus schafft keine Reisnudeln auf den Abendbrottisch der Familie. Ja, und die Mitarbeiter, die geblieben sind, kann ich nur bewundern.

Als ich sie wenige Monate nach jenen einschneidenden Veränderungen besuche, sitzen sie fröhlich plaudernd beim Kaffee zusammen. Viele Computer sind aus den Büros verschwunden und mit ihnen die Effizienz und der »Umpf«. Ich empfinde die Ruhe, die sich über diesen einst so aktiven Ort des Geschehens gelegt hat, fast als melancholisch. Und dennoch lächeln sie und stärken sich für den zweiten und dritten Nebenjob, der sie bei ihrer Rückkehr am Abend erwartet und der in vielen Fällen zum eigentlichen Broterwerb ihrer Familien beitragen wird.

Fakten, Infos, Ergänzungen, Fakten, Infos, Ergänzungen

Korruption – gefährliche Bremse für die wirtschaftliche Entwicklung Vietnams und alltägliche Herausforderung für Otto Normalbürger

Endlich hat unser junger Freund Dung das Geld für den Führerschein zusammen. Viele Nächte an der Rezeption eines Minihotels und privater Englischunterricht während des Tages haben den Sparstrumpf prall und seinen Traum wahr werden lassen. Nachdem er die stattliche Summe für den Unterricht im Büro der Fahrschule eingezahlt hat, steigt er zu seiner ersten Fahrstunde zu seinem Lehrer ins Auto und dreht enthusiastisch den Zündschlüssel im Schloss. Doch der Motor gibt keinen Mucks von sich. Der neue Importwagen aus Korea wird doch nicht schon kaputt sein! »Als ich einen Schein ins Handschuhfach schob, verband mein Fahrlehrer ein paar Kabel, und unser fahrbarer Untersatz schnurrte wie geölt«, erzählt Dung. Dieses Ritual sollte von da an den Beginn einer jeden Fahrstunde bilden und einen reibungslosen Ablauf sowie die volle Aufmerksamkeit des Lehrers erkaufen. Was Dung im Kleinen, sprich auf der 1- bis 2-Euro-Ebene erlebt, zieht sich in unterschiedlichen Dimensionen durch alle Ebenen der vietnamesischen Gesellschaft: Korruption!

Ein Platz an einer Schule kann ebenso durch Geld gesichert werden wie das Bestehen einer Prüfung. Ein paar Scheinchen in die Hand des Polizisten, und schon ist der schuldig oder unschuldig aus dem Fluss der Motorräder herausgewinkte Verkehrssünder aus dem Schneider. Bestechung kann einem Patienten eine prompte Behandlung einbringen oder die Aufmerksamkeit der Krankenschwestern magisch intensivieren. Unsere Freunde erkaufen sich ihr

Gesundheitszeugnis oder beschleunigen Visumsangelegenheiten durch dezente Umschläge unter der Schreibtischplatte. Bis hinauf in die höchsten politischen Kreise klebt an den Dongscheinen eine erschreckende Macht der moralischen Verdorbenheit.
In der ***Thanh-Nien***-Zeitung lese ich im Juli 2007 von der Enttarnung zweier der Bestechung zum »Opfer« gefallenen Berühmtheiten aus der Kunstszene. Der ehemalige Direktor der Universität für Industriekunst in Hanoi sowie sein direkt Untergebener sollen nebst neun weiteren schwachen Charakteren Geld aus dem Topf zum Bau des bekannten Dien-Bien-Phu-Denkmals abgezweigt haben. Zur Erinnerung an den spektakulären Sieg der Vietnamesen über die Franzosen im Jahre 1954 wurde 2004, also zum fünfzigsten Jahrestag, eine Statue errichtet. Bereits kurz nach deren Einweihung begann das gute Stück nationalen Stolzes zu rosten. 55 Tonnen des 160-Tonnen-Kunstwerks, so ergaben Nachforschungen, bestanden aus minderwertigen Eisen-Abfallprodukten. Für 8 Billionen vietnamesische Dong des insgesamt 23 Billionen schweren Projektes (1,4 Billionen US $) konnten die Verantwortlichen keine Belege vorweisen.
Korruption, so lese ich bei Wikipedia im Internet, leitet sich vom Lateinischen ***corrumpere = verderben, zerbrechen, entkräften, entstellen, bestechen*** ab. Im juristischen Sinn stellt Korruption den Missbrauch einer Vertrauensstellung in einer Funktion in Verwaltung, Justiz, Wirtschaft, Politik oder auch nichtwirtschaftlichen Vereinigungen oder Organisationen dar. Es wird versucht, einen materiellen oder immateriellen Vorteil zu erlangen, auf den kein rechtlich begründeter Anspruch besteht.
Und genau dieses Phänomen hält die Arbeitswelt des heutigen Vietnams fest im Würgegriff. Dem internationalen Korruptionsindex zufolge – einem seit 1985 von Transparency International, einer nichtstaatlichen Organisation, erhobenen Indikator der

wahrgenommenen Korruption in einem Land – steht Vietnam an 107. Stelle von insgesamt 158 untersuchten Ländern (Heritage Foundation and Wall Street Journal, http://www.heritage.org/research/features/index/country.cfm?id=Vietnam). Dieser internationale Korruptionsindex geht von 1 bis 10, wobei 10 die geringste Wahrnehmung von Korruption anzeigt. Vietnams Korruption wurde mit 2.6 ähnlich eingeschätzt wie der Stellenwert von Korruption in Guatemala, Kasachstan, Laos, Nicaragua, Paraguay, Timor-Leste, Zambia und Yemen.
Verantwortlich für diesen Missstand, so erklären es uns unsere vietnamesischen Freunde, seien die niedrigen Löhne vor allem in Administration und Verwaltung. Niemand könne von seinem offiziellen Gehalt existieren, und »korrupte Zusatzeinkünfte« seien das zweite Standbein so mancher Familie.
Von offizieller Seite werden Bestechung und Korruption seit einigen Jahren aufs Schärfste verurteilt. Zum ersten Mal in der Geschichte des Landes wird 2005 ein Anti-Korruptions-Gesetz verabschiedet, seit Oktober 2006 operiert ein nationales Komitee gegen Korruption, hohe Strafen sollen Bestechungsanfällige im System abschrecken, und eine offizielle Webseite der Regierung (www.chongthamnhung.thanhtra.gov.vn) erlaubt seinen Nutzern neben Information über Korruption auch das Anschuldigen böser Schafe im System. So hofft die Regierung, ihr Image zu verbessern und Vietnam als Wirtschaftsstandort attraktiver zu machen. Unnötige 3 bis 4 Prozent des Bruttoinlandsprodukts würden derzeit noch durch Korruption aufgefressen, postulieren die Ökonomen.
Kritischer äußern sich hingegen Organe der Überseevietnamesen aus der Ferne. Sie entlarven mutig die dunklen Geschäfte und unglaublichen Besitztümer der Obersten in der kommunisitischen Partei und fragen provozierend, wer denn sicherstellen würde, dass die

Mitarbeiter der Anti-Korruptionsbehörde selbst nicht durch und durch korrupt seien.

Unsere vietnamesischen Nachbarn –
nah, hilfsbereit, wuselig und ungemein schwäbisch

Kapitel 13

Unsere vietnamesischen Nachbarn –

nah, hilfsbereit, wuselig und ungemein schwäbisch

In gewisser Weise waren wir durch unseren Einzug in die Nummer 5 der Gasse des Mekongduftes zu vietnamesischen Nachbarn geworden – oder zumindest zu einem festen Bestandteil einer vietnamesischen Nachbarschaft. Und ich muss zugeben, dass ich gerade in den ersten Monaten unseres Mekonggassendaseins angesichts unserer neuen asiatisch-nachbarschaftlichen Freuden und Pflichten schon ein wenig aufgeregt war.

Laut unserem deutschen Wörterbuch kann man unter dem Begriff »Nachbar« *einen Bewohner der unmittelbaren Umgebung* oder unter »Nachbarschaft« *die Anordnung von Häusern in einer nachbarschaftlichen Reihe* verstehen. Wir scheitern jedoch in unserer tropischen Wohnsituation bereits am schlichten Zusammenzählen dieser »unmittelbar in der Nähe Wohnenden«. Was wir jedoch sofort und ohne weitere Nachforschungen sagen können: Sie sind vielzählig, unsere Nachbarn, und nah und hilfsbereit und neugierig und wuselig und in mancher Hinsicht unglaublich schwäbisch. Aber der Reihe nach …

Da wäre zunächst die Unklarheit bei der Addition. Nie zuvor hätte ich gedacht, dass das schlichte Zusammenzählen der an ein Haus angrenzenden Parteien eine Herausforderung darstellen könnte, ganz zu schweigen vom Zusammenzählen ihrer jeweiligen Bewohner. Auch lernte ich schnell, dass ich zur Orientierung in einer vietnamesischen Ansiedlung nicht kartografisches Verständnis, sondern eher detektivisches Gespür aufbringen musste. (Ob ich doch eher Kriminologie als Geografie hätte studieren sollen?) Doch kommen Sie, ich führe Sie herum. Machen Sie sich selbst ein Bild. Lassen Sie uns gemeinsam den Maschendrahtzaun um unser vietnamesisches Domizil herum abschreiten.

Wenn wir von der Gassenseite auf unser goldfarben gestrichenes Gittertor schauen, scheint die Anordnung der Häuser klar und übersichtlich: Eines reiht sich säuberlich an das andere. Mehrfamilienhäuser mit separaten Wohnungen sind zwar auch in Vietnam im Kommen, doch nur sehr langsam und vor allem in größeren Städten. In einem verschachtelten Haus mit Veranda und betoniertem Vorgarten wohnt zu unserer Linken ein älteres Ehepaar, das je nach Stimmungslage manchmal unfreundlich depressiv, manchmal fröhlich über den Gartenzaun lugt. Konstant guter Stimmung hingegen sind ihre charmante 16-jährige Hauselfe und ihr Englisch paukender Enkel »Happy« (*Phuc*). Auf unserer rechten Seite schmiegt sich hinter dem gelb verblichenen Plastikwellblech ein kleiner Bungalow in die Ecke, bevor von der Gasse ein Seitenarm abgeht, der sich in einem weiteren Gewirr von kleinen Nebenarmen verliert und totläuft. Hier lebt ein Ehepaar in unserem Alter mit seiner dreijährigen Tochter Ha. Doch hier haben wir bereits die Grenzen der Übersichtlichkeit erreicht, und unsere nachbarschaftlichen Beobachtungen gestalten sich zunehmend komplizierter. Wie in vietnamesischen innerstädtischen Bereichen üblich, so kleben die Häuser der Nachbarn entweder direkt Wand an Wand oder sie sind so eng aneinandergebaut, dass ein Erwachsener Schwierigkeiten hat, durch diesen Zwischenraum zu laufen, ohne mit den Schultern anzustoßen. Davon abgesehen, laden diese dunklen Gänge ohnehin nicht zum Flanieren ein. Häufig schmälern Ratten oder sonstiger Unrat den Genuss eines Spaziergangs.

Schauen Sie mal, an der Rückseite des verschachtelten Hauses der Großeltern, etwa auf Höhe unseres Wohnzimmers, klebt bereits die nächste Behausung. Dies rechtfertigt die Bezeichnung Nachbar sicherlich aufgrund der unmittelbaren Nähe – nur gesehen habe ich bisher weder dieses Haus in seiner vollen Größe noch seine Bewohner! Unsere Behausungen stehen so dicht nebeneinander, dass der Platz zum Zurücktreten fehlt und wir lediglich einen Ausschnitt aus einer ungestrichenen, porösen Betonwand durch unseren hölzernen Fensterladen hindurch erspähen. Zwischen die Wand unseres Wohnzimmers und dieses angrenzende Gebäude passt gerade mal ein 30-Zentimeter-Lineal. Den Zugang zu den vier Wänden in unmittelbarer Nähe denken wir uns irgendwo in einem Labyrinth von Zubringergässchen, die von einer Parallelstraße zu unserer Mekongduft-Gasse abzweigen mögen. Trotz fehlenden Blickkontaktes aber sind wir über die Monate mit den Gewohnheiten der unsichtbaren Bewohner hinter dem Ausschnitt Betonwand, mit ihrer Tageszeitenroutine und ihrem Musikgeschmack vertraut. Zum einen fördert fehlendes Fensterglas die Tuchfühlung durch die Mauern hindurch. Zum anderen leitet dieser linealbreite Korridor den Schall wie ein Megafon. So waren wir in den ersten Wochen nach dem Einzug in unsere Nummer 5 fest davon überzeugt, wir hätten neben einem der populären Schmusecafés für junge Leute in Turtelstimmung unsere Zelte aufgeschlagen. Kitschiger, doch durchaus wohlklingender vietnamesischer Pop erfüllte unser Wohnzimmer, als hätten wir unsere eigene (allerdings nicht vorhandene) Stereoanlage bis zum Anschlag aufgedreht.

Die zwei Häuser, die unser Haus nach hinten begrenzen, werden von Hunde- und Katzenliebhabern bewohnt, die wir ebenfalls noch nicht zu Gesicht bekommen haben – Menschen sowie Tiere. Kippen Sie doch mal die milchig-braunen Plastiklamellen unseres Gästezimmerfensters oder auch des Küchenfensters bis zum Anschlag. Nur mit verrenktem Hals werden Sie eines Stückchens Außenwelt ansichtig. Anfangs war ich betroffen von der düsteren Traurigkeit dieser nachbarschaftlichen Welt aus grauen Betonmauern. Doch womit ließe sich auch ein farbiger Anstrich dieser ohnehin von der Straße her uneinsichtigen Seitenwände rechtfertigen? Ich spielte mit dem Gedanken, ein Bild von einer schönen Landschaft in unsere Fensterrahmen zu kleben, um dem Auge zumindest die Illusion eines Ausblicks vorzugaukeln.

Aber Sinne stumpfen ab, und wir haben uns an die fehlende Aussicht aus diesen beiden Fenstern gewöhnt. Lassen Sie uns unsere Hälse noch ein wenig akrobatischer verdrehen. Jetzt erhaschen wir einen kleinen Einblick in die Küche oder den schmalen Gang vor dem linken Nachbarhaus, durch den jeden Abend mit lautem Geknatter die Motorräder der Bewohner in deren Wohnzimmer hineingeschoben werden. Auch die Zugänge zu diesen Häusern gehen von Seitenarmen unserer Gasse ab, sodass es eine gute Prise Spürsinn benötigte, bevor wir, von Neugier getrieben, zum ersten Mal erfolgreich vor dem Eingang unseres »Hinternachbarn« landeten. Auch mit diesen Nachbarn leben wir in einer seltsam nahen, ausschließlich akustischen Symbiose. Auch mit diesen Nachbarn fühlen wir uns trotz fehlenden direkten Kontakts auf besondere Weise verbunden, schmiedet doch das Teilen persönlicher, familiärer Alltagsgeräusche zusammen. Mich würde brennend interessieren, welche Rückschlüsse sie aus dem Abhören unseres lautmalerischen Tagesablaufs ziehen. Lachend überhört unsere Köchin, wie man sich nebenan erstaunt darüber zeigt, dass diese ausländische Familie vietnamesische Musik hört. Wir hingegen klopfen den Rhythmus mit, wenn ihre Handwerker beim Streichen eines Zimmers Liebeslieder in schmalzig melancholischen Tonfolgen vor sich hin summen. Ich bin so begeistert, dass ich unsere Haushaltshilfe bitte, mir doch eine CD mit diesen Liedern zu besorgen. In den stilleren Stunden des Tages verebben Lieder und Zurufe, Küchengeklapper und Motorradgeräusche, und unser akustisches Teilen wird intimer. Ich erfahre erstaunt, zu welchen Geräuschen diverse menschliche Organe in der Lage sind, und lerne, beim nachbarschaftlichen Räuspern und Spucken, Husten und Schniefen meine Emotionen im Zaum zu halten.

Nach nur wenigen Wochen im Land wachen wir eines Morgens zu rhythmischen Trommelklängen auf. Es tönt, als spiele eine kleine Gruppe Trommler direkt in unserer Küche. Dann folgen Gesänge männlicher Stimmen, bevor wieder die einsilbigen, doch unser inneres Mark berührenden Trommelklänge anschwellen und uns überwältigt lauschen lassen. Wie wir uns langsam zusammenreimen – und was später durch den vor unserem Haus vorbeiziehenden Leichenzug bestätigt wird –, findet direkt hinter unserer Küchenwand eine Totenfeier statt. Es fühlt sich an, als quelle die Spiritualität durch den porösen Beton zu uns herüber. Wir sind gebannt, wir nehmen Anteil, wir spüren die fast handgreifliche Nähe einer uns visuell verborgenen Welt unserer Nachbarn.

Wie nahe man sich auch uns zu fühlen scheint, demonstriert folgende Begebenheit, die mich noch Stunden später aufgewühlt und tief betroffen am Küchentisch sitzend nachdenken ließ. Am späten Nachmittag eines Donnerstags hatte eine ältere, bisher »unsichtbare« Nachbarin der Hinterhäuser an unser Gartentor geklopft und gefragt – als sei dies die selbstverständlichste Frage der Welt –, ob denn das Ehepaar aus dem Westen nicht daran interessiert sei, ein vietnamesisches Kind zu adoptieren. Seine Mutter, eine Freundin jener Nachbarin, habe nicht mehr genug Geld, um das kleine Geschöpf weiter großzuziehen! Hatten wir die Eltern-Eignungsprüfung per akustische Auslotung durch zwei Hauswände hindurch zufriedenstellend bestanden? Oder sind es lediglich die dollargefüllten Konten, die man jedem Ausländer automatisch zuspricht und die genug Qualifikation dafür zu bieten scheinen, uns so ein Menschlein mir nichts, dir nichts überantworten zu wollen?

Wollen wir nun gemeinsam die hintere rechte Hausecke unter die Lupe nehmen, dort, wo sich ein schmales, schattiges Hinterhöfchen an unsere Küche anschließt? Seine Begrenzung bildet ein zweistöckiges Gebäude mit einer knallig angestrichenen, minzbonbongrünen Außenwand. Und hier sind es weniger Klänge als Beleuchtung und Düfte, die durch die Lamellen des nachbarlichen Badezimmers und der Küche in unseren gräulichen Luftschacht fallen und uns aufs Neue mit Menschen verbinden, denen wir noch nie von Angesicht zu Angesicht gegenübergestanden haben. Fischsoßengeruch lässt uns erraten, was zu Mittag hinter der minzbonbonfarbenen Wand aufgetischt wird. Wenn um Mitternacht immer noch das fahle Licht der hier so gebräuchlichen Neonröhren zu uns herüberdringt, wundern wir uns: Das passt nicht ins übliche Muster. Ob jemand krank ist? Eines Tages klopft es zögerlich an unser Gartentor, und aus Düften und Licht wird ein realer, schlanker, aufgeschossener Nachbar aus Fleisch und Blut, begleitet von seiner Frau. Zögerlich erklärt er, sie würden gerne jenseits ihrer minzbonbonfarbenen Hauswand, sprich in unserem Hinterhöfchen, eine kleine Reparatur an ihrem Dach vornehmen. Aber gerne doch. Wir führen sie herein und entnehmen ihren Gesten, dass bei jedem starken Regen Wasser in ihre Küche spritze. Auch das ist typisch für eine vietnamesische Nachbarschaft: Infolge der räumlichen Nähe der Häuser geht häufig das, was vom schiefen Dach des einen abprallt, auf das Dach des unglücklichen anderen nieder. Sie haben ein Stück Wellblech mitgebracht und nageln es kurzerhand über ihr winziges Küchenfenster, in das nun sicherlich keine Feuchtigkeit, aber auch kein Tageslicht mehr hereinfallen wird.

Summa summarum ergibt dieses Sammelsurium an sinnlichen Wahrnehmungen, unterschiedlich gestrichenen oder porös grauen Hausmauern, Klängen und Düften sechs an unsere Nummer 5 angrenzende Parteien. Nein, der deutschen Definition einer säuberlichen Anordnung in einer *nachbarschaftlichen Reihe* entspricht dieses nahe, verschachtelte Miteinanderwohnen sicherlich nicht. Doch nachbarschaftlich verbunden fühlen wir uns allemal.

Abgesehen von den Schwierigkeiten ihrer zahlenmäßigen Erfassung und den Herausforderungen ihrer akustischen, riechbaren und immer präsenten Nähe, zeichnen sich unsere Nachbarn durch freundliche Hilfsbereitschaft aus. So saßen wir zum Beispiel in den ersten Wochen unserer Mekongduft-Gassen-Erfahrung eines Abends in unserem noch kahlen Wohnzimmer auf der unangenehm klebrigen

Ledercouch unseres Vermieters, als ohne Vorwarnung die Dunkelheit über uns hereinbrach. Wir konnten die Hand nicht mehr vor Augen sehen. Stromausfall! Ein ergiebiges und für den Normalbürger durchaus relevantes Thema – denn es passiert immer wieder. Es fällt auf ein gesamtes Viertel hernieder, häufig zentral gesteuert, um Energie zu sparen, manchmal als Konsequenz der Überlastung des Netzes. Die Regierung tut mithilfe ausländischer Investoren und Entwicklungshilfegeldern ihr Möglichstes, um dem stark ansteigenden Energieverbrauch als Folge der wirtschaftlichen Entwicklung des Landes nachzukommen. 2005 wurde zum Beispiel mit über 1600 Kilometern die längste 500-Kilovolt-Versorgungsleitung in ganz Südostasien in Betrieb genommen: Sie verbindet 21 Städte und Provinzen von der südlichen Ho Chi Minh City bis in die nördliche *Ha Tay*-Provinz. Doch allen diesen Geschehnissen im Land saßen wir in unserer Finsternis völlig ahnungs- und hilflos gegenüber. Die Kinder weinten, uns klebte das T-Shirt an der Haut fest, und was hätten wir jetzt für einen handbetriebenen Ventilator gegeben! Wir versuchten vergebens, unserem Ältesten zu erklären, warum Mami und Papi da gar nichts ausrichten konnten.

Ja, und dann kam die nachbarschaftliche Hilfe auf uns nieder, ebenso unerwartet wie der Stromausfall. Jemand rief ein zögerliches »Hello, hello!« durch den Maschendrahtzaun von Oma und Opa von links, und ihre Hauselfe reichte zwei flackernde rote Kerzen durch den Draht zu uns herüber. Nun, viele Monate später, sind wir ebenfalls ausgerüstet: Auch bei uns flackern kleine Flammen auf, wenn die Oberen mal wieder den Saft abdrehen, und eine mit sechs Batterien ausstaffierte Riesentaschenlampe steht griffbereit unter der Spüle in der Küche. Vorbereitet lässt sich dieser verordneten Ruhepause durchaus etwas abgewinnen. Mit einem Schlag senkt sich Ruhe auf das Viertel der Nachbarschaft. Ventilatoren summen nicht mehr, Radios und Fernsehgeräte verstummen, es hat fast etwas Romantisches, wenn selbst in den kleinen Holzregalen der Brotfrau an der Ecke der Gasse die roten Kerzchen wie auf einem Adventsbogen zur Weihnachtszeit leuchten.

Eine zweite nachbarschaftliche Geste der Hilfsbereitschaft fällt ebenso in das Ressort »Stromausfall«, diesmal jedoch war nur unser Haus, nicht das gesamte Viertel, davon betroffen. Es war 21 Uhr am Abend, und mit einem Schlag setzte die Waschmaschine beim Schleudern aus, wurde dem Nachrichtensprecher das Wort im Redefluss abgeschnitten, senkte sich die mittlerweile so vertraute spontane Dunkelheit auf uns hernieder. Da jedoch durch die glaslosen Fenster unserer Außenwände weiterhin schnulzig weiche Klänge einer vietnamesischen Popshow zu uns herüberdrangen, konnten wir diesmal nicht darauf hoffen, dass jemand »da oben« wieder den Schalter drückte. Wir mussten selber aktiv werden. Hierbei kamen uns die bereits aufs Schlafengehen eingestellten Nachbarn zur Rechten zur Hilfe. Mit den Tücken eines vietnamesischen Hauses vertraut, spürten sie das Problem schnell in Form der durchgebrannten Hauptsicherung im minzbonbonfarbenen Hinterhof auf. Ob wir einen Draht im Haus hätten? Ein kleines Stückchen konnten wir relativ schnell im Schein der Taschenlampe aus einem gerade zuvor in den Mülleimer beförderten Antennenkabel herausschälen. Kurzerhand kletterte der freundliche Ehemann von Frau Thuyet und Vater von Tochter Ha auf einen kleinen Hocker und schob in einem Gewitter von Lichtblitzen todesmutig das Stückchen Draht an Ort und Stelle, wo auch immer es dazwischen gehörte. Keine Isolation, keine Sicherheitsschalter, doch die Waschmaschine begann wieder ihre Runden zu drehen, das Fernsehprogramm war mittlerweile beim Sport gelandet, und als sich unsere drei rechten Nachbarn zum Gehen anschickten, waren wir dankbar, so hilfsbereite Menschen an unserer Seite zu wissen.

Dennoch wollen wir die vietnamesischen Gesten der Hilfsbereitschaft nicht glorifizieren, denn sie können auch anders, die lieben Nachbarn.

Eines Morgens winkten mich unsere Hauselfen heran und zeigten auf den mich immer an Romeo und Julia erinnernden Balkon von Oma und Opa zur Linken. Dort stand mit einer Machete bewaffnet ein junger Mann in Arbeitskleidung und wurde vom Opa angefeuert, möglichst viele Äste unseres tropischen Apfelbaumes brutal zu kappen. Oma und Opa waren das Fegen der vielen abgefallenen Blätter und Blüten leid: Diese fielen in den schmalen und deshalb so schwer zu reinigenden Zwischenraum zwischen unseren Häusern. Und nun sei es an der Zeit, kurzen Prozess zu machen. Dass uns dadurch ein wichtiger Schattenspender genommen wurde, schien nicht zur Debatte zu stehen. Außerdem, so erklärte die sich in einer depressiven Stimmung befindliche Oma, sollten alle Äste zur Entsorgung über den Zaun in unseren Garten geschmissen werden, denn sie hätten immerhin schon 20 000 Dong (rund 1 Euro) für den Arbeiter bezahlt, und es sei schließlich unser Baum, der diesen Ärger ausgelöst habe. Also schleppten wir, die Entscheidung des Alters respektierend, einen wahren Berg von Ästen aus unserem Garten hinaus vors Tor auf die Gasse. Dann legten wir uns auf die Lauer, um die Müllfrauen am Nachmittag nicht zu verpassen. Ihnen steckten wir zum Dank für ihre zusätzliche Mühe ebenfalls 20 000 Dong in die Hosentasche.

Neben Gesten der Hilfsbereitschaft oder der aufoktroyierten Arbeitsteilung verbindet uns mit unseren Nachbarn eine gute Portion gesunder Neugier. Schauen ist legitim, Schauen gehört dazu, und es würde mich nicht verwundern, stünde in einem vietnamesischen Wörterbuch unter der Rubrik Nachbarschaft »Gucken, kommentieren, Anteil nehmen und schauen«. Neugier lässt die Menschen am Maschendrahtzaun verweilen, aus der Hintertüre schauen oder offen das Gesicht an die Gitterstäbe des Zaunes pressen. Man diskutiert die Entwicklung unserer vier ausländischen Körper über die letzten Monate – ein beliebtes Thema in unserem vietnamesischen Umfeld – oder die obskuren Anschaffungen dieser westlichen Familie, seien es ungewöhnliche Möbel oder ein Klavier, Klimaanlagen oder Duschkabine. Doch auch wir schauen, denn Nachbarschaft beruht auf Gegenseitigkeit. So bestaune ich ehrfürchtig die disziplinierte Morgengymnastik von Oma und Opa von links, ein Ritual, dem sich beide konsequent unterziehen: sie noch mit offenen langen grauen Haaren und vor dem Einsetzen ihrer Zahnprothese, und er im luftigen gestreiften Schlafanzug.

Es ist kurz vor Weihnachten, und die kleine Ha zu unserer Rechten wird vom Weihnachtsmann überrascht. Natürlich kleben auch wir am Zaun, als der rot bemäntelte Santa auf dem Motorrad vor dem Gartentor parkt und Respekt einflößend hereinstapft. Die gläubigen Buddhisten haben diesen Weihnachtsmannservice für ihr Töchterchen bei der Hauptpost gebucht. Liebevoll verkleidet schwingen sich in den adventlichen Tagen unzählige dieser roten Männer auf ihre motorisierten Rentiere und erfreuen die Kinder der Stadt. Gleichzeitig schwingen sich Rotznasen und Jugendliche auf Gartenmauern, lehnen neugierige Opas auf ihren Stöcken oder Halbstarke auf ihren Motorrädern, um das nachbarschaftliche Spektakel um diesen postmodernen heiligen Mann herum zu bestaunen.

Neben zahlreich und nah, hilfsbereit und neugierig drängt sich mir zum Thema Nachbarschaft ebenso das Adjektiv »schwäbisch« auf. Nichts für ungut, liebe Schwaben, aber unsere vietnamesischen Nachbarn scheinen allesamt mit dem Virus »Schaffe, schaffe, Häusle baue« infiziert. Die Öffnung des Landes in den Achtzigerjahren hat einen überwältigenden Bauboom ausgelöst. Und wir sitzen mittendrin in einer staubigen, aufstrebenden Nachbarschaft dieses jungen, dynamischen Vietnams. Aus allen Betonmischern scheint es zu singen: »Stein auf Stein, Stein auf Stein, das Häuschen wird bald fertig sein.« Wir stolpern über Baugerät vor unserem Gartentor, freunden uns mit den Maurern von *ong* und *ba* an, dichten die Ritzen unserer Fenster mit Plane ab, schauen monatelang gegen eine Wand von aufgestapelten Backsteinen vor unserem Gartenzaun oder hüpfen über zwischen Zementsäcken aufgestaute Wasserlachen in unserem Eingangsbereich. Letztendlich bestimmt diese nachbarschaftliche Bauepidemie einen so großen Teil unseres Alltags, dass ich Sie einladen möchte, sich mit mir in einem eigenen Kapitel auf eine vietnamesische Baustelle zu wagen. Vielleicht sollten Sie vorher lieber noch einen Mundschutz auf dem Markt erstehen. So eine Baustelle ist staubig!

Wie wir an uns selbst bemerken, hält sie uns wach, diese Dynamik unserer nahen, wuseligen und aktiven Nachbarschaft. Und sie fordert uns immer wieder zu flexiblem Umdenken heraus. Ganz selten gibt es Momente der passiven Stille. Ständig scheint etwas zu passieren, sich zu verändern. Eine menschenleere Straße eines durchschnittlichen deutschen Wohnviertels gegen 10 Uhr vormittags kann ich mir kaum noch ins Gedächtnis zurückrufen. Ein klitzekleines Beispiel des sich rapide verändernden nachbarschaftlichen Mikrokosmos mit seinem Appell an unsere Anpassungsfähigkeit ist der Einbau neuer, eiserner Gartentore: Sie halten als Konsequenz des Häuslebau-Virus überall Einzug und sorgen dafür, dass unser Gehör nicht träge erschlafft. Wir hatten uns in monatelangem Training an die akustische Unterschrift all der Tore unserer verschiedenen Nachbarn gewöhnt! Carl kann im Bett liegend unterscheiden, ob die Mutter von Ha zur Linken den Riegel ihres Tores beiseite schiebt, ob Chaus Vater gegenüber nach Hause kommt oder ob unser eigenes Schloss zur Seite gedrückt wird. Ein jeder Riegel hat sein eigenes metallenes Quietschen, und mit jedem Einbau eines neuen Tores müssen unsere Ohren andere akustische Fingerabdrücke dieser nachbarschaftlichen Nähe abspeichern. Ja, wir nehmen unsere Nachbarschaft mit mehr Sinnen wahr, als wir es aus Europa gewöhnt sind. Und das macht Spaß. Ich bin gespannt, welch weitere Gepflogenheiten und Gewohnheiten unserer vietnamesischen Mekongduft-Nachbarn wir noch zu erlauschen, erriechen und erspüren lernen.

PS: Haben Sie noch schnell eine Minute für ein ganz persönliches Postskriptum? Dies scheint mir die Stelle in meinem Buch zu sein, an der ein DANK an unsere vielzähligen, wuseligen, hilfsbereiten und »schwäbisch«-vietnamesischen Nachbarn am besten angebracht ist. Ihr habt uns seltsame, germanische Spezies Mensch ganz selbstverständlich mitten unter euch aufgenommen. Ich glaube nicht, dass euch bewusst ist, wie anders das Leben für unsere westliche Familie in eurer Mekongduft-Gasse wirklich ist. Sicherlich würdet ihr den Kopf schütteln, wenn ihr lesen könntet, welch alltägliche Nebensächlichkeiten ich aus meiner Marsmännchenperspektive für aufschreibenswert erachtet habe. Danke, dass ihr unser Anderssein mit Wohlwollen bedacht habt. Danke, dass ihr uns erinnert habt, wenn wir vergaßen, die vietnamesische Flagge zu hissen. Danke für Kokosnuss- und Mango-Gesten über den nachbarschaftlichen Zaun. Danke für die vielen kleinen Unterhaltungen auf der Gasse, die unser Vietnamesisch verbessert und unseren Gemütszustand gehoben haben. Die Mekongduft-Gasse wird in unserer Erinnerung immer einen ganz besonderen, gefühlsschwangeren Platz einnehmen.

Fakten, Infos, Ergänzungen, Fakten, Infos, Ergänzungen

Der Weihnachtsmann im Außendienst – Erfahrungsbericht eines deutschen Weihnachtsmanns in Vietnam

Oh, wie mich die Sonne plagt!
Warum hab ich nur zugesagt?
Mein Bart, der juckt, die Stirn ist nass,
und auch Knecht Ruprecht seufzt ganz blass:
Multikulti sei zwar »in«,
doch ihm stünde jetzt der Sinn
nach Meeresduft und Sonnenbaden
und weniger nach Säckeladen,
Rutenputzen, Keksglasieren
und die Engel zu trainieren.

Reist hinaus, so hieß es oben,
in die Welt, um zu erproben,
ob deutsche Weihnachtstradition
reif sei für Globalisation.
Asien sei der Markt von morgen,
ein Rentier wolle man besorgen,
um das Traditionsgespann
aus Knecht und deutschem Weihnachtsmann
im Land des permanenten Lachen
wirtschaftlich und populär zu machen.

Hauptzentrale, hier Vietnam,
es meldet sich der Weihnachtsmann.

Gut gelandet, alles klar,
Menschen, Landschaft wunderbar.
Nur baumeln wir mit müden Beinen
im Höllenofen, möcht man meinen.
Auf unsrer Wolke ist es heiß
und uns tropft der Arbeitsschweiß
auf Reisplantagen, Wasserbüffel
Fischerboote, Nugattrüffel.

Halt, das wäre nur zu schön,
hab'n wir 'ne Halluzination geseh'n?
Hier macht man Süßes nur aus Bohnen,
nichts mit Plätzchen und Makronen!
Spekulatius, Puderzucker,
Marzipan und Nugatbutter,
die werdet ihr vergebens suchen.
Hier backt man Reismehl-Wabbelkuchen
mit Kokosfüllung oder Krabben,
und diese runden Glibber-Happen
sind delikat, ich hab's probiert.
Doch bin ich nun komplett verwirrt,
ob ich nach festlich deutschem Plan
entsprechend operieren kann.

Auch Ruprecht liegt erschöpft darnieder
und knetet seine müden Glieder:
»Ich war auf jedem Markt der Stadt,
doch hab ich nun das Suchen satt.
Kein Engelshaar und keine Kugeln,
anstatt Lametta griff ich Nudeln,

rote Kerzen fand ich zwar
für den buddhistischen Altar,
doch Halter konnt mir keiner geben,
sollen sie mit Spucke auf der Tanne kleben?
Ach, Weihnachtsmann, mein alter Freund,
das hab ich anders mir erträumt.«

Auch sind die Engel unerfahren
in jeglich weihnachtlich' Gebaren,
wie wir es in der Heimat schätzen.
So bin ich ständig am Ersetzen:
Wo wir zu Hause Kipferl backen,
lass ich sie trop'sche Nüsse knacken.
Den uns vertrauten Weihnachtsstollen
ersetze ich mit Frühlingsrollen.
Zimt und Kardamom für Printen
konnt in der Apothek ich finden.
Man ist verwirrt ob deutscher Bräuche,
denn hier heilt man kranke Bäuche
mit dem, was wir Gewürze nennen.
Ob wir in Deutschland was verpennen?

Das wäre doch ein großer Gag,
wenn wir mit zimt'gem Spritzgebäck
nicht nur die Zungenspitz beglücken,
sondern Darm- und Magendrücken
mit süßen Leckerei'n kurieren.
Kommt, lasst uns Plätzchen produzieren!

Hauptzentrale, aus Vietnam
hier noch mal der Weihnachtsmann!
Trotz kultureller Stolpersteine,
komm'n wir langsam auf die Beine.
Nun ernten wir der Mühen Lohn,
wir denken in Kooperation:
Mit vietnamesischen Kollegen
liegt der zukünftige Segen!
Wenn wir Ideen fusionieren,
von Billiglöhnen profitieren,
könnten Zimt und Kokossterne
in nicht allzu weiter Ferne
sie füllen, die leeren Himmelskassen,
und heil'ge Rubel rollen lassen.

Und noch eins haben wir gelernt:
Wenn der Weihnachtsmann hier schwärmt,
dann schwärmt er nie alleine aus,
'ne ganze Flotte steht vorm Haus
von roten Männern, Feuerstühlen;
ja, von romantischen Gefühlen
hält man hier nicht gerade viel.
Wer sein Kind beglücken will,
mietet sich, stellt euch das vor,
'nen futurist'schen Kerl vors Tor,
der – auf 'ner Honda angesaust –
bei 30 Grad durchs Städtchen braust.
Bei der Post sind sie zu buchen,
wo Eltern um 'ne Audienz ersuchen.
Und dann kommen die Kollegen

mit rotem Mantel, Sack und Segen.
Die Nachbarn schau'n, die Kleinen lachen,
man kann noch schnell ein Foto machen,
und zwei Minuten später schon
knattert das Gefährt davon.

Doch will ich diese Effizienz,
ein Heer von Santa-Eminenz?
Mein deutsches Herz kann sich nicht freu'n,
gern würd ich etwas Watte streu'n.
Denn ich vermisse Schnee und Frieren,
Glühwein, Punsch und Teigprobieren.
Auf meiner Wolke riecht's nach Soja,
ach, wie wär ich wirklich froh, ja,
ich könnt mit meinen Siebensachen
hier 'ne heil'ge Fliege machen!

Ich merk, ich komme in die Jahre,
je mehr ich in der Welt rumfahre,
seh'n ich mich nach heim'scher Wärme,
will Lebkuchen und Weihnachtssterne.
Mit deutschem Brauch bin ich vertraut,
für Außendienste nicht gebaut.
Ich schätze meinen treuen Knecht,
und auch mein Rentier ist mir recht.
Ich muss nicht schnell motorisiert
auf Feuerstühlen hochfrisiert
auf meine alten Tage flitzen.
Ich bleibe am Kamin gern sitzen.
Ich pfeif auf Globalisation

und setz auf deutsche Tradition.
Krakenfüße, Tintenfisch:
delikat, doch nicht für mich.
Hauptzentrale, lasst mich rein!
Ich hab genug, ich komme heim!

(Susanne Flohr)

»Schaffe, schaffe, Häusle baue« – eine ganze Nation im Hausbaufieber

Kapitel 14

»Schaffe, schaffe, Häusle baue« –

eine ganze Nation im Hausbaufieber

Vorsichtig bohren wir die oberen Enden unseres Maschendrahtzauns durch die vorgestanzten Löcher der blauen Plastikplane. Wir haben aufgegeben, auf eventuelle Empfindlichkeiten Rücksicht zu nehmen. Eigentlich wäre es die Pflicht von Opa und Oma von nebenan gewesen – so angeblich das ungeschriebene Gesetz nachbarschaftlicher Rücksicht bei Bauvorhaben –, uns Nachbarn durch das Aufspannen einer Plane den Staub vom Leibe zu halten. Denn dieser scheint beim Abriss und Neubau eines Hauses nichts Besseres im Schilde zu führen, als durch alle Ritzen, Fenster und Türöffnungen unserer Mekongduft-Gassen-Residenz zu dringen. *Ong* und *ba* speisen uns mit einer kleinen Plastiktischdecke der Marke »Blümchen auf rotem Untergrund« ab, und nun riskieren wir es, den älteren Herrschaften durch unsere Eigeninitiative und das Auffahren eines sechs Meter langen Planengeschützes auf den Schlips zu treten. Die Gesetze dieses filigranen Regelwerkes, wer durch welche Handlungen wen Gesicht verlieren lässt, scheinen die Vietnamesen mit der Muttermilch aufzusaugen. Wir praktisch veranlagten und proaktiven Europäer hingegen haben uns für Selbstschutz vor Etikette entschieden. Und von nun an verfolgen wir die baulichen Geschehnisse hinter der blauen Plane zumindest ein klein wenig staubreduzierter.

Vor dem Häuslebau-Virus, der ganz Vietnam im Würgegriff hält, ist niemand gefeit, auch das Alter nicht. Mit ihren über 70 unterziehen sich auch *ong* und *ba* von nebenan allen Unannehmlichkeiten, die so ein Hausabriss und Neubau mit sich bringt. Außerdem scheint dieser Virus in höchstem Grade infektiös zu sein. Wir haben angefangen, die

Neubauten zu zählen, die sich zu einem Wahrzeichen eines Landes im Aufbruch gemausert haben. In den letzten zwei Jahren unseres Daseins in der Mekongduft-Gasse sind von ingesamt 84 Häusern in unserem Gassenabschnitt 27 niedergerissen und neu gebaut worden. Das sind ganze 30 Prozent in 24 Monaten! Man stelle sich vor, in unserer heimischen Nachbarschaft fiele jedes dritte Haus einem Neubaudrang zum Opfer. Zusätzlich schwebt über weiteren Behausungen bereits der virtuelle Abrisshammer – im nächsten Jahr soll es so weit sein.

Die zunehmende wirtschaftliche Öffnung des Landes macht sich bemerkbar, und sobald genug Goldbarren unter der Matratze gehortet sind, fallen die maroden und regendurchlässigen einstöckigen Wohnungen wie Kartenhäuser in sich zusammen, um schmalen, mehrstöckigen Betonbauten Platz zu machen. Wir sind seltsam berührt von diesem Phänomen, denn wir realisieren, dass es fast zum modernen Vietnamesischsein dazugehört, so einen Abriss und Neubau selber durchlebt zu haben. Unsere Vermieter sind gerade bei ihren Verwandten untergeschlüpft, da sich ihr Haus im Tod- und Auferstehungsprozess befindet. Meine Nachbarin und Freundin Dao hat vor zwei Jahren mit ihrer Familie neu gebaut. Sie hatten in schäbiger, rattenverseuchter Notunterkunft Zwischenstation einlegen müssen. Unsere Hauselfe, Frau Ngoc, hat mit ihrem Mann bereits zum dritten Mal auf demselben Grundstück ein neues Zuhause geschaffen und erzählt ergreifend von der Metarmorphose der schlichten Bambushütte in einen einstöckigen Bungalow und weiter zu ihrem heutigen zweistöckigen Haus aus Beton.

Wer also als Ausländer zumindest ein klein wenig bei diesem allgegenwärtigen Alltagsthema mitreden will, sollte sich in Sachen vietnamesischer Hausbau schlau machen. Wir haben Glück. Just inmitten dieses geschäftigen, schweißtreibenden Hausbau-Gewusels haben wir einen Logenplatz ergattert! Aus der ersten Reihe beobachten wir jeden Schritt eines vietnamesischen Hausbaus auf dem Nachbargrundstück – das heißt: wenn uns danach ist und wir die besagte blaue Plane ein wenig zur Seite heben. Und nicht nur das. Frei nach dem Motto «Buy one, get one free« hat sich der Nachbar unserer Nachbarn über Nacht infiziert und ebenso eine Kolonne emsiger Arbeiter engagiert. Diese tun es nun den Handwerkern von *ong* und *ba* mit der Verzögerung um nur wenige Tage gleich, und wir beobachten von unserem Ausguck das Treiben auf gleich zwei nachbarschaftlichen Baustellen. Wände stürzen im Kanon ein, Betonmischer singen im Duett, und Sand und Kies werden für zwei geschaufelt. Dieser bauliche Doppelakt fließt aus den Gartentoren auf die Gasse hinaus, sodass ein Durchkommen mit dem Motorrad nur noch in Schlangenlinien möglich ist. Vor unserem Gartentor hockt ein Arbeiter und biegt Rechtecke aus dickem Metalldraht über ein mit Nägeln beschlagenes Brett, wobei seine Füße das Holz stabilisieren. Maschinen und Geräte werden antransportiert, Hunde heben beglückt an Stein- und Sandhaufen ihr Bein, Holzlatten und Metallstangen türmen sich zu beiden Seiten der Straße, und vor dieser Kulisse des baulichen Ameisenhaufens tummeln sich die Schaulustigen. Es sägt und hämmert, schaufelt und klopft, und in der staubigen Luft scheint eine erwartungsfrohe Geschäftigkeit mitzuschwingen.

Doch halt, beginnen wir von Anfang an! Denn diesem klangreichen Auftakt eines vietnamesischen Häuserbaus hat eine Ouvertüre etwa des Titels »Ruhe vor dem Sturm« vorwegzugehen. Wir sitzen auf unserer gefliesten Terrasse in unmittelbarer Baustellennähe und verfolgen die künstlerischen Feinheiten dieser Ouvertüre mit Spannung. Die Einführungstakte des Schauspiels bestreiten einzig und allein die Cyclofahrer. In emsigen Radelaktionen hat eine ganze Armee dieser drahtigen Männer alle Besitztümer des alten Ehepaars abtransportiert: Koffer und Betten, Schränke und Pflanzen, Geschirr und Bücher, Kochtöpfe und Familienporträts, Ahnenaltar und Sofa, alles ist auf den dreirädrigen Gefährten gestapelt und aus dem Gartentor hinaus die Gassen hinuntergeradelt worden. Dort haben *ong* und *ba* für die Zeit des Hausbaus eine bescheidene Hütte angemietet, die aufgrund ihrer Nähe einen optimalen Ort zur Beobachtung des Baugeschehens darstellt. Und so ist in nur wenigen Stunden das bisher so geschäftige Heim unserer Nachbarn zu einer gesichtslosen Schale verwandelt worden.

Für den folgenden Teil der Ouvertüre haben Männer im Blaumann den Taktstock übernommen. Wie Trapezkünstler in einem Zirkus sind Elektriker auf Dächern und Balkonen der Nachbarschaft herumgeturnt, an Masten hinaufgekraxelt und mit Leitern an Seitenwänden emporgestiegen, um das zum Tode verurteilte Haus aus dem Labyrinth von schwarzen Stromkabeln der Nachbarschaft herauszusezieren. Sie wären Meister eines jeden Mikadospiels! Wir staunen über die für uns unergründlichen Regeln, die dieses Chaos an dunklen Strängen offensichtlich organisiert zusammenhalten.

Erst zum Finale der Ouvertüre hat sie sich dann eingestellt, die unerwartete Ruhe vor dem Sturm. Das alte Haus liegt verlassen und leer da. Die Tochter von *ong* und *ba* hat ein Tischchen auf der leeren Veranda positioniert und auf diesem blauen Plastikaltar Früchte und Räucherstäbchen arrangiert. Das Datum des Abrisses ist von einem Wahrsager genau berechnet worden, und nun betet die Familie für ein gutes Gelingen des ersten Bauabschnittes. Während wir rationalen Westler ein Bauvorhaben in Abhängigkeit von Terminkalendern der Baufirmen planen, bemüht sich der Vietnamese, dieses wichtige Ereignis eines Hausbaus unter einen glücklichen Stern zu stellen. Kurz nach dem vietnamesischen Neujahrsfest zum Beispiel wird weder repariert noch neu gebaut. Und sei auch das Bestreben, endlich anzufangen, noch so groß, so ist es ratsam, bis zum zweiten Monat nach Neujahr Werkzeug und Elan im Zaum zu halten. Auch wollen die Ahnen von dem großen Unterfangen unterrichtet werden. Hat dann die Familie den Hürdenlauf aus religiösen Ritualen und Aberglauben erfolgreich hinter sich gebracht, kann das »Häuslebaue« so richtig losgehen.

Nun zögere ich ein wenig. Ich weiß nicht recht, ob ich das Vorgehen auf einer vietnamesischen Baustelle in Wirklichkeit für meine Jungen aufschreibe, die fasziniert jedem lauten Bautrubel zuschauen, oder ob auch Sie, meine Leser, so einer fremdländischen Baustelle etwas abgewinnen können. Aber ich denke, dass wir uns nach 13 Kapiteln so weit nähergekommen sind, dass Sie sich von meiner Faszination für Alltagsangelegenheiten haben anstecken lassen. Am besten organisieren wir auf dem Markt noch einen typischen Bankräuber-Mundschutz für Sie, denn ich sagte es ja schon: So ein Baustellen-Beoachtungsprojekt ist staubig. Und ich könnte uns eine Kanne *tra da* machen, wenn Sie sich zu uns auf unsere Ausguck-Terrasse setzen. *Tra da* ist nichts anderes als grüner Tee, den man kalt werden lässt und mit einer großen Menge an Wassereiswürfeln genießt. Er löscht nicht nur herrlich den Durst, sondern hat auch eine aufmunternde Wirkung. So können wir die Hitze besser aushalten und dehydrieren beim Beobachten des Geschehens nicht zu missmutigen Mitteleuropäern. Übrigens, auch die Bauarbeiter hinter dem Maschendrahtzaun kippen *tra da* hinunter. Es gehört zu den Pflichten eines gütigen Bauherren, immer genügend Nachschub dieses kalten grünen Getränks zu liefern. Es wird in der Regel in einem speziellen Kühlhalte-Eimer auf die Baustelle getragen, auf dem ein Gemeinschaftsbecher aus Plastik für die gesamte Belegschaft steckt. Keine Sorge, ich hole für jeden von uns ein eigenes Glas.

So, nun kann es losgehen. Der Abriss beginnt mit dem vorsichtigen Herauslösen all der Dinge, die als wiederverwendbar und somit finanziell noch einträglich gelten. In der Regel zählen dazu Fenster- und Türrahmen, Holztüren, Treppen und Gittertore. Angesichts des Häuserabriss- und Neubaubooms im Land ist auch die Dichte der Secondhand-Veraufsstellen nicht verwunderlich. Hier kann sich der weniger gut Betuchte aus übereinandergetürmten Fenstern jeglicher Größe oder aus einem Haufen von eisernen, pastellfarbenen Wendeltreppen noch etwas Passendes heraussuchen. Als auch im Haus von *ong* und *ba* alle wiederverwertbaren Elemente sorgfälltig entfernt worden waren, kam nicht wie erwartet die Abrissglocke, sondern der Vorschlaghammer. Schauen Sie mal, wie geschickt die muskulösen Arbeiter in ihren Badelatschen auf dem Dach herumbalancieren und sich langsam ihren Weg in Richtung Fußboden hinunterklopfen. Manchmal sieht es so aus, als würden sie sich im wahrsten Sinne des Wortes den Boden unter den Füßen fortschlagen. Helme oder Schutzkleidung scheinen ein westlicher Unsinn zu sein, den man sich ohnehin nicht leisten kann und der obendrein viel zu sehr einengt und unendlich heiß ist.

Rinnen Ihnen auch allmählich die Schweißperlen von der Stirn? Es geht auf die heißeste Zeit des Tages zu; bald ist Mittagspause. Wo in Deutschland ein mehr oder weniger gemütlicher Bauwagen Schutz vor den Elementen bietet, ist der vietnamesische Bauarbeiter auf Erfindungsgeist und Kreativität angewiesen. Ein Arbeitergrüppchen kauert sich direkt vor unserem Gartentor unter der Schatten spendenden Bougainvillea zusammen. Dort tunken die Männer Reis in Fischsoße und trinken Wasser dazu. Weder Stuhl noch Tisch zieren diesen Essplatz. Auf dem staubigen Boden wird das Essgeschirr ausgebreitet. Hören Sie ihre fröhliche Unterhaltung? Auch was einen Schlafplatz anbelangt, sind die zähen, durchtrainierten Männer nicht anspruchsvoll: Der eine rollt sich auf einem Bretterstapel zusammen, der andere lehnt seinen müden Kopf an den Steinpfeiler unseres Gartentors. Als wir ihnen eine Hängematte anbieten, lehnt die Tochter von *ong* und *ba*, die hier die Oberaufsicht im Namen der Familie zu führen scheint, brüsk ab. Wieder einmal stehen wir sprachlos vor einem Rätsel aus kulturellen Fettnäpfchen. Haben wir sie durch unsere unüberlegte Geste ihren Arbeitern gegenüber als kaltherzig erscheinen lassen? Die Welt der vietnamesischen Etikette ist so kompliziert!

Erneutes Beten und Opfern auf dem Altar aus blauem Plastik beschließt die Abrissphase und läutet den Neubau ein. Und auch hier muss ich meine Jungen enttäuschen. Es rollen nämlich keine schweren

Maschinen an, kein Kran oder Bagger, keine beeindruckenden Laster oder lauten Presslufthämmer. Der Hausbau liegt ganz in den Händen einer emsigen Schwadron aus Männern und auch Frauen: Sie tragen Steine in Bastkörben auf der Schulter, betätigen unermüdlich Seilwinden, um Materialien zu befördern, gießen in Badelatschen und mit schweißnassem Oberkörper Zementpfeiler in von Hand hergestellte Eisengitter. Sie winken zu uns herüber, sie pflücken den Kindern Äpfel von unserem tropischen Apfelbaum, in dessen hohe Krone wir selber nicht zu klettern vermögen. Sie ziehen geschickt in einer Welt ohne Wasserwaagen einlagige Wände nach oben. Wir suchen vergebens nach einem Fundament, und auch die rechte Außenwand dünkt uns ungewöhnlich schief. Doch das Haus wächst mit atemberaubender Geschwindigkeit in die Höhe. Ja, dass vor ein paar Tagen ein Arbeiter auf einer Baustelle von einer umstürzenden Wand erschlagen wurde, weiß man. Es wird schon alles gut gehen.

Merken Sie, wie angebracht die Empfehlung zu einem Mundschutz war? So eine tropische Baustelle reizt die Lungen, und wir freuen uns auf den Abend, wenn sich ab 18 Uhr Stille und frischere Luft über das Bauprojekt von *ong* und *ba* legen. Den obligatorischen nächtlichen Aufpasser, der auch auf dieser Baustelle nicht fehlen darf, habe ich bereits erwähnt: In diesem Land, wo Löhne kaum Arbeit belohnen, passen billige Kräfte auf Motorräder und Häuser, Kinder und eben auch Baustellen auf: ganztags, am Wochenende und wenn nötig auch die ganze Nacht hindurch. Sie vereiteln im Schein einer Petroleumlampe, dass sich Steine, Zement oder Werkzeuge verselbstständigen. Selbst Sand oder Holzbalken fänden sonst dankbare, doch nicht zahlende Abnehmer.

Unermüdlich wächst der Neubau unserer Nachbarn in die Höhe, und sie laden uns stolz zu einem ersten Besichtigungsrundgang ein. Kommen Sie doch mit und schauen Sie sich um: Wir sind in das Halbdunkel eines typischen vietnamesischen »Handtuchhauses« getreten, wie wir es bei unseren Reisen durch das gesamte Land in jeder Siedlung antreffen. Ich weiß nicht, ob die architektonische Fachwelt diesen Begriff gebrauchen würde, doch beschreibt er die Bauweise eines gegenwärtigen vietnamesischen Wohnhauses trefflich: Schmal wie ein Handtuch, entspricht die Breite eines Durchschnittshauses gerade mal der eines einzigen Raumes. Willkommen im Wohnzimmer der Familie! Dieser erste Raum, den der Besucher betritt, ist wie hier bei *ong* und *ba* zur Straße hin von einem der universell üblichen, quietschenden Eisengitter abgetrennt. Ist die Familie zu Hause, steht das Gitter in aller Regel offen, und wir haben Freude daran, beim Spazierengehen Einblicke in dieses Herzstück eines typischen Wohnhauses zu werfen. Ungeniert liegen dort die Alten auf Matten oder in der Hängematte, das Kleinkind krabbelt auf den kühlenden Fliesen, im Hintergrund läuft der Fernseher, während die Mutter auf dem Fußboden Wäsche bügelt. Nachbarskinder spielen Murmeln auf der Schwelle, und eine alte Tante knackt Kürbiskerne mit ihren wenigen Zähnen. Ist die Familie aus, wird das schwere Gittertor zugeschoben und mit einem Vorhängeschloss gesichert. Nur so als Fußnote aus dem eigenen Erfahrungsschatz: So ein Vorhängeschloss sollte niemals in offenem Zustand am Eisengitter baumeln. Selbst ohne dazugehörigen Schlüssel ist es als Rohstofflieferant ein begehrtes Fressen für Diebe!

Aber wenden wir unseren Blick nun dem Inneren zu. Hinter dem Aufenthaltsraum im Erdgeschoss schließen sich in der Regel die Küche und eine Toilette an, in längeren Häusern eventuell noch ein Zimmer dazwischen. Kann es sein, dass Sie gerade vergeblich nach einem Fenster suchen? Als ich nach der Fertigstellung eine Seitenwand des Hauses von *ong* und *ba* betrachte, kommen mir lachend die Schildbürger in den Sinn – mit dem einen Unterschied, dass die Vietnamesen die Fensteröffnungen nicht wie die Bürger von Schilda vergessen, sondern absichtlich weglassen. Auch tragen sie die Helligkeit nicht nachträglich mit Mistgabeln herein, sondern sind ganz froh um ein wenig Kühle und Schutz vor dem gleißenden Sonnenlicht. So wird ein vietnamesisches Haus nach hinten hin immer dunkler und kühler. Oft klebt der Nachbar so dicht am eigenen Haus, dass eine Fensteröffnung ohnehin sinnlos wäre. Die Schlafräume der Familie liegen dann in den oberen Stockwerken, und wo ein paar zusätzliche Goldbarren für den Häuserbau zur Verfügung stehen, genießen die Bewohner schließlich eine mit Blumenkübeln verschönerte Dachterrasse für die kühleren Abendstunden.

Ist dann die Innenarchitektur so weit hergestellt, machen sich die stolzen Häuslebauer daran, das Äußere des Neubaus zu verschönern. Schon Wochen im Voraus spekulieren unsere Jungen, ob die Fassade von *ong* und *ba* wohl in einem Traum von Lila oder Pastellgrün erstrahlen wird oder ob doch ein Zartrosa das Rennen der Farben gewinnen wird. Die Vietnamesen lieben pastellige Tuschkastenfarben und sie legen Wert darauf, dass die Vorderseite ihres Hauses gebührend zur Geltung kommt. Diesem Bestreben fällt auch der Obstbaum im Eingangsbereich unserer Nachbarn zum Opfer: Der Arme wird für unsere europäisch-baumfreundlichen Gefühle aufs Traurigste zusammengestutzt. Er hat den Blick auf die Fassade eingeschränkt, und diesem vietnamesischen Schönheitsempfinden gegenüber hat kein ökologischer Gedanke eine Chance.

Das Stutzen der Äste bildet den Abschluss der etwa viermonatigen Bautätigkeit, und dankbar siedeln *ong* und *ba* aus ihrer beengten Übergangsbehausung in ihr neues, repräsentatives Heim über. Mit ihnen ziehen übrigens auch Tochter und Schwiegersohn samt Kindern ein, die froh sind, eine Bleibe gefunden zu haben. Ihr eigenes Haus soll nämlich in den kommenden Tagen niedergerissen werden, um ganz im Sinne des vietnamesischen Aufschwungs einem mehrstöckigen, modernen Beton-Handtuch zu weichen. Vielleicht haben sie die Bauarbeitertruppe von *ong* und *ba* bereits engagiert, denn Handwerker sind heiß begehrt in diesen Jahren der boomenden Baukonjunktur.

Fakten, Infos, Ergänzungen, Fakten, Infos, Ergänzungen

Bauboom am Rand der Sechs-Millionen-Metropole – Saigon frisst sich in sein sumpfiges Umland vor

Im dynamisch aufstrebenden Saigon scheinen uns die »schwäbischen« Konsequenzen der Öffnungspolitik Vietnams (der ***Doi-Moi***-Politik) am ausgeprägtesten zu sein. Die baulichen Veränderungen in unserer kleinen Mekongduft-Gasse sind nur eine Miniaturausgabe dessen, was in der südlichen Millionen-Metropole in großem Stil und mit atemberaubender Geschwindigkeit vonstatten geht. Die 1986 eingeleitete Reformpolitik, die sich Privatbesitz und Auslandsinvestitionen gegenüber öffnete, hat das Land in eine Achterbahnfahrt ohne Talabschnitte katapultiert. 8 Prozent jährliches Wirtschaftswachstum in den Neunzigerjahren und 7 Prozent jährliches Wachstum von 2000 bis 2006 haben ein städtisches «facelift« nach sich gezogen. Private Ersparnisse konnten im gleichen Zeitraum um das Fünffache anwachsen. Somit war der Nährboden für den Häuslebau-Virus gelegt, und im Jahre 2005 warnte die Viet Nam Cement Corporation (VNCC) bereits vor einer Zementknappheit von ca. 6,5 Millionen Tonnen.

Wir fahren die große Ausfallstraße aus Saigon hinaus in Richtung Norden, an deren Rand sich Bagger und Kräne wie die Meerschweinchen zu vermehren scheinen. Ein von rostigem Maschendrahtzaun eingegrenzter, unasphaltierter Abstellplatz neben dem anderen beherbergt diese Wahrzeichen eines Landes im Aufbruch. Maschinen zum Häuser- und Straßenbau, zum Gütertransport oder Planieren, Errichten und Aufstellen – alle secondhand aus Korea oder Taiwan, wie uns unser liebenswürdiger Fahrer erklärt. Nach vietnamesisch-kreativer Reparatur und geschickter Schönheitso-

peration tragen diese schnaufenden, lärmenden Kolosse aus Eisen ihr Schärflein zum Wirtschaftswachstum des Landes bei. Ein Gartencenter mit beschnittenen immergrünen Ziersträuchern wirkt verloren neben dem überfüllten Abstellplatz voll schmutziger orangefarbener Bagger mit den fremdländischen Buchstaben auf der Karosserie. In zweiter Reihe erheben sich drei Appartementtürme, noch von Baugerüsten umgeben. Riesige Plakate preisen die neue Wohnqualität am Stadtrand, und um die eisernen Stelzen dieses Werbeträgers grasen friedlich Kühe im aufgewühlten Matsch. Vor dem großen Industriepark, der Raum für die wachsende Zahl von Joint Ventures bietet, baumelt ein Arbeiter unter einem schäbigen Stück Wellblech in einer Hängematte.
Eine Frau undefinierbaren Alters hockt auf dem schäbigen Plastikzaun, der die drei Fahrbahnen Richtung Norden von denen Richtung Stadtzentrum trennt. Mit der einen Hand balanciert sie eine Kiste mit Sonnenbrillen zum Verkauf in der City, mit der anderen drückt sie ihren Mundschutz fester über Nase und Mund, um sich gegen den Staub und die Abgase zu schützen. Ein hochgelegter Siebensitzer nach dem anderen schiebt sich auf die geschäftige Mautstation zu, wo Fahrer Monats- oder Jahreskarten in die bemannten Zahlhäuschen reichen, während Geschäftsleute auf dem Weg zur Arbeit zeitunglesend im klimatisierten Innern die 35-Grad-Welt um sich herum auszublenden scheinen. Mütter oder Nannys mit Kindern in Schuluniformen stecken auf dem Weg zur Internationalen Schule im Stau, der sich bis hinaus auf den Highway ergießt. Und immer wieder schiebt sich die konstante Flut von Motorradfahrern zwischen den Stoßstangen der Blechkisten hindurch in Richtung Saigon Zentrum. In den kilometerlangen Maschendrahtzäunen vor dem verheißungsvollen Brachland, das Platz für weitere Fabriken, Appartementhäuser, Industriegebiete oder Compounds für die rei-

chen Ausländer verspricht, hat sich der Plastikmüll der wachsenden Metropole verfangen.
Allein in den letzten fünf Jahren hat dieser urbane Magnet nördlich des Mekong-Deltas zusätzlich 1 Million hoffnungsvoller Menschen angezogen – so die offiziellen Statistiken. Saigon wuchert. Täglich frisst sich der Beton tiefer in ihr sumpfiges Umland hinein, doch »Tand, Tand ist das Gebilde von Menschenhand«. Zusehends senken sich die neuen Gebäude in den morastigen Untergrund, drohen Brückenpfeiler zu kippen oder Partygäste auf ihren Gartenstühlen in Schieflage zu geraten. Grundwasser wird an die Oberfläche gedrückt und schmutzig-braunes Flusswasser ohne Abflussmöglichkeiten lässt barfüßige Jungen in den Straßen der Neubaugebiete nach Fischen angeln. Auch vor den kleinen Wällen in den Straßen, die schon wieder zu niedrig sind, um die ungesunde Brühe vom Eindringen in die Wohnviertel abzuhalten, sammeln sich hellblaue und gelbe Plastiktüten, Zigarettenpackungen und Papier. Wer es sich leisten kann, zieht mit Sack und Pack weiter in einen neuen, von Bougainvillea umgebenen, höher gelegenen Compound mit Swimmingpool und Tennisplatz. Diejenigen, denen das Weiterziehen versagt bleibt, krempeln die Hosenbeine hoch.

Ein Schneider fing 'ne Maus –
Oder: Kompromisslosigkeit in Sachen Schönheit

Kapitel 15

Ein Schneider fing ’ne Maus –

oder: Kompromisslosigkeit in Sachen Schönheit

Da sitzt er mit gekreuzten Beinen auf einem Tisch im Schneidersitz und hält eine große, blanke Schere in der Hand. In diese Schublade kindlicher Vorstellung gehört der deutsche Schneider, wenn er nicht gerade Mäuse fängt oder bekannte Kinderweisen in Volksliederbüchern bebildert. Seine vietnamesischen Kollegen hingegen drohen keineswegs in die Welt der Märchen oder der kleinen Änderungsschneiderei im dritten Stock eines Backsteingebäudes in der Altstadt verbannt zu werden. Sie bekleiden Logenplätze im vietnamesischen Straßenbild. Da gibt es zum Beispiel die Schneider, die ihr Imperium unter einer mit Stricken gespannten Plastikplane auf dem Bürgersteig aufgebaut haben. Ihre ganze Einrichtung besteht aus einer mit dem Fuß angetriebenen eisern-schwarzen Nähmaschine auf einem Plastiktischchen und einem der typischen blauen oder roten Hocker, ebenfalls aus Kunststoff. Die Wände ihrer Schneiderei mag man sich wie bei des Kaisers neuen Kleidern dazu denken. Was bei uns im Westen die Marketingkampagnen teuer bezahlter Designerfirmen für exquisite Bekleidungshäuser erledigen, wird hier auf der Rückseite eines Pappkartons platziert: die Werbung. Mit dickem Filzstift auf gewellte braune Pappe oder ausgediente Schultafeln gekritzelt, macht das Schneiderlein die Vorbeischlendernden auf seine Künste aufmerksam und hebt seine Unterspezialisierung hervor. Gegenüber der Suppenküche mit den breiten Reisnudeln und den Fettaugen auf der Brühe werden zum Beispiel ausschließlich Jeanshosen geändert; zehn Meter weiter die Straße hinunter konzentriert sich eine Schneiderin auf Kunden des weiblichen Geschlechts. Überall rattern die Nähmaschinen und überall transformieren geschickte Hände unter dem gleichmäßigen Treten geübter Füße die bunten Stoffe in Blusen und Jacken, Hosen und Kostüme, Kleider und Sakkos, Röcke und Anzüge.

Obwohl auch in Vietnam Kleidung von der Stange auf dem Vormarsch ist und sich moderne Geschäfte mit uniformen westlichen Modeschlagern über die Stadt ausbreiten, treten und rattern die Schneider tapfer weiter und beglücken ihre Kunden mit maßgefertigten Kleidungsstücken nach individuellen Wünschen. Für uns Westler kann der Versuch, industriell gefertigte Kleidung zu erwerben, infolge unserer enormen Körpermaße immer wieder zur deprimierenden Enttäuschung werden. Neben den zarten, schlanken Menschen dieses Landes wirken wir wie unbeholfene Kolosse. Um meine 51 Kilogramm bei 1,68 Meter Körperlänge halbwegs bequem zu verpacken, sprich beim Atmen nicht Angst haben zu müssen, dass ein Hosenknopf einen unhöflichen Überraschungsangriff auf mein Gegenüber startet, muss ich in der Regel die zierliche vietnamesische Verkäuferin nach Kleidung der Größe L oder XL fragen. *Large* oder *extra large* lassen sich jedoch selten aus längst vergessenen Kisten im Lagerraum hervorzaubern, sodass ich meinen Einkaufsbummel unverrichteter Dinge und mit leerem Rucksack abbreche. Heute bin ich dankbar, dass diese Frustration zum Antrieb für ein neues Abenteuer wurde und mich in die Welt der vietnamesischen Schneider eintauchen ließ.

Ich bin mit dem Motorrad zu Frau Cuc aufgebrochen, der Schwester meiner Arbeitskollegin, die am anderen Ende der Stadt ihren Lebensunterhalt mit dem Schneiderhandwerk bestreitet. Von draußen macht kein Schild auf den kleinen Drei-Frauen-Betrieb in dem schmalen zweistöckigen Haus nahe der Brücke am modrigen Fluss aufmerksam. Die Kunden finden den Weg zu ihrer Schneiderin auch so. Ich schiebe das knirschende graue Eisengittertor auseinander, und meine Augen müssen sich erst einmal an die Dunkelheit im rechteckigen Vorraum gewöhnen: Hier warten umgedrehte Hüllen alter Fernseher auf geschickte Hände, die unzählige Drähte neu vernetzen, um den verstaubten Blechkisten noch einmal Leben zu entzaubern. Hinter diesem Wohnraum cum Werkstatt schließt sich ein zweites Räumchen im Halbdunkel an, wo zwei lächelnde junge Angestellte, auf dem Betonfußboden sitzend, mit langen Schneiderscheren Stoffe in von Kundinnen ausgewählte Formen stutzen. Drei Nähmaschinen der Gattung »schwarz, fußbetrieben und Pfaff« reihen sich aneinander, und natürliches Licht fällt nur durch den angrenzenden Innenhof in dieses kreative Refugium des Schneiderhandwerks. Vor ein paar Tagen bin ich schon einmal hier gewesen und habe mit den eigens für diesen Zweck zurechtgelegten vietnamesischen Vokabeln und untermalenden Gesten versucht, meine Ideen für eine neue Hose und Jacke zu kommunizieren. Mit genauen Meterangaben für den Stoffkauf ausgerüstet, war ich dann zu meiner zweiten Mission, dem Erweb des geeigneten Materials, ausgerückt. Denn wo Schneider sind, da sind auch Stoffe nicht weit, und die Dichte der Schneider bedingt die Dichte der Stoffgeschäfte in der Stadt.

Mittlerweile bin ich Stammkundin in meinem Traum-Stoffgeschäft *Mai Van* und erhielt zu Weihnachten dieses Jahres für meine Kundentreue sogar eine handgehäkelte schwarze Tasche zum kleinen Schwarzen. Diese Fundgrube und Inspiration für jede kreative Seele präsentiert auf etwa 3 mal 10 Metern eine Fülle von Stoffballen, die über- und hinter- und neben- und aufeinander bis unter die Decke gestapelt sind, sodass ein Hindurchzwängen oft nur mit eingezogenem Bauch möglich ist. Von der Decke hängen in einer überwältigenden Farbenpracht Stoffe für die Nationaltracht der Frau, den *ao dai,* und schwingen wie große Fächer im Wind der Ventilatoren. Futterstoffe und Cordstoffe, bedruckte Baumwollstoffe, Seide und Kunstfasern in allen Variationen, grob gewebte und gemusterte Arbeiten der Minderheiten des Landes und dicke Wollstoffe für Herrenanzüge, Leinenstoffe und Kariertes, Geblümtes und Einfarbiges, Gestreiftes und wild Gemustertes – man äußere seinen Wunsch, und es ist vorhanden. Ich lasse mich inspirieren und schlage zu.

Mit diesen Schätzen versorgt, bin ich nun zum zweiten Mal bei der Schneiderin eingetroffen, nicht ohne die Stoffe vorher zu Hause, den Empfehlungen unserer Hauselfen folgend, über Nacht in Zitronenwasser eingelegt und im Garten getrocknet zu haben. In einer Welt ohne Qualitätszettelchen, Waschanleitungen oder Inhaltsangaben hinsichtlich der Zusammensetzung des Stoffes ist es ganz ratsam, vor dem Schneidern herauszufinden, um wie viel der Stoff einläuft oder wie viel Farbe er verliert. Nun aber geht's ans Eingemachte und ich werde vermessen.

Oh, wie bin ich groß! Mit meinen 1,68 Metern überrage ich die Schneiderin bei Weitem, und sie muss sich recken, um das Zentimetermaß über meine Schulter zu legen. Sorgfältig notiert sie meine Maße in einem Schreibheft und fasst dann erstaunt zusammen, dass die Verhältnisse von Körperumfang und Längen diverser Gliedmaßen durchaus denen einer vietnamesischen Frau entsprächen, nur eben einer »hohen« vietnamesischen Frau. Ja, so eine westliche Riesin ist wohl noch nie zuvor in diesen vier Schneiderwänden vermessen worden, und die Chefin der Schneiderei mit ihren beiden Angestellten machen keinen Hehl aus ihrer Neugier. Überhaupt sind sie erfrischend direkt und für unsere westlichen Gemüter überraschend offen: Ob ich mir sicher sei, so einen weiten »Sack« in Auftrag geben zu wollen, haken sie noch einmal nach. Wenn es um Schönheit geht, sind sie kompromisslos. Ich hatte mir Fotos aus dem Internet heruntergeladen und war ganz angetan von der legeren halblangen Jacke aus Cord für Herbst- und Frühlingstage in der Heimat. Wo jedoch bei uns im Westen »leger« und »kreativ« positiv assoziierte Schlagworte für junge Mode sein mögen, herrscht hier in der Frauenwelt Einigkeit darüber, welcher Stoff für welches Kleidungsstück adäquat ist, wie lang eine Bluse sein darf, wie hoch die Bündchen geschnitten sein sollen und wo die Knöpfe sitzen müssen. Und von diesen ästhetischen Normen experimentierfreudig abweichen zu wollen, erscheint äußerst merkwürdig und geradezu revolutionär. Noch einmal bekomme ich deshalb einen für den asiatischen Geschmack aufgemachten Katalog auf den Schoß gelegt, aus dem mir auf 250 Seiten mandeläugige Schönheiten dieser Welthälfte entgegenlächeln. Aber ich möchte keine eng anliegende Rüschchenbluse in Rosa oder eine Hose und hochgeschlossene Jacke in Pfefferminzgrün. Noch einmal bitte ich, mir doch Hose und Jacke nach meinen Vorstellungen zu schneidern, auch wenn es ihrem Ästhetikempfinden Bauchweh verursachen sollte. Sie lachen, willigen ein und Frau Cuc begleitet mich noch bis ans Eisengatter, um mir dabei zu helfen, das Motorrad über den hohen Bordstein zurück auf die Fahrbahn zu hieven.

Phase drei des Schneiderbesuchs läuft an, nachdem mich meine Arbeitskollegin darüber informiert hat, dass ihre Schwester meine Kleidung fertig geschneidert habe und ich zum Anprobieren kommen könne. Inzwischen ist mir die Prozedur vertraut. Ich schiebe das Eisengitter ein wenig beiseite, zwänge mich in das Halbdunkel aus technisch riechendem Fernsehapparate-Chaos und werde dann fröhlich im Hinterzimmer der drei Schneiderinnen begrüßt. Aus der angrenzenden Küche dringt ein kräftiger Fischsoßengeruch, auf einer Anrichte zwischen Stapeln von Modezeitschriften ist ein Glas kalten grünen Tees mit Eiswürfeln abgestellt, und unter der Treppe zwischen den Schuhen der Familie erspähe ich eine Rattenfalle. Ob die vietnamesische Version des bekannten deutschen Kinderliedes den Schneider Ratten anstelle von Mäusen fangen ließe? Ich werde aus meinen zoologisch-musikalischen Gedanken gerissen und schenke meine Aufmerksamkeit nun gänzlich dem Thema Anprobe.

In Ermangelung einer Umkleidekabine oder eines Vorhangs zum Dahinterhuschen schaltet Frau Cuc das Licht aus, und so entkleide ich mich im Schutz der Dunkelheit. Die nächste Hürde, die wir lachend überspringen, ist wieder mal jene meiner unglaublichen Größe:. Ich schaffe es nicht, mich in dem Räumchen so weit vom Spiegel an der Wand zu entfernen, dass mein Spiegelbild vollends hineingepasst hätte. Aber Vietnamesen sind erfinderisch. Kurzerhand tragen sie den rechteckigen Spiegel hinüber in die Fernsehreparaturwerkstatt – nicht ohne ihn vorher sorgfältig mit Glasklar bearbeitet zu haben –, und so betrachte ich dann mein neues Äußeres durch den offenen Türdurchgang aus gebührender Entfernung. Ich bin begeistert von der Fähigkeit dieser Frauen, ausschließlich auf der Grundlage eines Fotos Stoffbahnen so an meinen Körper zu zaubern, dass sie hundertprozentig sitzen und jede Falte an die Stelle gehört, an der sie vorgesehen ist. Freudig ziehe ich von dannen und schmiede schon wieder Pläne für weitere Kreationen.

Diese Freude am individuellen Schneidern scheint ansteckend. Es hat zwar beinahe zwei Jahre gebraucht, aber nun ist auch unser Vater in Sachen maßgescheiderter Kleidung unterwegs, wobei er seinen Antrittsbesuch in der Welt des Nähens mit einem Anzug versucht. Auch er besucht seinen Schneider in Etappen – in diesem Fall natürlich einen männlichen Vertreter dieser Zunft. Auch er wird vermessen und sucht sich seinen Stoff in meinem Stoffparadies aus – wenn auch unter den belustigten Augen der Angestellten. Der Anblick eines Mannes in der von Frauen dominierten Welt des vietnamesischen Stoffverkaufs ist eher eine Seltenheit. Herr Dung, der ständig niesende, da mit einer Hausstauballergie kämpfende Schneider, ist glücklicher Besitzer eines regelrechten Schneiderbetriebs. In der Nähe des Hauptmarktes der Stadt hat er sein Wohnzimmerfenster mit drei Schaufensterpuppen ausstaffiert, die den Marktbesuchern den neuesten Schick schmackhaft machen sollen. Im Inneren des Raumes nähen Angestellte an Maschinen, während der Meister selber an einem mit einer Wolldecke überspannten Glastisch steht und die verantwortungsvollere Aufgabe des Stoffezuschneidens übernimmt. Rund um die Uhr ist diese kleine Welt der Fäden und Scheren, Schneiderkreiden und Bügeleisen belebt, denn wenn die offiziellen Arbeitszeiten vorbei sind, dann geht Arbeit übergangslos in Arbeit über: Nachdem die Angestellten gegangen sind, schneidert Herr Dung weiter, während Mutter und Tochter neben den Maschinen vor dem Fernseher sitzen und ihm Gesellschaft leisten.

Am Sonntagmorgen wird Carsten zur ersten Anprobe gebeten, und zu diesem Zweck wird eigens ein untergemieteter Hilfsschneider gerufen, der nickend Stoffbahnen verschiebt und zurechtrückt und in den nächsten Tagen das Auftrennen und Korrigieren von Ärmelnähten oder Westenlänge vornehmen wird.

Außer der Spezialisierung auf Geschlechter hat die Welt der vietnamesischen Schneiderwerkstätten noch eine ganz eigene, unabhängige Art hervorgebracht: die *Ao-Dai*-Schneiderei. Hier rattern Nähmaschinen tagein, tagaus, um ausschließlich dieses nationale Gewand aus leichter, flatternder Hose und seitlich aufgeschlitztem Kleid für die elegante Vietnamesin von heute zu erstellen.

Zu einer *Ao-Dai*-Schneiderin begab ich mich, als wir zu unserer ersten vietnamesischen Hochzeit eingeladen wurden. Wie üblich stand dem Besuch der Schneiderin die Stoffauswahl in meinem Lieblingsladen bevor. Ich muss gestehen, dass ich mir beim Anblick der flatternden bunten Stofffülle von der Decke recht hilflos vorkam. Gelbe Gardine hing dort auf Bügeln neben grünem Samt, edel bestickte und verzierte Materialien neben leuchtend rotem, fast durchsichtigem Material. Schon auf die etwaige Länge des Körpers und der Arme zugeschnitten, harren die Stoffe erwartungsvoll nur dem einen Zweck entgegen, nämlich in das schmeichelnde, subtil verführerische Ensemble aus fließendem Stoff verwandelt zu werden. Schwer konnte ich mir vorstellen, wie weiße Reiher auf blauem Grund meine Beine umspielen würden. Auch musste ich mich in die Filigranität der Beziehung zwischen Stoff und Alter einführen lassen. Nein!, hielt mich vehement meine vietnamesische Begleiterin zurück, ein schwerer Samtstoff sei ausschließlich etwas für die Generation unserer Großmütter. Doch ich wiederum empfand, dass Zitronengelb doch wirklich nur unter der pechschwarzen Haartracht einer vietnamesischen Schönheit zur Geltung käme und an mir hellhäutigen Europäerin eher blässlich aussähe. Endlich hatten wir uns geeinigt und trugen meine neuesten Stofferrungenschaften zur *Ao-Dai*-Schneiderin.

Auch hier wurde ich wieder vermessen, wobei die burschikose Chefin des Ladens mit unverblümter Direktheit meinen Busen in die Höhe hielt und meiner Begleiterin Instruktionen gab, dieser Ausländerin einen *Ao-Dai*-BH zu verpassen, der die Brust nach oben drückt und ohne den ihre Kreation an Eleganz verlieren würde. Schwankend zwischen peinlicher Berührtheit und amüsierter Verunsicherung, nickte ich und fand mich kurze Zeit später auf dem Markt wieder. Hier hatte eine Verwandte meiner Freundin einen Stand mit Damenunterwäsche. Ruck, zuck lagen drei für einen *ao dai* geeignete Modelle vor meiner Nase, und während ich mich noch fragte, nach welchen Kriterien wir denn wohl an diesem öffentlichen Ort beschließen würden, ob sie meiner Größe entsprächen, wurde auch schon ein Tuch hinter mir in die Höhe gehalten. Ich wurde aufgefordert, auf einem kleinen Plastikhocker auf Tauchstation zu gehen und ausdrücklich *über* meinen eigenen BH die guten, meist in China produzierten Stücke anzuprobieren. Heiß war es und eng und so surreal, dass ich mich kaum auf diese mit goldenen Glöckchen verzierten oder mit Rüschen beschmückten Exemplare weiblicher Unterwäsche konzentrieren konnte. Ich war vielmehr von dem Wunsch getrieben, wieder an die frische Luft zu kommen. So zeigte ich blindlings auf ein Gestell, von der Hoffnung geleitet, dass es die Wirkung erzielen würde, die die robuste Dame in ihrem Schneiderkönigreich erbeten hatte. Na, glücklicherweise hielten sie, was sie versprachen, der BH sowie der *ao dai,* und ich konnte meiner ersten vietnamesischen Hochzeit mit Zuversicht entgegensehen.

Was die Schöpfer dieser fließenden Eleganz jedoch nicht bedacht hatten – sicherlich waren sie männlicher Natur –, ist die Mutterunfreundlichkeit dieses Kleidungsstücks. Das Hochzeitsessen war in vollem Gange, und so langsam protestierte unser Säugling, auch er wolle am Schmausen seinen Anteil haben. Ich verschwand also zum

Stillen auf die Damentoilette, eine simple, nicht gerade fein duftende Ansammlung von WCs mit nassem Betonboden, und versetzte dann auch in kurzer Zeit unseren »abgefüllten« Schatz in den seligen Zustand des Schlummerns. Doch da stand ich nun, das schlafende Kind auf den Armen und keinen dritten und vierten Arm zur Verfügung, um die sich seitlich befindende Knopfleiste mit den unzähligen kleinen Druckknöpfen von der Achsel bis zur Hüfte wieder zu schließen. Vom Saal schallte fröhliches Gelächter zu mir herüber, aber die Toilette war verwaist. Keiner wollte sich die leckeren Speisen und die Unterhaltung entgehen lassen, während ich mit meinem halb offenen *ao dai* rang, unfähig, mich selbstständig wieder in einen Zustand zu versetzen, in dem ich mich in die feiernde Öffentlichkeit hätte wagen können. Auch gab es weder Tisch noch Stuhl in diesen einfachen feuchten Räumlichkeiten, auf denen ich meine süße Last für einen Moment hätte ablegen können. So harrte ich der nächsten Toilettenbesucherin, die meine missliche Lage sofort durchschaute und schmunzelnd Häkchen in Ösen schob sowie Druckknopf nach Druckknopf säuberlich schloss. Erleichtert mischte ich mich mit meinem immer noch schlafenden Kind auf dem Arm in wiederhergesteller Eleganz unter die Gäste. Sicherlich würde ein Klettverschluss am *Ao-Dai*-Oberteil von der Gemeinschaft vietnamesischer Frauen des Nobelpreises für würdig erachtet.

Und so tasten wir uns weiter, Kleidungsstück um Kleidungsstück und Schneiderbesuch um Schneiderbesuch, in die vielstichige Welt des Schneiderhandwerks hinein. Auch füllt sich unser Kleiderschrank mit Geschichten, denn jede Bluse und jedes Kleid kann auf einen eigenen Werdegang zurückblicken. Ein liebevoll-kreativer Prozess von der Idee über die Stoffauswahl bis zur Anfertigung hat jeder Hose und jeder Jacke Einzigartigkeit beschert, und bunte Fundgruben vielfältiger Stoffe, gepaart mit dem Erfindungsgeist der Meister an der Nähmaschine, beflügeln schon wieder zu neuen Projekten in Sachen Schneiderei.

Fakten, Infos, Ergänzungen, Fakten, Infos, Ergänzungen

Ao dai, farbenfrohe Eleganz mit Geschichte – das traditionelle Gewand der vietnamesischen Frau

Das elegante, die feminine Linie unterstreichende Ensemble aus knöchellangem, bis über die Hüfte hochgeschlitztem Seidenkleid über weiter Seidenhose heißt in der Übersetzung schlicht »langes Kleid«: ***ao*** = Kleid, Gewand; ***dai*** = lang (Aussprache im Süden: ***ao jai;*** im Norden: ***ao zai***). Heute ist es aus dem Kleiderschrank der vietnamesischen Frau nicht mehr wegzudenken, und vor allem Büroangestellte, Lehrerinnen, Hotel-, Bank- und Postangestellte sowie Bodenpersonal und Stewardessen der staatlichen Fluggesellschaft Vietnam Airlines tragen ihren ***ao dai*** als tägliche Arbeitskleidung. Ganz in Weiß hat sich der ***ao dai*** als Schuluniform für Mädchen durchgesetzt.

Die Ursprünge des ***ao dai*** gehen auf Lord Vu Vuong der Nguyen-Dynastie zurück, der im Jahre 1744 ein Dekret erließ, demzufolge Männer und Frauen eine Kombination aus Hose und über der Brust zugeknöpftem Oberkleid zu tragen hatten. Fast 200 Jahre später transformierte der Designer und Autor Cat Tuong diese Kombination in den ***ao dai,*** wie wir ihn heute kennen: Das Oberteil berührt nun fast den Boden und wird eng anliegend den Körperformen angepasst. Die Knopfleiste »wanderte« von der Mitte des Oberteils an die Seite, wo auch noch die moderne Frau des 21. Jahrhunderts von der Achsel bis zur Hüfte eine lange Reihe von Knöpfchen zu schließen hat.

Doch auch Männer, wenn auch seltener, trugen bis zum Aufkommen des modernen Anzugs den vietnamesischen Zweiteiler zu offiziellen Anlässen wie Beerdigungen, Hochzeiten und Festtagen.

Stoffe manifestierten hierbei deutlich den Rang und die Stellung des ***Ao-Dai-***Trägers in der Gesellschaft. Den letzten Schliff erfuhr dann der ***ao dai*** in den Fünfzigerjahren, als zwei Schneider aus Saigon den Raglanärmel einführten und eine diagonale Naht vom Kragen bis zum Unterarm dem ***Ao-Dai-***Oberteil ein bis heute beibehaltenes distinguiertes Aussehen verlieh. Nach einer Pause der politischen Unangemessenheit – nach 1975 wurde der ***ao dai*** als bourgeoiser und überflüssiger Luxus, der körperliche Arbeit nicht zuließ, degradiert – erfreut sich das luftige Seidengewand seit den Neunzigerjahren wieder großer Nachfrage bei allen Altersgruppen. Während junge Mädchen meist weiße Stoffe tragen, wählen noch unverheirateten Frauen mit zunehmendem Alter weiche Pastellfarben, die nach der Hochzeit in ausdrucksstärkere Farben übergehen. Die Generation der reiferen Frau kleidet sich vorwiegend in dunkle ***ao dais*** und wählt in der Regel verzierte, bestickte Samtstoffe. Auch über die Grenzen Vietnams hinaus entwickeln insbesondere die Überseevietnamesinnen zunehmend ein Faible für den ***ao dai.*** Hier versorgen renommierte Schneidereien ihre Kunden fernab der Heimat, denn sowohl in Vietnam als auch in der Ferne lässt sich die modebewusste Vietnamesin ihren ***ao dai*** nach Maß anfertigen. Modeschauen und Miss-***Ao-Dai-***Wettbewerbe fördern weiter die Beliebtheit dieses einmaligen Kleidungsstückes, und Vietnamesinnen sind sich darin einig, dass kein anderes Gewand auf der Welt ihren ***ao dai*** an Eleganz übertrifft.

Klavierunterricht und Eiscreme – vietnamesische Schüler haben Ohren mit Türchen

Kapitel 16

Klavierunterricht und Eiscreme –

vietnamesische Schüler haben Ohren mit Türchen

Hmmm«, ist der einzige, undefinierbare Kommentar, der mein emsiges Üben der letzten Woche belohnt, und ein ermutigendes Nicken meiner Lehrerin scheint das darauf folgende «again« zu unterstreichen. Ich stecke die hellblauen Plastikklammern an beiden Seitenenden des Notenbuches um, ohne die Mozarts Allegro wild im Wind der Ventilatoren durcheinanderflattern würde. Es ist wieder Mittwochmorgen. Vor zehn Minuten habe ich mein Motorrad vor dem *Kem-Piano*-Laden geparkt – »Eiscreme und Klavier«, so steht es auf der gestreiften Markise über dem Eingang – und höflich *chao co* gesagt (»Ich grüße Sie, Lehrerin!«). Meine Vorgängerin spielt wieder einmal Czerny, und ich streife meine weite Baumwollbluse, die ich zum Schutz gegen die Sonne über mein T-Shirt gezogen habe, ab und positioniere meinen Helm und die Motorradschlüssel auf der Gefriertruhe vor dem grauen Eisengatter.

Welch Glück, dass es um jene morgendliche Stunde noch geschlossen ist. Später am Tag werden hier Eiscreme und Joghurt, Obstshakes und Flan über den Tresen gehen, während meine Nachfolger mit ihrem Klavierspiel die Hintergrundmusik für den Eisgenuss liefern. Flan ist übrigens eines der kulinarischen Überbleibsel der Franzosen: Stark gesüßter Kaffee verziert cremefarbenen Karamellpudding, den man als Ausländer in der Regel pur genießt, als Vietnamese aber auf einer beträchtlichen Menge kleiner Wassereiswürfelchen verzehrt. Kosten Sie doch mal! Möchten Sie nicht verweilen, sondern den Kolonialpudding in einem der kleinen Eckládchen als vietnamesisches Take-away erwerben, dann seien Sie nicht erstaunt, wenn er samt der braunen

Mokka-Flüssigkeit in Plastiktüten gefüllt wird. Obendrauf schaufelt Herr oder Frau Eckverkäufer noch eine großzügige Menge besagten Wassereisgranulats und dann gilt es, die Leckerei sicher nach Hause zu wabbeln. Mir bleiben diese Köstlichkeiten vorenthalten. Noch ist der Laden offiziell nicht geöffnet und mein Klavierspiel erfreut keine Kunden, beflügelt aber meine sympathische Lehrerin und Eisherstellerin beim kreativen Mischen und Rühren. Denn nun bin ich an der Reihe, meine zu Hause geübten Notenläufe zum Besten zu geben. Über eine Palette mit Karamellpudding gefüllter Gläschen gebeugt, ruft Frau Thuyet zu mir herüber: «Not f, but g«, oder: «Not c, but c sharp.«

Der Klavierhocker, auf dem ich sitze, passt gerade so in den spitzen Winkel des schmalen Raumes vor das Klavier und hinter die Eistruhe. Daneben erhebt sich ein gefährlich hoher Turm von übereinandergestapelten Plastikhockern, die zu späterer Stunde vor dem Lädchen um Tische herum aufgebaut werden und Eisliebhaber zum Verweilen einladen sollen. Heiß ist es, und ich bin froh, immer wieder während des Spielens aus meinen Sandalen schlüpfen und meine nackten Füße auf die Fliesen pressen zu können, um ein wenig Kühlung zu erfahren. Neben dem Erlernen von Fingerfertigkeit und dem Halten von Rhythmus und Melodie haben mich diese Monate am Klavier des Eiscremeladens in der Fähigkeit geschult, meine Umgebung stoisch zu ignorieren. Ich versuche, das Hupen der unzähligen Motorräder auszublenden, die an der Straßenecke meines Studienortes abbremsen, wieder anfahren, sich den Weg erhupen oder aufbrausend die Kreuzung überqueren. Auch das Klingeln der Cyclofahrer oder zumindest der glücklichen drahtigen Männer, deren Gefährt mit dem Luxus einer Klingel ausgestattet ist, habe ich zu überhören gelernt. Telefongespräche, die von dem direkt auf dem Klavierdeckel stehenden Apparat geführt werden, übertöne ich mit meinem Spiel ebenso wie das Geschnatter zwischen meiner Klavierlehrerin und Freunden oder Nachbarn. Aus dem Augenwinkel beobachte ich aber doch, wie ein sauber enthaarter, rosa Schweinefuß den Besitzer wechselt oder eine Plastiktüte voller Kräuter für den vietnamesischen *rau* (Salat) durch die offene Tür gereicht wird. Ob der Elektriker merkt, dass ich mit meinem von Herrn Mozart so nicht vorgesehenen Crescendo und Forte meinem Unmut darüber Ausdruck verleihe, dass er sich inmitten meines Spiels in seinem orangenen Overall über mich beugt, um den Zählerstand in dem grauen Kästchen oberhalb des Klaviers zu notieren?

Meine Gedanken schweifen etwa drei Jahrzehnte zu dem heimischen Ort zurück, an dem meine »Karriere« als Pianistin ihren Anfang nahm. Erst jetzt weiß ich retrospektiv das Eldorado deutscher Unterrichtsruhe zu schätzen. Wie selbstverständlich habe ich hingenommen, mit meiner Lehrerin alleine in einem Zimmer sitzen zu dürfen; wie privilegiert bin ich doch gewesen, eine ganze Stunde hindurch ihre volle Aufmerksam zu genießen!

In den ersten Monaten meines Eiscremeladen-Klimperns rebelliere ich innerlich jeden Mittwoch aufs Neue. Doch dann lerne ich zu schätzen, wie gut ich es im Vergleich zu anderen vietnamesischen Klavierschülern getroffen habe: Immerhin darf ich als einzige Schülerin bei Frau Thuyet lernen. Es gibt Klavierlehrer in der Stadt, die mehrere Schüler gleichzeitig – ja, Sie lesen richtig: gleichzeitig! – an mehreren Klavieren unterrichten. Carsten berichtete eines Tages fassungslos, in einem zur Straße offenen Raum sechs Klaviere mit emsigen Schülern beim Simultanspiel beobachtet zu haben. Na, da werde ich mich doch wohl bei meinem Tête-à-Tête mit Frédéric Chopin nicht durch einen Schweinefußverkauf hinter meinem Rücken aus der Ruhe bringen lassen!

In verzweifelteren Momenten des Abgelenktseins komme ich dann aber wieder zu dem Schluss, dass die vietnamesische DNA ein spezielles Gen zur Ausblendung der Umwelt enthält, das uns vorenthalten wurde. Und dieses Gen scheint dem vietnamesischen Schüler nicht nur beim Klavierspiel zugutezukommen. Immer wieder frage ich mich, wie zum Beispiel unser achtjähriger Nachbarjunge Hong im Wohnzimmer der Familie seine Hausaufgaben erledigen kann, während im

Stundentakt an die 20 Privatschüler seines Vaters lautstark herein- und hinaustrudeln. Die kleine Tochter von Carstens Schneider setzt fehlende Buchstaben in einen Lückentext, während nur wenige Zentimeter weiter am selben Tisch eine Angestellte Stoffbahnen unter dem Füßchen der Nähmaschine hindurchrattert. Das Konzept einer ungestörten, ruhigen Lernumgebung ist in diesem Land unbekannt. Das erfahre ich sogar am geheiligtesten Ort aller Gelehrsamkeit, in der Provinzbibliothek *Nha Trangs*. Dorthin hatte ich mich zurückgezogen, um in aller Ruhe meine Verlagsrecherchen zu betreiben. Über das Internet hatte ich mir Bücher bestellt und wollte nun die Möglichkeiten zur Veröffentlichung meiner Vietnamberichte eruieren. »Wie finde ich einen Verlag für mein Manuskript« war gerade am Morgen mit der Post gekommen. Jetzt saß ich mit Bleistift und Notizblock ausgerüstet im Wind des Ventilators. Doch kaum hatte ich die ersten Seiten umgeblättert, war es mit meiner Muße und Ruhe vorbei, und meinem Tatendrang wurde durch ein blässliches Studentlein ein jähes Ende gesetzt.

«Hello«, sprach mich der Geschichtsstudent im zweiten Jahr an. Er bereite sich gerade auf eine Prüfung vor. Und woher ich käme? Aus Deutschland, und ich sei zum Arbeiten in der Bibliothek. Wie interessant! Was ich denn von *Nha Trang* schon alles gesehen hätte und wie lange wir blieben; er könne mir viel über sein Land berichten. Trotz vieler Monate vietnamesischer Sozialisation fühle ich mich in derartigen Situationen immer noch seltsam ohnmächtig und hilflos. Wo ist hier der Ausknopf, mit dem ich meine ersehnte Ruhe wiederherstelle, ohne mein Gegenüber zu verletzen? Ngia – mittlerweile haben wir uns auch vorgestellt – schiebt seine Unterlagen neben die meinen und scheint für meine doch so eindeutige Zeichensprache blind zu sein. Respekt gegenüber einer ruhigen Lernatmosphäre hatte ich also auch zwischen den Bücherregalen einer vietnamesischen Bibliothek vergebens gesucht.

Ebenso erstaunt bin ich über den fehlenden Respekt der Lehrer ihren Schülern gegenüber. Ganz im Sinne der konfuzianischen Idee schwebt die gesamte vietnamesische Lehrerschaft auf einem Sockel der Unantastbarkeit. Eine ganze Generation von Schülern verbeugt sich demütig und voller Achtung vor diesen angesehenen Rängen in der Gesellschaft. Von »oben nach unten« jedoch scheint zwischenmenschliche Achtung ein Fremdwort zu sein. Als wir zum Beispiel auf der Suche nach einem Secondhand-Klavier den Rat meiner Lehrerin einholen wollen, lässt sie kurzerhand ihre zwölfjährige Schülerin alleine vor dem Klavier zurück, um uns einem der wenigen Händler vorzustellen, die importierte Klaviere aus Japan weiterverkaufen. Auch ich klimpere so manches Mal einsam und frustriert vor mich hin, während Frau Thuyet ihre Gemüseeinkäufe am nahen Straßenstand tätigt oder schnell mal ein Nachbarskind zu seiner Mutter hinüberbringt.

Ich darf mich glücklich schätzen, dass die Gruppe von vor 30 Jahren nach Amerika ausgewanderter Verwandten gerade geht, als ich zu meiner Stunde eintreffe. Ich fand sie eines Morgens auf Plastikhockern im Laden sitzen und ihrer im Land zurückgebliebenen Tante einen Besuch abstatten. Die Fingerfertigkeit meiner Vorgängerin war ganz im Geschnatter der sechs Frauen untergegangen, die ein wenig befremdlich den Graben zwischen zwei Welten in der Kürze des Treffens zu überwinden suchten. Man stelle sich vor, deutsche Eltern erführen, dass ihre Kleinen sich selbst überlassen am Klavier der Lehrerin sitzen, während diese mal schnell ihren Einkaufswagen durch den Aldi um die Ecke schiebt oder in voller Lautstärke eine Runde Kaffeekränzchen-Damen neben dem Klavier unterhält.

Ein andermal klopfe ich an einem Nachmittag bei meiner Nachbarin ans Gittertor und entschuldige mich kurz darauf vielmals, während ich eine rasche Kehrtwendung einlege. Ich habe nicht sehen können, dass sie gerade unterrichtet und in ihrem Wohnzimmer zwei Mädchen Privatstunden in Englisch gibt. Aber das störe doch nicht, versichert sie. Gerne würde sie auf einen Tee herüberkommen. Und ehe ich auch nur irgendetwas einwenden kann, packen die zwei gehorsamen Mädchen ihre Taschen, und die Stunde ist beendet. Sicherlich wird dieses

Intermezzo die Eltern der vorzeitig nach Hause geschickten Kinder nicht davon abhalten, zum nächsten »Tag der Lehrerin« am 20. November der wertgeschätzen Frau Pädagogin einen dicken Blumenstrauß des Dankes in die Hand zu drücken.

Als ich stolz davon überzeugt zu sein scheine, dass die Grenzen meiner Anpassungsfähigkeit ausgereizt seien und ich mich mit Bravour in die Gesetzmäßigkeiten eines vietnamesischen Klavierunterrichts hineinassimiliert habe, wird die Messlatte der Unterrichtsherausforderungen noch einmal ein Stück nach oben verschoben: Ich habe mein Motorrad unter der vorhängenden Markise neben dem benachbarten Glasstand mit Uhren geparkt und entdecke überrascht eine Tafel mit der Werbung eines Reisebüros. Die Geschäftstüchtigkeit der Vietnamesen kennt keine Grenzen! So hatte meine Frau Thuyet den eigentlich nicht vorhandenen freien Raum ihres Räumchens an ein Reisebüro untervermietet, das im Eingang zum Eisladen ein winziges Tischchen aufbaute. Worte wie «Nous parlons français« locken den vorbeischlendernden Touristen an. An der Wand neben dem Klavier kleben Fotos von Fluss- und Inseltouren, und auf dem Tischchen stecken Prospekte mit Beschreibungen dieser Ausflüge und den dazugehörigen Preisen. Dahinter, quasi neben meinem Klavierhocker, sitzt eine junge Studentin der örtlichen Fischereiuniversität, die sich vom Umgang mit den Touristen eine Verbesserung ihrer Sprachkenntnisse erhofft. Ich im Gegenzug hoffe nur, dass ihr Sprachempfinden geschulter ist als ihr Rhythmusgefühl. Mich macht es fast meschugge, wenn sie nicht gerade erfolgreich versucht, den Takt meiner Musik mit ihren nackten Füßen unter dem Tisch mitzuwippen. Ach, hätte ich doch eine Tür im Ohr, die ich trotzig zuziehen könnte, um meine bizarre, typisch vietnamesische Umwelt der multiplen Reize auszublenden! Ob ich auch dieser neuesten Herausforderung gewachsen bin und erfolgreich mit Dreiklänge und Tonleitern, Allegro und Vivace gegen Kundenwerbung, Verkaufsgespräche und unmusikalische Fußbewegungen anspielen kann, bleibt abzuwarten.

Fakten, Infos, Ergänzungen, Fakten, Infos, Ergänzungen

Populärer »Kem Caramel« – kulinarische Brücke über Klimazonen und kolonialzeitliche Vergangenheit

Eine lachende Kuh auf dreieckigen Käsestückchen grinst mich vom fahrenden Verkaufsstand der vietnamesischen Marktfrau an. Frisch duftendes Baguette auf dem Holzregal am Straßenrand unserer Mekongduft-Gasse könnte nicht knackiger sein als in einer Pariser Bäckerei, und das Croissant neben meinem Café au Lait im eleganten Saigoner Caféhaus schmeckt geradezu authentisch. 100 Jahre französische Kolonialherrschaft (1859–1954) sind nicht spur- beziehungsweise geschmacklos an den Vietnamesen vorbeigegangen. Wo Geschichtsbücher unverblümt Aufstände und Unterdrückung, nationale Untergrundbewegungen und Ausbeutung der vietnamesischen Landbevölkerung dokumentieren, machen uns Kochbücher mit den harmonischeren Seiten dieser franko-vietnamesischen Begegnung den Mund wässrig. Ich lerne, dass ich den Anblick vertrauter europäischer Gemüse- und Obstsorten auf dem Markt wie Blumenkohl, Möhren oder Erdbeeren den Franzosen zu verdanken habe. Noch heute werden diese heimischen Gaumenfreuden im Hochland von Dalat nach französischem Vorbild angebaut und dann auf den Märkten an der Küste verkauft. Auch bei der Kunst des Sautierens (schnelles Anbraten in wenig Fett) und des Auskochens von Knochen zur Herstellung von Brühe war der Einfluss französischer Köche nicht unbedeutend. Meine ganz persönliche, wenn auch retrospektive Dankbarkeit in Sachen kulinarischer Einfluss gilt jedoch den frankophilen Nachtischen. Und hier wiederum rangiert, gefolgt von diversen Kuchen und Törtchen, besagter ***Kem Caramel*** ganz oben auf meiner Hitliste der Köstlichkeiten. Nachfolgendes, mehrfach erprobtes Rezept stammt von unserer Hauselfe Frau Ngoc, die unsere Familie in regelmäßigen Abständen mit dieser gelbbraunen Wabbeligkeit verwöhnt:

Kem Caramel – Crème Caramel

Zutaten

250 g Zucker
2 Esslöffel Wasser
½ l Milch
6 Eier

Zubereitung

100 g Zucker mit 2 Esslöffeln Wasser so lange kochen, bis der Zucker karamellisiert ist, dann die Masse in feuerfeste Förmchen füllen.
Milch und 150 g Zucker zum Kochen bringen.
Die Eier schaumig schlagen und anschließend die kochende Milch unter Rühren hinzugeben.
Die Mischung aus Milch, Zucker und Eiern auf die Karamellschicht in den Förmchen streichen. Im Wasserbad 30–45 Minuten lang im Ofen garen.
Wenn die Crème Caramel abgekühlt ist, kann sie gestürzt serviert werden.

Verfeinerungen

Ersetzen Sie einen Teil der Milch durch Sahne und Kokosmilch.
Geben Sie Vanillezucker hinzu.
Auch Zitronengras gibt eine leckere geschmackliche Note.
Meiner Familie schmeckt die Crème Caramel vor allem dann besonders gut, wenn sie mit süßem Kaffee übergossen serviert wird.

Willkommen im Land der Millionen –
Gold unterm Bett ist mehr wert als Kröten in der Bank

Kapitel 17

Willkommen im Land der Millionen –

Gold unterm Bett ist mehr wert als Kröten in der Bank

Leise surrt der Bankautomat, und als Geld abhebender Westler tun Sie gut daran, neben Ihrem normalen Geldbeutel noch einen Hüftgurt oder eine größere Brieftasche für den Scheinesegen bereitzuhalten, den die Maschine meist in neuen grünen Hunderttausend-Dong-Scheinen aus dem metallenen Schlitz spuckt. Willkommen im Land der Millionen!

Gütig blickt Onkel Ho aus dieser inflationären Ansammlung von Nullen heraus, immer wieder und mit beruhigender Verlässlichkeit von jeder einzelnen Banknote. Wir sind erleichtert, dass er keine Einwände dagegen zu erheben scheint, dass kapitalistische Hände sein Porträt gegen Salat oder Ananas, Vorhängeschlösser oder süßen Kaffee eintauschen.

Da stehen wir also vor der Herausforderung, der sich ein jeder Reisender in einem Land mit einer fremden Währung zu stellen hat. Wir üben, der langen Aneinanderreihung von Nullen auf den vietnamesischen Banknoten einen Gegenwert an Waren zuzuordnen. Bald bekommen wir ein Gefühl dafür, für ein Baguette einen Tausenderschein über den Tresen der Straßenverkäuferin zu schieben (etwa 5 Cent). Für 20 000 Dong (rund 1 Euro) füllen wir den leeren Tank unseres Motorrads, und für einen neuen Badeanzug müssen wir bereits sechsstellige Beträge springen lassen. Beim Bezahlen unserer Miete bewegen wir uns dann auf millionenschwerem Terrain. Was jedoch entschieden spannender ist, als verschiedenen Waren ihre adäquaten Preise zuzuordnen, ist das Beobachten des Verhaltens von Dong-Millionären. Denn Bezahlen ist mehr als das Erleichtern eines Geldbeutels.

Viele Vietnamesen »erleichtern« allerdings andere Dinge als Portemonnaies: Während deutsche Euroscheine und Münzgeld in der Regel in Lederetuis anzutreffen sind und dann in Hosen-, Jacken- oder Handtaschen ihrer glücklichen Besitzer verstaut werden, führen vietnamesische Scheine ein viel freieres und vielseitigeres Dasein. Zwar haben wir auch hier den gelegentlichen Geldbeutel erspäht, doch immer wieder verblüfft uns die Kreativität der Geldaufbewahrung. Achten Sie einmal selber darauf: Banknoten werden meist lose aus allen auch nur irgendwie als Aufbewahrungsort geeigneten Taschen hervorgezaubert. Sie stecken zusammengerollt in der Oberhemdtasche ihrer männlichen Besitzer, in der mit Druckknopf versehenen Overalltasche des Tankwartes oder in der ausgebeulten Brusttasche, welche die Jeansjacke der Milchfrau ziert. Unser Wasserlieferant wird auf der Suche nach Wechselgeld in seiner Gesäßtasche fündig, und unsere Nachbarin lässt ihr Marktgeld in den Tiefen ihrer pluderigen Hausarbeitshose aus Baumwolle verschwinden.

Trotz Ermangelung eines Portemonnaies scheint durchaus ein System hinter dieser flexiblen Geldaufbewahrung zu stecken, und dieses ist von der Anzahl der Nullen diktiert: So finden sich in der Regel die großen Scheine am einen Ende des wo auch immer gelagerten Geldnotenpäckchens und dann – in absteigender Reihenfolge – die niedrigeren Scheine am anderen. Auch eignen sich mehrere Taschen in der Kleidung vorzüglich, um finanzielle Ordnung herzustellen. Als ich mit unserer Köchin über den Markt schlendere, beobachte ich fasziniert, wie sie die Wechselgelder in gekonnter Routine in den verschiedenen Taschen ihres Männeroberhemdes unterbringt, das sie zum Schutz vor der Sonne über ihre Bluse gestreift hat: links die kleinen Beträge, auf der anderen Seite die größeren, die erst dann wieder angegangen werden, wenn sich die gegenüberliegenden Taschen geleert haben.

Auch die Damen, die ihre Ware auf dem Markt feilbieten, praktizieren ihr individuelles System der Geldaufbewahrung. Ich habe die in unseren Breiten gängigen schweren Metallkassetten auf Wochenmärkten vor Augen, die durch säuberlich getrennte Fächer für Hartgeld und Scheine ideale Bedingungen für deutsche Ordnung in Sachen Finanzen offerieren. Das vietnamesische Pendant dieser mitteleuropäischen Geldkassetten ist die Plastiktüte: Sie wird unter der Ware versteckt oder an einem kleinen Haken am Stand aufgehängt und beherbergt die langsam zunehmende Ansammlung von Scheinen. Sie ist unauffällig, beliebig ausdehnbar, eignet sich zum Zusammenknüllen in Hosentaschen, zeichnet sich in der Regenzeit durch Wasserundurchlässigkeit aus, hat Henkel zum Aufhängen und ist obendrein auch noch kostenlos zu haben.

So unkompliziert, wie wir die Aufbewahrung der Millionen im Privaten empfinden, so komplex erscheint uns der Umgang mit Geld in offiziellen Geldinstituten. Wir haben unser Motorrad vor der Vietcombank, der Staatsbank Vietnams, geparkt, wo sich der schwarze Sattel unter den Argusaugen eines uniformierten Motorradwächters während unserer Abwesenheit in der Sonne aufheizen wird. Die große Halle des Bankgebäudes ist angefüllt von geschäftigem Stimmengewirr, und uns schlägt die Kälte der Klimaanlage entgegen, die den Geruch nach Leder, mit dem das Holz unter den Schaltern verkleidet ist, in eigentümlicher Weise zu unterstreichen scheint. Es braucht ein wenig, bis wir die Transformation von Warten zum Aktivwerden durchschaut haben und unsere deutsche Zurückhaltung vor dem Schalter ablegen.

Die Tatsache, dass ein Kunde vor uns mit einem Bankangestellten in ein Verhandlungsgespräch vertieft ist, scheint niemanden davon abzuhalten, auch sein eigenes, persönliches Anliegen lautstark kundzutun. Von rechts und links schieben sich ungeduldige Kunden mit Papieren in der Hand an den Schalter vor und verkünden über das bereits geführte Gespräch hinweg ihr eigenes Begehren. Wo wir ein aufgebrachtes »Immer schön der Reihe nach« erwartet hätten, verblüfft uns jedoch die stoische Fähigkeit und sogar Willigkeit der Person hinter dem Schalter, mit dieser Herausforderung umzugehen. Während das Mütterchen mit dem Baumwollhut in der Mitte ein Formular zum Ausfüllen gereicht bekommt, das sie dann auch unter den interessierten Blicken der Umstehenden ausfüllt, wird das Geld des Mittvierzigers mit den langen Fingernägeln und dem von Akne vernarbten Gesicht rechts entgegengenommen und gezählt, während die Dame zur Linken an einen Schalter am anderen Ende der Halle verwiesen wird. Endlich haben auch wir unsere anerzogene Scheu abgelegt und schieben unseren Zettel ein wenig wedelnd, um Aufmerksamkeit zu erhaschen, unter die Nase der bebrillten Dame im blauen *Ao-Dai*-Gewand.

Carsten möchte Geld auf das Konto einer Medizinprodukte-Firma in Saigon einzahlen. In Anbetracht der Tatsache, dass dies unser erster Besuch in einem vietnamesischen Geldinstitut ist, sind wir auf das Prozedere nicht vorbereitet. Denn: Vater Staat wacht über jegliche finanzielle Transaktion, und keiner zahlt einfach mal so unbeobachtet Summe A auf Konto B. Wir müssen genau erklären, was wir kaufen und für welchen Zweck, und dies gilt es auch noch durch Dokumente zu belegen. Auf das nun Folgende ist jedoch die Dame hinter der mit Fingerabdrücken übersäten, milchig gewordenen Scheibe ihrerseits ganz und gar nicht vorbereitet: Denn da erklärt ihr der Westler mit Trampersandalen und Motorradhelm auf Vietnamesisch, er beziehe 1800 Stuhlprobencontainer von einer Firma aus der südlichen Metropole. Die Bankmanagerin wird gerufen und prüft dieses ungewöhnliche Anliegen. Visitenkarten werden unter der Glasscheibe hindurchgeschoben, Kopien von Faxen, die Auftrag und Angebot dokumentieren, werden minutiös studiert, und schlussendlich nickt sie gnädig. Wir dürfen die Transaktion begleichen, nicht jedoch bevor Carstens Reisepass und Visum am Nebenschalter kopiert worden sind.

Chaos vor offiziellen Schaltern ist keineswegs auf Banken beschränkt und erscheint uns als etwas Ur-Vietnamesisches. Es trifft auf jeglichen Erwerb von Tickets, Eintrittskarten und dergleichen zu, sprich: überall dort, wo Geld an einer Pforte oder einem Durchgang den Besitzer wechselt. Wahre Menschenknäuel bilden sich vor Buden auf dem Jahrmarkt, um Fahrscheine für das Riesenrad zu erstehen. Eine ungeordnete Anhäufung von Reisenden umschwärmt Ticket-Verkaufsstellen an Flughäfen oder Bahnhöfen, und wer nicht schiebt und vorne mitmischt, bleibt für alle Ewigkeiten in den hinteren Rängen der Wartenden unbeachtet und vergessen. Selbst die Schlange vor dem Schalter des Pasteurinstituts, in der Patienten Geld für eine Impfung bezahlen, bevor sie im Nebenzimmer den Impfstoff verabreicht bekommen, gleicht eher einer aufgerollten Mamba als einer ausgestreckten Blindschleiche. Man geht auf Tuchfühlung, man steht zu dritt nebeneinander ganz vorne und nimmt Anteil am Begehren des Nebenmanns oder der Nebenfrau. Ganz ausgeprägt ist diese Anteilnahme in der Post, ist es doch – vor allem in unserem Fall – interessant zu beobachten und zu kommentieren, was die Ausländer an die Großeltern in der Heimat schicken. Päckchen werden erst vor den Augen der Postangestellten verschlossen, und somit erhaschen auch die Umstehenden immer wieder Einblicke, die zu belustigten Gesprächen anregen.

Die bereits erwähnte Einstellung unserer vietnamesischen Freunde zum Komplex »Privatsphäre« befremdet uns zuweilen auch dort, wo es ums Thema Geld geht. Die Nachbarin von gegenüber weiß zum Beispiel genau, wie viel die Haushaltshilfe von Oma und Opa zu unserer Rechten verdient. Es scheint ganz normal, neue Errungenschaften im Haushalt sofort mit der Frage zu begrüßen: »Wie viel hast du dafür bezahlt?« Ein wildfremder Taxifahrer fragt, wie viel Miete wir im Monat bezahlen, und unsere vietnamesischen Neujahrsgäste nicken zustimmend zu dem Preis, den wir für unsere traditionellen gelben Neujahrsblumen bezahlt haben. Gibt man ein Geldgeschenk, so ist es nicht unüblich, die genaue Summe außen auf dem Umschlag zu notieren. Wenn wir in Carls Kindergarten wie alle Eltern zu Beginn des Schuljahrs zu einer Spende aufgerufen werden, dann schreiben nun auch wir den exakten Betrag unserer Gabe auf das Kuvert. Die fehlende finanzielle Privatsphäre geht dann sogar so weit, dass vor den Klassenräumen Tabellen aushängen, die die Gaben der Eltern von Vi oder Huong, von Thu oder Na auflisten.

Was für den Geber gilt, trifft ebenso für den Empfänger zu. Während in Europa der glückliche Empfänger eines Geldgeschenkes die genaue Summe mit Worten zu umschreiben sucht wie »Vielen Dank für die großzügige Spende«, bedankt sich der vietnamesische Beschenkte explizit für die exakte Summe.

Diese Transparenz in Sachen Geld mag sich daraus ergeben, dass in Vietnam Bezahlen und Bezahltwerden viel sichtbarer vonstatten gehen, als es mittlerweile in unseren westlichen Gefilden üblich ist. Im Lande Ho Chi Minhs zahlt man bar. Nur ganz wenige Transaktionen erfolgen, wie im Falle unserer Stuhlcontainer, rein auf dem Papier. Was im Westen die Finger übernehmen, nämlich das Tippen in die Tastatur zur Bearbeitung von Daueraufträgen, Überweisungen oder Käufen und Verkäufen über das Internet, ist in Vietnam Aufgabe der Füße. Ja, mehrmals in der Woche laufen wir an unser Gartentor, um zum Beispiel Strom, Wasser oder Telefongebühren bar zu bezahlen. Auch die monatlichen Müllgebühren oder die Beiträge für unser Kabelfernsehen – es lebe die Deutsche Welle! – begleichen wir durch die Gitterstäbe. Sicher hat der uniformierte Geldeinsammler im heiteren Beruferatespiel vietnamesischer Kinder seinen festen Platz.

Auch unsere Miete zahlen wir bar, wenn auch nicht durchs Gartentor, sondern im größten Umschlag, den die Post zu bieten hat, direkt in die Hände unserer Hausbesitzer. Hinter ihrem Mann, dem Herrn Tuyen, presst dann Frau Tram das dicke Bündel Scheine eng an ihren Bauch, wenn die beiden den Geldsegen mit dem Motorrad nach Hause transportieren. Dort wird er sicherlich raffiniert unter einer Matratze versteckt und gehortet, denn die Einstellung der Bevölkerung zur Staatsbank scheint immer noch gespalten. Ein Konto haben die Wenigsten. Ich frage mich, ob unsere Scheine dort unter der Matratze mit potenziellen Goldbarren auf Tuchfühlung gehen? Wer in Vietnam etwas unter die erwähnte Matratze schieben, das heißt auf die hohe Kante legen kann, der tut dies in der Regel in Form von Gold. In das gelbe Metall hat man mehr Vertrauen als in die Papierscheine der Regierung. Häuser in Vietnam sind buchstäblich »Gold wert«: Ihren Verkaufswert gibt man nicht in Milliarden von Dong, sondern in Goldeinheiten an. Für unser Haus, so die gut informierten Nachbarn, erhofft unser Vermieter ganze 300 Tael Gold beim Verkauf zu erhalten. Ein wenig hinderlich könnte ihm da die Lage des Bungalows in die Quere kommen, denn wir liegen in einer herrlich ruhigen, schmalen Gasse, wo noch das Vogelgezwitscher das Knattern der Motorräder übertönt. Diese für einen westlichen Käufer durchaus als Pluspunkte zu verbuchenden Eigenschaften betrachtet der geschäftstüchtige Vietnamese jedoch eindeutig als Nachteil. Hier steigt ein Haus im Wert, wenn es an einer geschäftigen und befahrenen Straße liegt und somit die Möglichkeit bietet, in den unteren Räumen irgendeiner Art von Geschäft nachzugehen. Sei es ein Café oder eine kleine Schneiderei, eine Reparaturwerkstatt für Motorräder oder eine Apotheke, ein Papierwarenladen oder eine Verkaufsstelle für Hochzeits- und Geburtstagskuchen – ein Geschäft im eigenen Haus, das in der Regel gleichzeitig das Wohnzimmer der Familie darstellt, ist kaum mit Gold aufzuwiegen.

Als wir endlich glaubten, uns so weit recht erfolgreich in die Gesetze des Dongs hineingefühlt zu haben, wurden unsere Anfängerkenntnisse noch einmal gründlich erschüttert. Denn wir mussten erfahren, dass die Regeln, denen das Austauschen dieser »benullten« Scheine unterliegen, keinesfalls absoluter, sondern eher schwankender Natur zu sein scheinen. Für 500 Gramm Pilze, für die ich am Vortag noch 20 000 Dong (etwa 1 Euro) aus meiner Hosentasche gezogen hatte, wollte dieselbe Marktfrau auf einmal gut ein Drittel mehr haben. Auch der Preis des Kohls hatte sich über Nacht seltsam erhöht und dabei anscheinend den Tofu angesteckt.

Die Erklärung für dieses inflationäre Wunder, so meine Hauselfen, liege im Mondkalender: Am ersten und fünfzehnten Tag jedes Mondkalendermonats essen gläubige Buddhisten vegetarisch, und davon profitieren die Gemüsedamen auf dem Markt. An diesen Tagen muss die Hausfrau für das knackige Grün oder die wabbeligen Tofuprodukte ein wenig tiefer in ihre Oberhemdtasche greifen. Auch das nach dem Mondkalender berechnete vietnamesische Neujahr lässt Wellen derartiger Preisschwankungen über die Marktstände schwappen – man spricht von »Vor- und Nach-Neujahrs-Preisen«. Ja, und schließlich identifizieren wir noch eine weitere, diese Preisschwankungen auslösende Kraft im Marktgefüge der Dong-Welt: die Ausländerkomponente. Blaue Augen und lange Nasen scheinen ein mysteriöses Nullen-Wachstum zu fördern. Ein unausgesprochenes Gesetz segnet diese personengebundenen Preisschwankungen ab, und auch wir ertappen uns beim Schwanken. Einerseits ereifern wir uns über einen derart praktizierten »Rassismus«, denn als solchen empfinden wir ihn, wenn lediglich unser Äußeres die Preise in die Höhe schnellen lässt.

»Wie viel bezahlt ihr monatlich für eure Hauselfe?«, fragt mich meine vietnamesische Freundin. »Ah, das ist doppelt so viel, wie die Nachbarn von nebenan für ihre Haushaltshilfe bezahlen. Aber ihr seid eben Ausländer …« Und die darauf folgende Stille scheint das Messen mit zweierlei Maß zu rechtfertigen. Hat sie recht?

Uns beschämen die extremen Klüfte in der monetären Welt des Dongs, und es gibt Momente, in denen wir eine Zweiklassengesellschaft in Sachen Bezahlung fast für angebracht halten: Eine fünfminütige Taxifahrt von unserem Haus ans Meer entspricht dem Tageslohn der Müllfrau, die gerade ihren Karren am Gartentor vorbeizieht, als wir in das klimatisierte Innere des neuen japanischen Autos steigen. Zu Hause entspräche diese Ausgabe etwa dem Preis für ein Nogger-Vanilleeis am Stiel. Das turtelnde Pärchen in abgerissenen Jeans im Restaurant des Backpackerviertels verschmaust in zwanzig Minuten den Monatslohn der Bedienung, und die besser betuchten westlichen

Touristen oder Auslandsvietnamesen im Strandresort verschlafen in einer Nacht, was ein Arzt im örtlichen Krankenhaus innerhalb von einem halben Jahr verdient.

Es ist ein extremes Land, dieses Land der Millionen, und es ist dennoch ein Land des fröhlichen Strebens und einer wuselnden Geschäftstüchtigkeit. Dem Erfolg zuliebe werden mit großer Regelmäßigkeit die Götter angerufen. Und was aus deren Zuständigkeitsbereich herausfällt, wird vom Aberglauben abgedeckt. So werde ich zum Beispiel davor gewarnt, die Schuhe meines Sohnes, die ich am Vortag zu groß gekauft hatte, am folgenden Morgen umzutauschen: Dies würde nämlich der Schuhverkäuferin für den Rest des Tages ein schlechtes Geschäft bescheren. Erst wenn sie den Vormittag über gut verkauft habe, dann wäre sie sicherlich gerne bereit, mir die Sandalen mit der Maus auf der Schnalle gegen ein kleineres Paar der Größe 23 umzutauschen.

Auch vom Haus der Schneiderin sollte ich mich mit Änderungswünschen am ersten und fünfzehnten Tag eines Mondkalendermonats tunlichst fernhalten: Sie ziehe sonst für den Rest des Monats lediglich kleine Änderungsaufträge an Land. Wenn ich mit einer größeren Idee, zum Beispiel dem Schneidern einer Hose, zu ihr käme, dann wäre dies ein gutes Omen fürs Geschäft. Ein wahrer Geldsegen ist denen vorhergesagt, die ihre Schwiegermutter im Regen beisetzen. Wo bleibt da die Chancengleichheit für die Hinterbliebenen, deren Angehörige in der Trockenzeit das Zeitliche segnen?

Wir lassen die Scheine mit den vielen Nullen ein wenig nachdenklich durch die Hände gleiten. Auch sie zeugen von Geschäftstüchtigkeit und dem Bestreben, eben jene Papierrechtecke ständig in Umlauf zu halten. Auf der dem Blick Onkel Hos abgewandten Seite fährt zum Beispiel auf dem 500-Dong-Schein eine ganze Flotte Schiffe dem Betrachter entgegen. Auf dem 1000-Dong-Schein ziehen Elefanten dicke

Stämme aus dem Urwald, und die 2000-Dong-Note zeigt Frauen in der Fabrik beim Weben. Ein Staudamm mit einem großen Elektrizitätswerk (5000 Dong) oder die Herstellung von Eisenwaren (20 000 Dong) zieren die Geldnoten. Je höher der Wert des Geldscheins, desto stärker scheint sich die Bebilderung dem Schöngeistigen zuzuwenden. Auf der rosa 50 000-Dong-Note sind Gebäude des Kaiserpalastes in Hue zu sehen, und der 100 000er-Schein bildet den Konfuziustempel in Hanoi ab. Arbeiten und Strebsamkeit scheinen die Botschaften des bunten Papiergelds mit den vielen Nullen zu sein, dessen Wert in Abhängigkeit vom Mondkalender fluktuiert und das uns ein klitzekleines Fenster aufgestoßen hat in die Gesetzmäßigkeiten der millionenschweren Welt des vietnamesischen Dongs.

Fakten, Infos, Ergänzungen, Fakten, Infos, Ergänzungen

Währungsgeschichte – vom französischen Piaster bis zum heutigen Dong

Die vietnamesische Landeswährung ist der Dong, was direkt übersetzt »Kupfer« oder »Bronze«, aber auch »Feld« und »Land« bedeuten kann. Die turbulente Geschichte des Dongs über das vergangene Jahrhundert spiegelt die bewegte politische Geschichte Vietnams wider. So wurde das metallene Zahlungsmittel in der Zeit des französischen Indochinas zum Piaster, mutierte jedoch nach der Teilung des Landes 1954 wieder zum Dong zurück, diesmal jedoch zu einem nord- und einem südvietnamesischen Dong gleichen Wertes. Nach dem Fall Saigons und der Wiedervereinigung des Landes unter der Regierung der Kommunistischen Partei mussten die Südvietnamesen im Jahre 1976 ihren südvietnamesischen Dong im Verhältnis 500:1 in den neuen Befreiungs-Dong umtauschen – eine politische Entscheidung, die viele Familien im Süden in Armut stürzte und die Wirtschaft fast zum Erliegen brachte. Ein Jahr später verschmolzen der Nord-Dong und der südliche Befreiungs-Dong in den daraufhin landesweit genutzten Wiedervereinigungs-Dong. Doch auch dem Dong mit dem politisch behafteten Namen war kein langes Überleben gegönnt. Inflation zwang den neu geschaffenen Befreiungs-Dong bereits 8 Jahre später in die Knie, und 1985 sah sich die Regierung gezwungen, einen neuen Dong zu drucken, der im Verhältnis 10:1 zugunsten der neuen Währung eingetauscht werden musste.

Glücklich waren in diesen finanziell chaotischen Zeiten diejenigen Familien, die beständigere Werte als Papiergeld in den Verstecken ihrer Häuser horteten, sprich: die Gold oder Schmuckvorräte angelegt hatten. Auch heute noch schätzt der Vietnamese Gold, werden Haus- und Autopreise in Gold ausgedrückt und tragen Frauen Goldschmuck als Wertanlage für Notzeiten. Viele Unternehmen handeln derzeit mit Gold, und in den vergangenen Jahren hat Vietnam jährlich um die 60 Tonnen Gold importiert. 2006 hat das erste eigene Goldabbauunternehmen des Landes in der ***Quang-Nam***-Provinz in Zentralvietnam seinen Betrieb aufgenommen.

Bis dass der Tod euch scheidet –
vietnamesisches Brautpaar und westliche Gäste

Kapitel 18

Bis dass der Tod euch scheidet –

vietnamesisches Brautpaar und westliche Gäste

Es ist 18 Uhr und es gießt in Strömen. Wir sind nicht die einzigen Gäste, die mit dem Taxi direkt bis vor den Eingang des Hotels fahren, um dort mit gesenktem Kopf über die braune Pfütze zu hüpfen und unsere hochzeitliche Frisur und Garderobe halbwegs unbeschadet ins Trockene zu bringen. Es ist bereits unsere zweite Erfahrung in Sachen vietnamesische Eheschließung. Und daher fühlen wir uns ein wenig zuversichtlicher als beim ersten Mal, als wir uns vor lauter neuen Eindrücken noch ein wenig zögerlich unter die Feiernden mischten.

Hätten Sie etwa 90 Minuten Zeit? Sind Sie halbwegs geräuschunempfindlich? Dann hüpfen Sie doch mit und mischen sich unter die Gäste dieser typischen vietnamesischen Hochzeitsfeier!

Gleich in der Empfangshallte, unter dem rot-rosafarbenen Bogen, der die Namen des glücklichen Paares auf Styropor miteinander verbindet, erwartet uns eine hübsche Cousine der Braut. Sie nimmt an einem Tischchen die Kuverts der Ankommenden entgegen. Ich hoffe, Sie haben kein Geschenkpäckchen unter Ihrem Arm, denn ein Mitbringsel der Sorte Weingläser oder Fotoalbum würde die junge Frau kolossal verwirren. Ihre Aufgabe ist es, die »Eintrittsgebühr« der Ankommenden entgegenzunehmen, und es schaut fast so aus, als würden die Gäste eine Karte für einen Konzertbesuch oder einen Opernabend erstehen. Gut, dass wir damals auf diesen ersten Punkt der Liste »Wie benehme ich mich auf einer vietnamesischen Hochzeit?« vorbereitet waren! Anstelle eines Geschenkes übergeben hier die Geladenen zwischen 50 000 und 100 000 Dong pro Person (2,50 bis 5 Euro). Jeder

Gast ermöglicht durch diesen finanziellen Obolus die Ausrichtung einer derartigen Feier, und die Brautleute hoffen, unterm Strich nicht nur ihre Unkosten gedeckt zu haben, sondern noch ein wenig Geld übrig zu behalten. Hiervon finanzieren sie dann eine romantische Flitterwoche im Hochland von *Da Lat* oder Anschaffungen für das erste gemeinsame Heim.

Ich habe unsere Hauselfen so manches Mal klagen hören, wenn ihnen wieder einmal eine mit Goldrand verzierte, aufwendig gedruckte Einladung junger Brautleute ins Haus flatterte. Denn häufig stehen vietnamesischer Knigge und vietnamesischer Geldbeutel so gar nicht im Einklang miteinander. Während die Etikette ein Ausschlagen einer solchen Einladung als im höchsten Grade unhöflich verteufelt, haben viele Besucher daran zu knapsen, die »Eintrittsgebühr« zusammenzukratzen oder auszuborgen. Immerhin entspricht sie etwa einem Zehntel eines Durchschnittseinkommens.

Mithilfe unseres Vietnamesischlehrers hatten wir eine rosa Karte mit einem Glückwunsch für die Zukunft beschrieben, doch erst jetzt verstehen wir retrospektiv sein zögerliches Lachen beim Anblick der Karte zu deuten: Sie passt nicht in den Schlitz des großen roten Herzens, das sich unter den wachsamen Augen jener hübschen Cousine mit den Umschlägen der Ankommenden füllt. Jede der anderen Karten gleitet komplikationslos hinein. Ein erfahrener Hochzeitsfeier-Teilnehmer weiß die adäquate Karte für eine derartige Gelegenheit auszuwählen. Unser Lehrer war wieder einmal »zu vietnamesisch« gewesen, um uns direkt auf unseren kleinen Irrtum hinzuweisen. Nun gut, uns ungebildeten Ausländern sieht man diesen Lapsus gerne nach, und unsere Riesenkarte findet in der Handtasche einer Verwandten einen sicheren Aufbewahrungsort.

Wir werden zu einem der vielen runden Tische geführt und sind verwundert, den Saal noch halb leer vorzufinden. Lektion Nummer zwei: Kommen Sie nie pünktlich – vor allem nicht mit Kindern, die gepflegt unterhalten werden wollen, bis die Anzahl der geladenen Gäste sich bequemt hat, vollständig einzutreffen – und so eine Stunde kann lang werden! Nun aber sind sie alle da. Angeblich hat der Regen die Anreise des einen oder anderen »ein wenig« verzögert, und es kann so richtig losgehen und lostönen. Denn die oberste Motivation der Band in der Mitte des Raumes scheint es zu sein, die illustre Gesellschaft in höchsten Dezibelzahlen zu beschallen. Achtung, die Beschallung wird den ganzen Abend über anhalten! Traditionelle vietnamesische Klänge wechseln mit modernen Rhythmen ab, angeheuerte Sängerinnen in schillerndem Anzug arbeiten ihr Solo-Repertoire ab, während eine kleine Gruppe von Tänzern im Gleichklang energisch die Beine in die Luft wirft. Zuweilen wird einer der Gäste spontan auf die kleine Bühne klettern und am Mikrofon für die Braut und den Bräutigam Althergebrachtes oder den neuesten Karaoke-Hit zum Besten geben.

Ja, die Braut und der Bräutigam. Ist Ihnen ihr großes Porträt auf der Staffelei am Eingang aufgefallen? Von diesem Foto, das einem Gemälde gleicht, strahlt uns ein westlich gekleideter Bräutigam mit seiner wunderschönen Braut im traditionellen Gewand entgegen. Wie kann das sein? Die Hochzeit findet doch eben erst statt, und noch ist die Braut nicht in eine traditionelle Farbsymphonie in Orange mit passendem Kopfschmuck gekleidet, sondern trägt den letzten Schrei westlich-weißer Brautmode zur Schau. Nach unserer ersten Hochzeit hat es ein wenig gedauert, bis wir das Mysterium eines derartigen Konterfeis ergründet hatten: Bereits Tage vorher, so ergaben unsere Recherchen, machen die noch nicht Vermählten einen Termin beim Fotografen, um sich vorab sozusagen im Generalprobe-Staat ablichten zu lassen. Zur Hochzeitsfeier begrüßen sie dann die Gäste in voller Schönheit von ihrer Staffelei herunter. Sie wirken fast ein wenig unwirklich mit ihren makellosen Gesichtern, für die mit allen Mitteln der Technik sämtliche Fältchen und Unebenheiten retuschiert worden sind.

Ohne das Wissen um diese vorhochzeitlichen Praktiken hätte ich sicherlich folgende Szene auf einem Parkplatz in *Nha Trang* völlig falsch interpretiert: Da trippelte doch eine einsame Braut mitten im

Regen unter ihrem Schirm zwischen den Autos daher. Dank meiner kulturellen Aufklärung aber bin ich beruhigt: Bei diesem Anblick handelte es sich nicht um eine geplatzte oder buchstäblich ins Wasser gefallene Hochzeit, sondern um eine Braut in spe auf dem Weg zu einem Fototermin.

Aber zurück in den Saal. Noch spielt die Band, begleitet vom Gesang der Gäste für eine Braut in Weiß, die nun, als wir endlich alle sitzen, mit ihrem Angetrauten und ihrer Familie auf besagte Bühne klettert. Die Eltern des jungen Paares richten ein paar Worte an alle Anwesenden, von oben regnet es Konfetti und immer wieder spielt die Band einen Tusch, um die kurzen Reden akustisch zu unterstreichen. Auch hier schmücken Styroporbuchstaben einen roten Wandbehang mit Glückwünschen für die Brautleute, rosa und rote Luftballons tanzen im Wind der Ventilatoren, und Wunderkerzen verleihen dem Spektakel eine Art »Traumschiff«-Atmosphäre. Zur Untermalung der nächsten Szene taucht weißer Nebel das Paar in eine Wolke von halb durchsichtigem Dunst: In dessen Zentrum gießen die beiden Glücklichen roten Champagner in das oberste Glas einer Gläserpyramide, der wie in einem Springbrunnen nach unten plätschert. Wer die privilegierten Empfänger dieses Trunkes sind, können wir von unseren billigen Plätzen nicht so richtig erkennen. Nur auserlesene Verwandte scheinen mit dem Brautpaar anzustoßen.

Auch von der dreistöckigen Hochzeitstorte, die die beiden Hauptpersonen in westlicher Manier gemeinsam anschneiden, schafft es keines der Stückchen, bis zu unseren erwartungsvollen Mündern vorzudringen. Carl, der all dieses Geschehen mit Spannung verfolgt, erklärt schließlich enttäuscht, aber bestimmt, zu dieser Hochzeit würden wir nicht noch einmal gehen, da wir noch nicht einmal etwas vom Kuchen abbekämen. Unter unseren ausländischen Freunden, die bisher das Glück hatten, einer solchen Zeremonie beizuwohnen, kursiert das Gerücht, dass so eine Hochzeitstorte nur der Show diene und abgesehen von den oberen Stückchen aus Plastik sei.

Dann aber füllt sich auch vor unseren Augen und knurrenden Mägen allmählich der runde Tisch, an dem sich nun rechts und links von uns Freunde und Angehörige der Frischvermählten niedergelassen haben. Ein Gang nach dem anderen wird von emsigen Kellnerinnen aufgetragen: Jeder habe seine eigene symbolische Bedeutung, belehrt mich meine gesprächige Tischnachbarin. Sie ist es auch, die mir höflich mit ihren Stäbchen immer wieder Leckerbissen auf meinen Teller füllt. Krabben und Tintenfisch, Zunge und in Honig geröstete Schweineschwarte, lila eingefärbter Klebreis in Herzform, Suppe und Reis. Wir versuchen, den Balanceakt zwischen freundlicher Konversation und Essen, Kinderbeaufsichtigen und dem Verfolgen des Bühnenspektakels erfolgreich zu bestehen, denn wir sind uns bewusst, dass wir im Rampenlicht der Umstehenden sitzen. Oft kommt es nicht vor, dass blauäugige Langnasen unter den Hochzeitsgästen speisen.

Erleichtert stelle ich fest, dass wir angemessen gekleidet sind. Ich hatte mit dem Gedanken gespielt, meinen *ao dai* anzuziehen, den ich mir zu unserer ersten Hochzeit hatte anfertigen lassen. Wie bin ich meiner Freundin Na dankbar, dass sie mich rechtzeitig in das filigrane Thema der Hochzeitsbekleidung für Besucher eingewiesen hat. Denn, so belehrt sie mich, dieses traditionelle Gewand tragen nur die engsten Familienangehörigen und Freunde oder die älteren Damen der Gesellschaft. In diesem Fall gehören wir eher zu der Charge »normaler Gast«, und so ist ein normales Kleid oder Rock mit Bluse angemessen. Auch wachen wir angespannt über die Tischmanieren unserer beiden Söhne, wobei unsere allergrößte Sorge ist, sie könnten ein Glas umstoßen oder einen Teller samt Essen zu Boden befördern. Nicht, dass dies häufig vorkäme. Nur hat man uns eingeschärft, dass es auf einer Hochzeit unter keinen Umständen Scherben geben dürfe, denn diese brächten Unglück über die Eheleute. Wir schmunzeln bei dem Gedanken, welch unterschiedliche Rollen das zerbrochene Porzellan in verschiedenen Kulturkreisen spielt. Was die Vietnamesen wohl sagen würden, wenn sie erführen, dass den Scherben bei Hochzeitsfeierlichkeiten in

Deutschland sogar ein offizieller Rahmen gegeben wird und dass das Zerschmeißen von Geschirr an einem Polterabend Glück bringt!

Während wir einen Gang nach dem anderen verspeisen und dem Tun auf der Bühne zuschauen, hat sich die Braut hinter den Kulissen von einer weißen, westlichen Braut in eine vietnamesische Schönheit verwandelt. Sie erscheint in einem gelben Abendkleid und schreitet nun an der Seite ihres frischgebackenen Ehemanns die Tische ab, um sich mit den Gästen fotografieren zu lassen. Die Männer der illustren Gesellschaft laben sich an dem großzügig nachgeschenkten Freibier, das sie aus großen Humpen mit noch größeren Eisblöcken darin schlürfen. Die Damen nippen, dem Klischee folgend, den ganzen Abend bescheiden an ihrer Dose Cola oder Brause, und Braut und Bräutigam schreiten weiter tapfer von Tisch zu Tisch – ich habe beide weder essen noch trinken sehen.

Allmählich tut der Biergenuss an unserem Tisch das Seine dazu, den hochgewachsenen Herrn im fortgeschrittenen Alter zu Carstens Rechten auf die Bühne zu bringen. Aus voller Kehle stimmt er ein traditionelles Lied an, das sich seltsam im Mikrofon bricht – was ihn nicht davon abhält, unbeirrt weiterzuträllern.

Und dann kommt sie schon, die Pomelo, in großen Segmenten auf jeden Tisch. Diese übergroße Grapefruit – auch das haben wir über die Jahre in Vietnam gelernt – kündigt das bevorstehende Ende einer Veranstaltung an. Nicht Käse, sondern Pomelo schließt in Vietnam den Magen, und es scheint ein klein wenig so, als stände auf ihrem Fruchtfleisch geschrieben: »Nun aber hurtig, es ist Zeit zum Aufbruch.« So zähflüssig, wie die Gesellschaft den Raum zu Beginn des Essens gefüllt hatte, so abrupt verlässt sie jetzt das Etablissement. Hätten wir dieses typische Finale vietnamesischer Feierlichkeiten nicht schon einmal miterlebt, so wäre uns sicherlich die Spucke weggeblieben. Während es im Westen als höflich gilt, zu warten, bis alle aufgegessen haben, strömen die ersten Grüppchen schon dem Ausgang zu, als die andere

Seite des Saales noch ihre Pomelo aufgetischt bekommt. Das ganze Spektakel hat etwa eineinhalb Stunden gedauert, und innerhalb von zehn Minuten ist der Raum wie leer gefegt. Kein Stehen und Klönen in Grüppchen, kein »Wohin gehen wir jetzt?«, kein gemütliches Ausplänkeln. Die vietnamesische Etikette für derartige Anlässe sieht einen sauberen Schnitt vor, und da jeder eingeweiht ist, spielt jeder mit und »schneidet« – also scheidet – in einer erstaunlichen Geschwindigkeit.

Im Nebenraum und im Saal in der ersten Etage werden bereits die Stühle hochgestellt. Hier hat die Pomelo das Ende der dort gefeierten Hochzeiten schon ein wenig früher eingeläutet. Ja, im »Hotel des Landduftes« feiert man simultan. Das am Strandboulevard gelegene zweistöckige Gebäude ist ein beliebter Ort für Hochzeitsfeierlichkeiten, und auch der heutige Tag ist populär. Zum einen gilt das Ende der Regenzeit mit seiner Frische und verhältnismäßigen Kühle als beliebte Jahreszeit zum Heiraten, zum anderen schwebt über den Zahlen 10 und 12, in diesem Fall dem 10. Dezember, ein gutes Heiratsomen. Die von Wahrsagern als glücklich ermittelten Tage in diesen Wochen des Jahres erfahren hochzeitliche Hochkonjunktur.

Mit vollen Bäuchen der leckersten Kategorie und mit einem leichten Summen im Ohr, das die eineinhalbstündige Beschallung in uns nachklingen lässt, klettern wir in ein Taxi und treten den Heimweg an. Welchen Weg das frischvermählte Paar jetzt antreten wird, steht in den Sternen. Wir konnten nicht herausfinden, ob die junge Frau zu den glücklichen oder unglücklichen Bräuten dieses Landes zählt, die den Erstgeborenen einer Familie geheiratet hat. Denn diese sogenannte »erste Schwiegertochter« genießt hohes Ansehen und steht in der Rangfolge über allen noch kommenden eventuellen Schwiegertöchtern. Gleichzeitig trifft sie jedoch auch das Joch der schwersten Arbeit. Eine erste Schwiegertochter übernimmt alle Aufgaben im Haus der Schwiegereltern, sie kocht und putzt und tätigt die Einkäufe auf dem Markt. Sie hat Ahnenfeiern und Familienzusammenkünfte auszurichten. Unsere Hauselfe Frau Ngoc erzählt uns aus erster Hand von den Anforderungen an eine erste Schwiegertochter: Als sie vor 20 Jahren in die Familie ihres Mannes einheiratete, avancierte sie zur Magd für Schwiegermutter und Vater, zum Hosenwäscher für sieben Jungen – denn ihr Mann war der Älteste von sieben Brüdern –, zur Köchin für sieben hungrige, heranwachsende männliche Mäuler, zur Putzfrau und zum Mädchen für alles in einem zehnköpfigen Haushalt. Es ist immer noch verpönt, sich als Mann in hausfrauliche Pflichten einzubringen. Frau Ngocs liebender Ehemann aber passte regelmäßig und gegen alle Konventionen seine Mutter beim Ausgehen ab, um seiner jungen Braut dann heimlich im Haus zur Hand zu gehen. Sobald die allmächtige Schwiegermutter jedoch in Sichtweite war, hatte er sich in Windeseile in Luft aufzulösen.

Sicherlich haben sich die Zeiten geändert, aber immer noch ist die Stellung der Frau des ersten Sohnes mit gewissen Pflichten verbunden, immer noch geht eine junge Frau bei der Heirat »in den Besitz der Familie des Mannes über« und hat der Schwiegermutter helfend zur Seite zu stehen. Mit dem Eintritt in die Ehe endet die Freiheit einer jungen Frau schlagartig, und sobald die ersten Kinder da sind, bleiben ein abendlicher Ausgang oder die Realisierung eigener Interessen auch im heutigen Vietnam bloß noch Tagträume. So manches Mal betrachte ich die jungen Pärchen am Strand, die sich in der Dämmerung auf ihren Motorrädern einfinden, um an diesem halbwegs privaten Ort Momente der Zweisamkeit zu genießen. Jene Unbeschwertheit wird für die Frauen mit der Ehe schlagartig vorbei sein. Meine Nachbarinnen verlassen das Haus nur noch zum Arbeiten und Einkaufen. Während ihre Männer diversen Hobbys nachgehen, sich mit Freunden auf ein Glas Bier verabreden oder ihrer Passion des Vogelzüchtens nachgehen, jonglieren moderne Frauen Vietnams ihre Berufstätigkeit neben Hausarbeit und Kindern.

Aber so weit ist es bei unserem jungvermählten Pärchen noch nicht. Noch erholen sie sich von den Feierlichkeiten, denn der laute Festschmaus im »Hotel des Landduftes«, dem wir beiwohnen durften, war lediglich der letzte Teil einer ganzen Serie von Hochzeitsritualen, die bereits am Vormittag und am Vortag im Haus der Braut in kleinerem Kreise stattgefunden haben. Möge ein gutes Leben vor ihnen liegen und ihnen das von der Wahrsagerin aus den Merkmalen beider Personen errechnete Hochzeitsdatum Glück bringen. Das gerade begonnene Jahr des Hundes (2006) ist übrigens als ideales Heiratsjahr vorhergesagt worden! So werden die kommenden 12 Monate sicherlich auch für die Zunft der Styroporbogenfabrikanten und für die Hotels der Stadt eine finanziell einträgliche und somit im vietnamesischen Sinne glückliche Zeit werden.

Fakten, Infos, Ergänzungen, Fakten, Infos, Ergänzungen

Vietnamesische Heiratsrituale

Über einen schüchternen Jüngling im zu knappen Anzug und eine zugeschminkte Braut in Weiß regnet es Konfetti. Fotoapparate klicken, und rührselige Mütter tupfen sich die feuchten Augen. Natürlich stehen in Vietnam, wie auch bei westlichen Hochzeitsfeierlichkeiten, die jungen Brautleute im Mittelpunkt des Geschehens. Dennoch reicht hier, in den südostasiatischen Tropen, die Bedeutung des Ja-Wortes weit über die Gefühle zweier Menschen hinaus. Vor allem in der Vergangenheit schmiedeten ganze Familienclans und nicht selten auch eine gesamte Dorfgemeinschaft an der Auswahl des richtigen Ehepartners. Emotionen und Zuneigungen waren in einer konfuzianisch geprägten Gesellschaft zweitrangig, und es wurde eher eine zusätzliche Arbeitskraft und Mutter zukünftiger Generationen gesucht als eine Partnerin für den Sohn. Und bei dieser Suche spielte der Vermittler eine große Rolle. Unter Berücksichtigung des sozialen Status, der Ausbildung und des Horoskops der Heiratskandidaten entschied dieser über das Schicksal junger Männer und Frauen. Es soll auch vorgekommen sein, dass Horoskope absichtlich falsch gelesen wurden, um einen unverfänglichen Grund vorgeben zu können, ein Angebot auszuschlagen. Erfolgreiche Vermittlerdienste wurden traditionell mit einem Schweinekopf vergütet.

Diese Vorgehensweisen bei der Suche eines Ehepartners sind im heutigen Vietnam auf dem Rückzug. Vor allem in den Städten treffen sich junge Leute an den Universitäten und am Arbeitsplatz, das Heiratsalter geht in die Höhe (es liegt derzeit bei 18–22 Jahren für Frauen und bei 22–25 Jahren für Männer), und Eltern werden

zusehends in die Rolle der Beratenden zurückgedrängt. Dennoch folgen auch moderne Hochzeitsfeierlichkeiten im heutigen Vietnam immer noch ehrwürdig-bunten, traditionellen Ritualen.
Der erste Schritt in Richtung Ehe heißt in Vietnam ***le an hoi*** und entspricht unserer Verlobung. Dieser wichtige Tag steht ganz im Zeichen »Seine Familie besucht die ihre.« Doch fast noch wichtiger als die Besuche der Familienangehörigen sind ihre Mitbringsel, die von unverheirateten Mädchen oder Jungen überbracht werden. Eine runde Lackdose enthält Nüsse, Betelblätter, Tee, Kuchen, Früchte, Wein und andere Delikatessen und ist mit einem roten Tuch bedeckt. Rot ist die Farbe der Freude. Gemeinsam knien die Familien dann vor dem Ahnenaltar nieder, und das Paar bittet die Vorfahren um Erlaubnis zu dieser Eheschließung. Außerdem sprechen sie den Eltern des Bräutigams und der Braut ihren Dank dafür aus, dass sie sie bis dato großgezogen und beschützt haben. Beide Parteien verwenden viel Sorgfalt auf das Bestimmen eines guten (Glück bringenden) Termins für die Hochzeitsfeierlichkeiten.
Der große Tag der Hochzeit selber, ***le coui,*** beginnt erneut mit der Prozession der Familie und Verwandtschaft des Bräutigams zum Haus der Braut. Wiederum bringen sie Geschenke in rotem Papier, wiederum Betelblätter und Nüsse, Wein, Früchte, Kuchen und Tee. Dieses Mal tragen glücklich verheiratete junge Pärchen diese Kostbarkeiten; das Paar, das als das reichste und erfolgreichste unter den Anwesenden gilt, übernimmt hierbei die Führung, in der Hoffnung, dass dieses Glück auf das Brautpaar abfärben möge. Es lädt die Eltern der Braut ein, einen Schluck Wein zu trinken, und diese Geste des Trinkens der Brauteltern signalisiert der Familie des Bräutigams, einzutreten. In Zeiten vor dem offiziellen Verbot der Feuerwerkskörper durch die Regierung war dies der freudige Moment lauten Krachens.

Nach wie vor ist der Ablauf der Feierlichkeiten von streng zu befolgenden Ritualen geprägt: Jetzt hat sich die Familie des Bräutigams offiziell vorzustellen. Sie muss für ihren Sohn um Erlaubnis bitten, die Tochter des Hauses heiraten zu dürfen. Der Zeremonienmeister, eine anerkannte, geachtete Person aus der Familie der Braut, weist daraufhin die Eltern der Braut an, ihre Tochter offiziell vorzustellen. Wiederum werden die Ahnen um Erlaubnis für diese Eheschließung und um ihren Segen gebeten. Die jungen Leute verbeugen sich voreinander, um gegenseitigen Dank und Respekt auszudrücken. Dann folgt ein Brauch, der junge Menschen in Deutschland trotzig ihre Ohren anlegen ließe: Der Anführer berät die Brautleute, wie sie eine gute junge Familie zu gründen hätten. Auch die Elternpaare teilen ihre Erfahrungen mit und geben ihren Segen. Dieser Belehrung folgt der Austausch der Ringe sowie anderer wertvoller Geschenke wie Goldarmbänder, Ohrringe und Ketten.

Zunehmend lassen sich junge Leute nach westlichem Vorbild in Kirchen oder auch Tempeln in Weiß trauen. Die traditionelle Zeremonie im Haus der Braut aber wird beibehalten. Die großen, lauten Feierlichkeiten, wie wir sie im »Hotel des Landduftes« miterleben durften, geben dann einer großen Freundesgruppe, den Nachbarn, Arbeitskollegen und Bekannten der Eltern die Möglichkeit, mit dem jungen Paar und seinen Familien zu feiern.

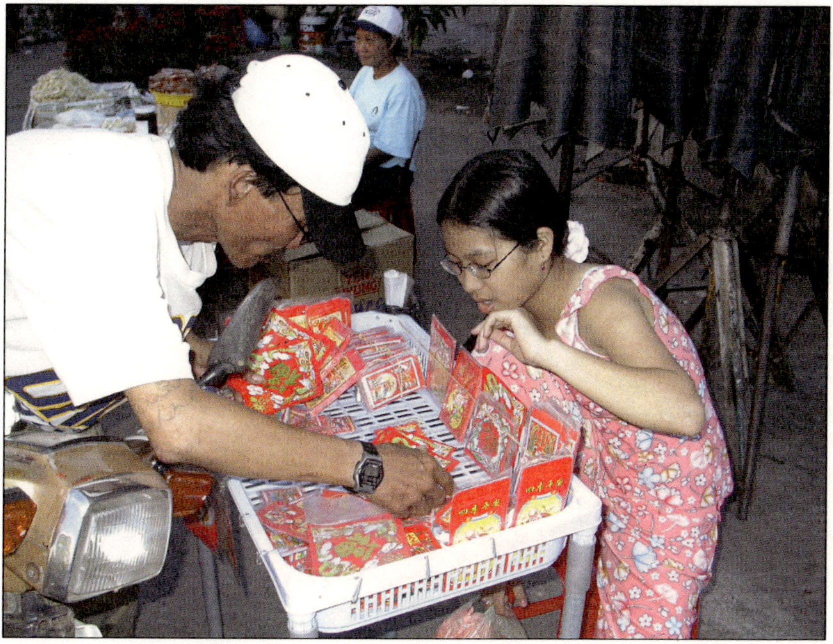

Vietnamesisches Neujahr wird nicht gefeiert, sondern »gegessen« – Teil 1: Vorfreude und Vorbereitungen sind so wichtig wie das Fest selbst

Kapitel 19

Vietnamesisches Neujahr wird nicht gefeiert, sondern »gegessen« –

Teil 1: Vorfreude und Vorbereitungen sind so wichtig wie das Fest selbst

Wie gut, dass ich zurzeit nicht schwanger bin und wir keinen Todesfall in der näheren Verwandtschaft zu beklagen haben! Auch blicke ich erleichtert auf unseren großen Kühlschrank und den hellblauen Mülleimer mit fest sitzendem Deckel. Allergrößte Dankbarkeit verspüre ich jedoch in Anbetracht der bezaubernden Chance, hautnah die ungeahnten Zusammenhänge zwischen dem vietnamesischen Neujahrsfest und Schwangeren, Trauernden, Vorratshaltung und Müllentsorgung zu erleben. Bevor ich jedoch die Geheimnisse dieses bizarren Beziehungsgeflechts ein wenig lüften darf, müssen wir uns in der Vorbereitung auf das bedeutendste Fest im vietnamesischen Jahresverlauf beweisen. Hätten Sie Freude, uns dabei über die Schulter zu schauen?

Säuberlich male ich unsere guten Wünsche für das neue Jahr auf das zartrosa Papier einer Grußkarte: »Der Lehrerin ein fröhliches, gesundes und glückliches neues Jahr.« Im Klartext ist damit ein Wohlstand bringendes, finanziell einträgliches neues Jahr gemeint. Unterzeichnen sollen wir, so unsere Hauselfen, mit *Vater, Mutter, Carl,* was als *Carls Eltern* gelesen wird. Neben mir liegen mit Kugelschreiber auf Schmierpapier notierte Überlebensregeln für *tet,* eben jenes Wunder des vietnamesischen Neujahrs. Jedes Gespräch mit Freunden, Nachbarn und Kollegen fügt ein weiteres Puzzleteil in ein Bild, das inzwischen Formen annimmt, aber noch längst nicht klar zu erkennen ist.

Unseren einschlägigen Reise- und Kulturführern nach zu urteilen, liegen die Wurzeln des Neujahrsfestes bereits in den Opferzeremonien für Götter und Ahnen in der chinesischen Yin- und Shangperiode (17.–11. Jahrhundert v. Chr.). Es fällt jedes Jahr auf den zweiten Neumond nach der Wintersonnenwende und ist somit abhängig vom Mond, nicht von unserem gregorianischen Kalender. Zu den wichtigsten Tet-Tagen gehören *tet nghuyen dan*, der letzte Tag des alten Jahres und somit das Äquivalent unseres Silvesters, und die drei darauf folgenden offiziellen Tet-Tage, *mong mot, mong hai* und *mong ba*. Jedes Jahr verschiebt es sich ein wenig, welchen Tagen unseres Sonnenkalenders diese Tet-Tage entsprechen, jedoch fallen sie immer in die tropischen Frühlingsmonate Januar oder Februar.

Verhaltensmuster, Verpflichtungen und Tabus, Vorfreuden und Sorgen, Geschäftigkeit und Temperament eines vom Tet-Fieber ergriffenen Volkes aber scheinen viel filigraner als die mathematische Berechnung eines Jahreswechsels nach dem Mondkalender. Für Tet-Greenhorns wie uns sind sie immer noch ein Buch mit sieben Siegeln.

Ich klebe den zur Karte dazugehörigen rosa Umschlag zu und versichere mich noch einmal mit einem Blick auf meine Überlebensregeln, dass Kekse für die Lehrerinnen von Carl auch wirklich das passende Geschenk zum Tet-Fest für diese Zielgruppe von Geschenkempfängern ist. Meine verwunderte Frage, was denn die Lehrerinnen mit diesem Turm an Tet-Kuchen und Süßigkeiten anfingen, der sich mit dem morgendlichen Eintreffen der Eltern rapide auf ihren Armen in die Höhe reckt, wurde mit »Umverteilung« beantwortet: Die Beute werde schon freudig vom großen Kreis der Familie und weitläufigeren Verwandten der Lehrerin erwartet. Es scheint, als wären Kuchen und Gebäck zum Tet-Fest in ständigem Fluss. Gesten des gegenseitigen Gebens lassen gezuckerte Kokosstreifen, Küchlein und Obstkörbe die Runde machen – man schenkt, wird beschenkt und ist dankbar, das Geschenkte dem nächsten Besucher als Knabberei zur Cola anbieten zu können.

Nun, so weit sind wir noch nicht. Noch trennen uns ein paar Tage vom vietnamesischen Silvesterabend und noch kämpfen wir mit der Herausforderung des Kartenschreibens, jenem festen Programmpunkt der Tet-Vorbereitungsphase. Die Nachbarn von nebenan rechts sind ältere Herrschaften, also richten wir unsere Wünsche an *ong* und *ba*. Links und gegenüber werden wir *anh chi* auf den Umschlag schreiben, Herr und Frau. Diesmal unterschreiben wir mit *gia dinh Carsten* (»Familie von Carsten« – wo bleibt hier eigentlich die Gleichberechtigung der im Sozialismus propagierten Gleichheit der Geschlechter?). Ach, und dann müssen wir noch 10 000-Dong-Scheine falten und in kleine rote Umschläge stecken. *Cho li xi* heißt das Übergeben dieser länglichen, roten, mit Geld gefüllten Umschläge an die Kinder der Familie, der Freunde und Nachbarn – eine Glück bringenden Geste. Aber neue Scheine sollten es sein, das bringt mehr des erhofften Glücks für das kommende Jahr, und bevorzugt in der Farbe Rot. Wir sind ein wenig spät dran und haben es versäumt, bei der Bank ein Päckchen druckfrischer Noten zu besorgen. Ob es den Ausländern nachgesehen wird, dass wir stattdessen ältere Scheine säuberlich glatt bügeln?

Auch in puncto »Wann übergebe ich diese mit chinesischen Schriftzeichen bedruckten Umschläge?« sollte sich der tet-enthusiastische Ausländer zuvor schlau machen und seine wohlgemeinten Glücksbringer nicht voreilig in jedes Haus tragen. Erst ab dem *mong mot*, dem ersten Tag im neuen Jahr, werden diese Zeichen des glücklichen Omens ausgeteilt, und auch dies nicht vorbehaltlos. Denn: Das unaufgeforderte Betreten eines Hauses an diesem wohl wichtigsten Tag des Jahres ist eines der sehr ernst genommenen Tabus des Tet-Festes. Trifft man Nachbarskinder auf der Straße, so nehmen sie die verzierten, roten Geldumschläge jedoch freudig entgegen. Man sei also gut ausgerüstet, wenn man zu seinem Neujahrsspaziergang durch die Straßen aufbricht.

Aber erneut halt! Bevor eine ganze Nation sich entspannten Spaziergängen in herausgeputzter Tet-Kleidung hingibt, gilt es eine lange

Liste an Herausforderungen der vor-tetlichen Periode abzuarbeiten. Eine der wohl arbeitsintensivsten Herausforderungen stellt das Säubern des Hauses dar. Und sie lastet einzig und alleine auf den Schultern des weiblichen Geschlechts. Tagelang scheuern und wienern die Frauen der Schöpfung. Räume und Vorgärten werden auf Hochglanz gebracht. Gegenstände, die ein ganzes Jahr über keinen Lappen gesehen haben, werden entstaubt; Ecken und Winkel, in denen sich der Dreck der vergangenen 12 Monate angehäuft hat, werden gereinigt. Mit einem unreinen Haus ins neue Jahr zu gehen oder es gar während der eigentlichen Tet-Tage zu putzen, bringt Unglück. Obwohl ich steif und fest behaupten würde, gegen jeglichen Aberglauben gefeit zu sein, ertappe ich mich dabei, den Besen am ersten Tag des neuen Jahres schnell wieder aus der Hand zu legen. Ich hatte den Sand im Eingangsbereich, den die Kinder mit ihren Schlappen hereingetragen hatten, aus der offenen Haustüre fegen wollen. Überall um uns herum jedoch standen die Besen still, und dies aus Sorge, man würde symbolisch das Geld aus dem Haus fegen und wäre dann für den Rest des Jahres zum Knausern gezwungen. Es kann ja wohl nicht schaden, wenn auch ich verantwortungsvoll handele und nicht durch meinen falschen Reinlichkeits-Eifer unsere finanziellen Umstände negativ beeinflusse.

In den letzten Tagen des alten Jahres tritt also überall ein ganzes Sortiment an Lappen, Schrubbern, Besen, Schwämmen und Putzfeudeln in Aktion. Die Magd von nebenan steigt auf Stühle, reibt Türrahmen feucht ab, holt Bilderrahmen ins Freie, um sie mit einem Hühnerfederwedel zu bearbeiten, tut eben Dinge, die wir sie noch nie zuvor haben tun sehen.

Die wichtigste Bedeutung in diesem Vor-Tet-Putzritual nehmen die Ahnenaltäre ein. Auf Bürgersteigen oder in Innenhöfen blinken nun Bronzeschüsselchen und Leuchter, Töpfe und edle Gefäße in der Sonne. Selbst die Buddha-Statue an unserem Gartenteich wird liebevoll von unseren Hauselfen abgeseift und strahlt den Tagen des Feierns in frischem Weiß entgegen.

Am 23. Tag des 12. Mondkalendermonats, also in der letzten Woche vor Tet, gehen dann die eigentlichen Feierlichkeiten so richtig los. Unsere Nachbarn und Freunde verabschieden an diesem Tag ihren Herd- oder Küchengott, den *ong tao*, der sich, auf einem Karpfen reitend, auf seinen Weg zum Jade-Kaiser macht, um dort über seinen Haushalt Bericht zu erstatten. Opfergaben in Form von Klebreis, Suppe, Hühnchen, Blumen und Räucherstäbchen sollen ihn freundlich stimmen und seinen Bericht vor kaiserlichen Ohren positiv ausfallen lassen. Es berührt mich befremdlich, als meine Freundin in der offenen Türe ihres Hauses Papierhosen für den Küchengott verbrennt, da dieser der Legende nach seine Beinkleider im Küchenfeuer verbrannt hatte und daher mit nackten Beinen vor dem Jade-Kaiser ankommen würde. Da leben wir zwei Frauen in derartig unterschiedlichen geistigen Welten, die wir uns zwar gegenseitig verbal beschreiben können, in die ein Hineinfühlen aber nur ganz begrenzt möglich, wenn nicht sogar unmöglich ist.

Blumen und Tet sind so unzertrennlich wie Weihnachtsbaum und Weihnachten, und auch die Kunst, die richtigen Blumen auszuwählen, mag jener ähneln, die das Aussuchen des perfekten Christbaums in unseren Breiten darstellt. Alle unsere Nachbarn schwärmen in diesen Tagen aus, um Blumen oder gar ganze Blütenbäume in ihre Häuser zu holen. In der letzten Woche vor Tet ist unsere Stadt in ein Meer von Gelb und Orange getaucht. Schulhöfe werden zu Blumenverkaufsplätzen umfunktioniert, und wieder einmal übertreffen sich die geschickten Vietnamesen in der akrobatischen Gabe, diese Pracht der Natur auf den Sitzen ihrer Zweiräder hinter oder vor sich durch das Gewusel der Straßen nach Hause zu balancieren. Asternähnliche, tiefgelb blühende Stauden, Forsythienzweige sowie Mandarinenbäumchen kündigen den Frühling an, und die Blumenhändler verfügen offenbar über die nötige Weisheit, die Pflanzen genau zum Tet-Fest erblühen zu lassen. An den Blumenverkaufsstellen beobachten wir ein angeregtes Fachsimpeln über Form und Blütenausrichtung der Pflanzen. In der Regel werden zwei Blumenstauden gekauft, deren Formen symmetrisch wie Original und Spiegelbild sein sollen, sodass sie links und rechts des Eingangs das Haus in echter Tet-Manier farbenfroh schmücken. Ein Bäumchen wird in der Regel im Haus der Familie mit roten *li-xi*-Umschlägen geschmückt, man sieht auch kleine rote Lampions an den Zweigen hängen oder Wimpel mit Glück bringenden Zeichen.

Cyclofahrer drängen sich um die Verkaufsstände, um Gewächse, die für einen Transport mit dem Zweirad zu groß erscheinen, für die Tet-Freudigen in deren saubere Häuser zu radeln. Auch wir erstehen mithilfe eines vietnamesischen Freundes einen Busch hochgewachsener gelber Blumen für 70 000 Dong (etwa 3,50 Euro) und begleiten unseren Cyclofahrer mit dem Motorrad zurück in unsere Gasse. In Hanoi oder Saigon, so berichtet es die Zeitung für Ausländer, die *Vietnam News* (*2. Januar 2006, Seite 4*), kommen nach und nach auch ausländische Blumen in Mode, und Leute von Welt kaufen neben den traditionellen Pflanzen auch Lilien und Tulpen aus Holland oder Orchideen aus Thailand.

Neben dem Bestreben, Dreck aus dem Haus hinaus- und Blumenschmuck ins Haus hineinzubefördern, beeindruckt uns als drittes eindrückliches Phänomen der vor-tetlichen Tage der Straßenverkehr, vielmehr das Chaos auf den Straßen. Man stelle sich eine gesamte Nation auf Reisen vor, denn Tet bedeutet, mit der Familie zu feiern. Kinder, die in Saigon oder Hanoi studieren, kommen nach Hause. Kinder, die als Haushaltshilfen in den Städten arbeiten, besuchen in diesen Tagen ihre Familien auf dem Land. Kinder, die es durch Heirat in ferne Gefilde verschlagen hat, reisen oft viele Stunden auf holperigen Straßen zurück zu ihren Eltern. Züge und Busse sind überfüllt. Tickets müssen schon lange im Voraus gekauft werden. Auf dem *Highway Number One* fährt und schuckelt, überholt und hupt es, scheuchen klapprige Reisebusse, die Hupe im Dauergebrauch, die unzähligen Motorräder an den Straßenrand. Vor Tet fließt der Strom der Tet-Heimkehrer von den Städten aufs Land, und am Abend des letzten Tet-Tages wird eine zähe, traurig anmutende Lawine wieder retour rollen: Man hat das Zusammensein mit der Familie bis zum Letzten ausgekostet, und für viele steht ein weiteres urlaubsloses Jahr bis zum nächsten Tet-Fest bevor.

Fassungslos lassen wir diese fröhliche Leidensfähigkeit der Vietnamesen an uns vorüberfahren. Kleinbusse, die eigentlich für 16 Personen ausgelegt sind, fassen bis an die 30 Menschen, die so dicht an der Rückscheibe kleben, dass dem einzelnen Zusammengequetschten wohl kaum genug Luft zum Atmen bleibt – besonders, da die Männer der Schöpfung unter diesen Umständen auch noch ihrer Leidenschaft des Rauchens frönen. Die Seitentüren lassen sich ob der Fülle nicht mehr schließen, und die ganz außen Sitzenden halten sich in voller Fahrt an Griffen und Mitfahrenden fest. Dreiräder, zum Bersten gefüllt mit Jugendlichen, fahren auf dem Seitenstreifen, ganz langsam, sodass die auf dem Dach Sitzenden beim Holpern, Stoppen und Anfahren nicht herunterfallen. Auf Motorrädern werden Koffer zwischen die Reisenden geschnürt, vorne aus dem zusätzlich angeschraubten Gepäckkorb schauen die Geschenke heraus, Früchte oder Paletten mit Getränkedosen, Mitbringsel jeglicher Art, die es in der Region des Besuchten nicht gibt, die aber für die Region des Gastes typisch sind.

Nicht nur innerhalb des Landes stürzt die Tradition des Besuchens zu Tet den Verkehr in ein von Vorfreude überlagertes Chaos, auch die Flughäfen Vietnams bekommen das Bedürfnis, am Neujahrsfest bei der Familie zu sein, zu spüren. Hier treffen die *viet kieus* ein, die Überseevietnamesen, die nun nach der vorsichtigen Öffnung des Landes zu diesen Tagen in ihre Heimat strömen.

(Eine amüsante Information am Rande: Die Vietnamesen behaupten, diese Gruppe ihrer ausgewanderten Landsmänner und -frauen sofort an den Füßen zu erkennen: Diese seien durch ein Leben im Westen in Socken und Schuhen weißer und weicher als die entsprechenden Körperteile der Inlandsvietnamesen. Füße in Vietnam präsentieren sich infolge des lebenslangen Barfußlaufens im Haus und ein der Luft ausgesetztes Schlappendasein eher gegerbt und robust.)

Also, jene Überseevietnamesen mit ihren weißen Füßen versuchen in der Regel, nicht gerade genau zu Tet einzutreffen, sondern zusätzlich ein paar Tage der Vorbereitung mitzuerleben, die nämlich nicht nur von Putzen, Waschen, Schrubben und Einkaufen geprägt ist. Es ist auch eine Zeit des Dauerfeierns. Und wir sind überwältigt von der Energie dieses tet-infizierten Volkes.

So ist zum Beispiel der Hauptmarkt der Stadt um einen Tet-Markt vergrößert worden, den wir mit unseren gerade zu Besuch weilenden Großeltern anschauen. Es mutet ein wenig so an, als wären wir in ein mittelalterliches Stadtfest eingetaucht. Wir zwängen uns zwischen Cyclo- und Motorradfahrern an schon halb leeren Gemüse- und Obstständen vorbei und scheuchen dabei zwei Ratten aus ihrem Versteck auf. Vorbei an getrocknetem Fisch, der aussieht wie Zuckerwatte und der als Snack, in scharfe Chilisoße getunkt, zum Glas Bier gereicht wird, treffen wir auf die Tet-Stände vor dem Haupteingang des *Cho-Dam*-Marktes. Hier kann sich der Tet-Vorbereiter mit allem eindecken, was sein Herz höher schlagen lässt: *Li-xi*-Umschläge in allen Größen; der neue Mondkalender; getrocknete Melonenkerne, in Glück bringendem Rot gefärbt, die eine typische Tet-Knabberei darstellen; Klebreis und Melonen, Süßigkeiten und Küchlein. Im Zentrum dieses Angebots: Unterhaltung. Und wieder mal amüsieren wir uns hochachtungsvoll über die Erfindungsgabe dieser Menschen: Aus Küchensieben hat eine Familie Auffangkörbe für Tennisbälle gebastelt, in die die Besucher mehr oder weniger treffsicher werfen, um dann mit einer Dose Cola oder einem kleinen Kuchen heiter von dannen zu ziehen. Ein anderer Stand bietet eine Art Darts an, wobei die Pfeile aus Hühnerfedern bestehen, die an einen langen Nagel gebunden wurden. Daneben zieht ein blinkendes, leuchtendes Rad Schaulustige an; hier gilt es, Ringe über verschiedenfarbige, sich drehende Glühbirnen zu werfen. Der Kreativität sind keine Grenzen gesetzt, und sowohl Aussteller als auch Marktbesucher werden in ihrer Jahrmarktstimmung durch laute Musik angefeuert, die aus versteckten Lautsprechern plärrt.

Feiern, Ausgehen, *di choi,* wie es im Vietnamesischen heißt, bleiben aber keineswegs auf die Freizeit begrenzt. Auch die Betriebe, Firmen, Werkstätten, Geschäfte, ja eigentlich jegliche professionelle Gruppierung frönt ihrer Art des Feierns in diesen Tagen vor Tet. In der Regel geht man gemeinsam essen. Also habe auch ich mich aufgemacht, dieses Ereignis nicht zu verpassen und mit meinen Kollegen vom Marineschutzprojekt den Ausklang des alten Jahres des Hahnes zu feiern. Ich parke mein Motorrad vor einem der typischen, einer Lagerhalle ähnelnden Großrestaurants, aus dem bereits fröhliche Musik und Lachen herausschallen. An langen Tischen sitzen hier Chef neben Arbeiter, Putzfrau neben Übersetzer, Pförtner neben Fahrer und arbeiten sich langsam durch den Gang der Dinge, bzw. durch die Gänge des Essens. Verschiedene Gruppen von Feiernden sind offenbar an unterschiedlichen Stationen ihres Abendprogramms angelangt – was an der Lautstärke der fröhlichen Runden leicht zu erkennen ist. *Mot, hai, ba, jo* (»Eins, zwei, drei, Prost!«) ruft es aus allen Ecken, gefolgt von einem zünftigen Aneinanderknallen der dicken Biergläser. Nun mischt hier sogar die zierliche, sonst abstinente Sekretärin mit – Tet und Trinken gehören genauso zusammen wie Tet und Blumen, Tet und Putzen, Tet und Freundebesuchen sowie Tet und Fröhlichsein.

Leider folgen derartigen Gelagen eines nicht unbedingt den Alkohol gut tolerierenden Volkes häufig Motorradunfälle oder aber auch Raufereien. Und die Zeitungen nach Tet sind voll von Meldungen über Unfälle, deren Menge – laut Statistik – aufgrund des hohen Alkoholkonsums die Anzahl in den restlichen Wochen des Jahres bei

Weitem übertrifft. Also esse man, was das Zeug hält, um die Wirkung der flüssigen Droge ein wenig abzumildern. Ich bestaune die Palette traditioneller Gerichte für eine derartige Massenabfertigung: Weiße Tintenfischstreifen, die in Fischsoße mit oder ohne Ingwer getaucht werden, ein spinatähnliches Kraut (*rau muong*) mit viel Knoblauch, Rindfleisch in scharfer Chilisoße, Frühlingsrollen mit Krabbenfleisch auf Reisküchlein, immer Grünzeug dazu, dann der typische Hotpot, ein auf einer Art Rechaud blubbernder Fisch in Suppe. Bis hierher konnte ich meine Studien noch betreiben, dann musste ich dem Ruf meines Sohnes nach seiner »Milchbar« folgen, sodass mir nicht nur weitere Gänge entgingen, sondern außerdem Früchte, ein immer höher ansteigender Alkoholspiegel und das anschließende Aufsuchen einer der beliebten Karaokebars. An diesem Abend hatte ich erst richtig begriffen: Nicht nur Tet und Trinken, sondern auch Tet und Essen gehören zusammen, so stark sogar, dass man in der vietnamesischen Sprache nicht »Tet feiert«, sondern »Tet isst« (*an Tet*). »Wie hast du Tet gegessen?«, fragt man sich in den Tagen nach dem Jahreswechsel.

Während heute derartige Firmenessen vorwiegend gesellschaftlichen Reiz haben, so war in der Vergangenheit das gute Essen zu Tet in und außerhalb der Familie oft die einzige Gelegenheit im Jahr, sich einmal richtig satt zu essen. Viele traditionelle Tet-Speisen lassen das erahnen, sind sie doch extrem nahrhaft und gehaltvoll. Allen voran ist der berühmte Tet-Kuchen (*banh chung)* beliebt, der über Nacht auf offenem Feuer gekocht werden muss und der in den Tagen vor dem Fest auf den Märkten reißenden Absatz findet. Er besteht aus einer dicken Schicht klebrigem Reis, in deren Mitte Schweinefett die nötigen Kalorien beisteuert. Lassen Sie uns diese Delikatesse doch im nächsten Kapitel gemeinsam kosten! Dass die Nation nach derartigem Schlemmen nicht wie Max und Moritz auf dem Rücken liegt und den prallen Bauch emporreckt, ist mir ein Rätsel – eines von ganz vielen, die uns das Leben um den fünfzehnten Breitengrad herum täglich aufs Neue stellt.

Fakten, Infos, Ergänzungen, Fakten, Infos, Ergänzungen

Tet ist keine Privatangelegenheit – auch Vater Staat hat Neujahrsverpflichtungen

Nun ist dieses geschäftige Vorbereiten in der Vor-Tet-Periode nicht nur auf Privathaushalte und Firmen beschränkt. Auch die Regierung des Landes ist in diesen Wochen nicht untätig und arbeitet ihre Liste staatlicher Tet-Vorbereitungen ab. So können Sie zum Beispiel in der Zeitung lesen: »Die Partei und Mitglieder der Regierung bereisen vor Tet die Nation«, oder: »Politische Führer legen zu Tet Kränze am Ho-Chi-Minh-Mausoleum nieder.« Das Gesundheitsministerium propagiert ein »gesundes Tet-Fest« und appelliert an Arbeiter im Gesundheitswesen, für Notfälle bereitzustehen und keinem Bedürftigen die Aufnahme über Tet zu verweigern. Das Bestreben, auch die Ärmsten der Armen an der Neujahrsfreude teilhaben zu lassen, reflektieren Meldungen wie: »Regierung unterstützt die weniger Privilegierten bei Vorbereitungen für die Feiertage«, oder: »Ho Chi Minh City hilft den Bedürftigen während Tet.«
Die Zeitungen informieren über Aktionen von Freiwilligen, die während des letzten Tages des alten Jahres und des ersten Tages des neuen Jahres die Straßen Hanois säubern. Auf den enormen Bedarf an Transportmitteln vor und nach den Feiertagen reagiert Ho Chi Minh City, indem die Stadt ihr Angebot an Überlandbussen speziell in diesen Tagen um 2200 Fahrzeuge aufstockt, um an die 50 000 Fahrgäste pro Tag alleine in Richtung Norden abfertigen zu können. Das Polizeiquartier der Hauptstadt kündigt ein »sicheres Tet für alle« an und verspricht in diesem Zusammenhang unter anderem ein hartes Durchgreifen gegenüber Verkehrssündern. Wer auf der falschen Straßenseite fährt, beim Durchfahren einer roten Ampel

oder ohne Helm erwischt wird, muss mit hohen Strafen rechnen. Auch versichert die Polizei, ein Auge auf illegale Motorradrennen zu halten, die zum Tet-Fest auf den Straßen der Stadt beliebt sind. Zur Strafe wurden die »Rennfahrer« des Vorjahres zusätzlich zu einer Schulung geschickt. Weiterhin setzt sich die Polizei zum Ziel, durch eine gute Zusammenarbeit von Grenzsoldaten, Zoll und Tourismusbehörden die Ein- und Ausreise für eine immer größer werdende Anzahl internationaler Besucher und Überseevietnamesen über Tet reibungslos zu gestalten. 2006 registrierte Vietnam alleine im Tet-Monat Januar 349 000 Ankünfte ausländischer Besucher – und dies sind 16 Prozent mehr als im Vorjahr ***(Vietnam News, 6.2.2006).***
Weiter lesen wir: »Geschenke treffen für Soldaten auf den fernab des Festlands gelegenen ***Truong-Sa***-Inseln ein.« Fünfmal im Jahr wird Nachschub zu den Truppen auf den ***Truong-Sa***-Inseln (auf Englisch: Spratly Islands) im Süchinesischen Meer geliefert. Diese Gruppe von etwa einhundert Atollen, Riffen und Inseln wird sowohl von der Volksrepublik China als auch von Taiwan, Brunei, den Philippinen, Malaysia und Vietnam beansprucht, und Militärpräsenz all dieser Staaten ist vor allem auf die strategische Bedeutung dieser Inseln als auch auf reiche Ölvorkommen zurückzuführen (http://www.wikipedia.org/wiki/Spratly-Inseln). Da die Inseln über kein fruchtbares Ackerland verfügen, bringen die von allen Soldaten herbeigesehnten Tet-Schiffe vor allem frische Früchte und Gemüse, lebendige Schweine und sogar Pfirsich- und Aprikosenzweige vom Festland. Jeder Soldat erhält Tet-Essensgeld in Höhe von umgerechnet 12 Euro sowie 6 Dosen Bier. Viele Bürger Vietnams schicken außerdem Geschenke wie Schreibwaren, Kaffee, Süßigkeiten, aber auch Bücher oder Gitarren, Flöten und Basket- oder Fußbälle ***(Vietnam News, 26.1.2006).***

Vietnamesisches Neujahr wird nicht gefeiert,
sondern »gegessen« –
Teil 2: Und jetzt geht's los, schmeiß dich in Schale
und zücke die Stäbchen!

Kapitel 20

Vietnamesisches Neujahr wird nicht gefeiert, sondern »gegessen« –

Teil 2: Und jetzt geht's los, schmeiß dich in Schale und zücke die Stäbchen!

Endlich ist es so weit! All jene organisatorischen Herausforderungen der Regierung sind glorreich gemeistert, jedes Unternehmen hat seine Mitarbeiter zufriedenstellend genährt und unterhalten, und jede Familie hat ihre Tet-Blumen drapiert, ihren Tet-Baum aufgebaut, das Haus auf Hochglanz gebracht und ist vollzählig versammelt. Es kann Tet werden im Land der Reisfelder und Wasserbüffel.

Wie wir Westler an Silvester, so fiebern auch unsere vietnamesischen Freunde und Nachbarn der Mitternachtsstunde entgegen, zu der dann vor allem in traditionellen Familien die Ahnen mit Gebeten und Räucherstäbchen verehrt werden. Vorbei aber ist es mit dem frohen Lärmen von Knallkörpern und dem Geruch von Schwarzpulver in der Luft. Dieser alten Tet-Tradition hat die Regierung mit einem radikalen Verbot ein jähes Ende bereitet. Traurig erinnert sich meine Nachbarin daran, dass über der ganzen Stadt eine knallende Freudigkeit lag, die für sie als Kind zum Einschlafen in den frühen Morgenstunden der Neujahrsnacht dazugehörte wie der Duft der verbrannten Feuerwerkskörper. Neben einer sicherlich berechtigten Sorge vor dem großen Verletzungsrisiko hat der Staat das Verballern von Feuerwerkskörpern als Verschwendung deklariert und das Produzieren, Handeln und Verbrennen von Knallkörpern seid 1995 gesetzlich verboten.

Am ersten Morgen des neuen Mondjahres brechen wir vier Langnasen durch die Gassen der Nachbarschaft zu unserem vietnamesischen Neujahrsspaziergang auf. Was für ein Erlebnis! Eine ganze Nation steckt im Sonntagsstaat. Die Damen flanieren im neu geschneiderten *ao dai*, die Herren mit Hut und Anzug oder zumindest Jackett, und die Kinder trippeln herausgeputzt wie kleine Prinzessinnen oder Prinzen. Die Atmosphäre ist angefüllt von der Freude über das neue Jahr und jeder ruft jedem *chuc mung nam moi* (»Ein frohes neues Jahr!«) zu. Wir fühlen uns von der universellen Fröhlichkeit angesteckt. An einer Straßenecke spielen junge Männer um Geld. Sie hocken auf dem Fußboden im Kreis, und in Kürze hat sich um sie herum eine Traube von Schaulustigen gebildet, die gespannt jede Entwicklung im Kartenkrimi mitverfolgen. Bierdosen türmen sich auf blauen Plastikhockern hinter den Spielern, und man meint die Luft vor Anspannung knistern zu hören. Auf den breiteren Hauptstraßen ergießt sich fast majestätisch ein fröhlicher Fluss langsam dahinfahrender Motorräder, die »angehübschte« Familien zu nahen Verwandten bringen. Aus den offen stehenden Türen der Pagoden dringt der Duft von Räucherstäbchen. Wie in einem Bienenschwarm herrscht ein Kommen und Gehen von festtäglichen Gläubigen. Die Anstrengungen der mühsamen Vorbereitungswochen vor Tet scheinen vergessen. Nun gibt sich eine ganze Nation dem Genießen hin.

Wir treffen meine Freundin von gegenüber, die gerade samt ihrer strahlenden Familie auf dem Motorrad aus der Pagode heimkehrt. Dem alten Brauch folgend, tauschen wir *li xis* aus (besagte kleine rote Umschläge mit Geld), zwei Umschläge für ihre Kinder, zwei für unsere, und wünschen uns ein gutes neues Jahr. Ein kleiner Wehmutstropfen jedoch läge über dem diesjährigen Tet-Fest, vertraut sie mir an: Sie dürfe den so freudig erwarteten Brauch des Freundebesuchens nicht mitmachen, denn ihre Mutter sei im letzten Jahr verstorben. Und schon haben wir einen ersten Einblick ins eingangs erwähnte Beziehungsgeflecht aus Aberglaube und Tet-Riten gewonnen. Das Auftauchen meiner fröhlich-freundlichen Freundin Dao in einem Haus von Freunden würde zur Tet-Zeit großes Unglück für die Besuchten heraufbeschwören! An Dao klebt die Nähe des Todes. Ebenso gebietet auch den Schwangeren des Landes der Zeigefinger des Aberglaubens Einhalt: Sie haben trübselig zu Tet das Haus zu hüten; auch ihr Besuch würde in diesen Tagen als schlechtes Omen aufgefasst.

Weder schwanger noch einen Angehörigen betrauernd, bewegen wir uns frei in den Straßen unseres Wohnviertels, denselben Straßen, durch die wir jeden Tag mit unserem Zweirad zur Arbeit, zum Schwimmen oder zum Einkaufen fahren. Dennoch mutet die so vertraute Umgebung an diesem Tag seltsam distanziert an. Jedes Haus präsentiert sich, das Putzritual der inneren Räume widerspiegelnd, auch von außen im Festtagsgewand. Die Mauern, die die Grundstücke zur Straße hin abgrenzen, sind fast überall neu getüncht und erstrahlen in sauberem Hellblau oder Gelb, Ocker oder Weiß. Selbst unser betagter Nachbar hatte es sich nicht nehmen lassen, im Altherren-Schlafanzug auf die Leiter zu klettern und seiner Gartenmauer ein neues Äußeres zu verpassen. Im Schneckentempo, ein wenig wackelig, aber eine heitere Vor-Tet-Stimmung ausstrahlend, hatte er zwei Tage lang gepinselt.

So sauber wie am Neujahrstag habe ich die Gosse der Straßen noch nie gesehen. Die Höfe sind blank gefegt und geschrubbt, und überall ist eine fast ehrwürdige Ordnung eingekehrt. Kein Wunder, dass am Vorabend des großen Tages das Wasser aus den Leitungen in unserer Küche und im Bad nur noch ganz zaghaft tropft … All unsere Nachbarn waren eifrig am Waschen und Putzen. Und zu guter Letzt erstreckt sich das Ritual auch auf die Menschen selber: Auch sie legen großen Wert darauf, dem Treffen von Affe und Hahn (2005), Hahn und Hund (2006) oder Hund und Schwein (2007) sauber beizuwohnen.

Es sind aber nicht nur die Sauberkeit und die Blumen, die die Straßen am *mong mot*, am ersten Tet-Tag, so anders erscheinen lassen – es ist außerdem die fehlende Geschäftigkeit. Wo im Verlauf des ganzen Jahres tagtäglich in der Suppenküche vor dem hölzernen Eckhaus die landestypische Rindersuppe auf einem Holzfeuer köchelt, sind die Läden vor der Türe geschlossen. Bei unserem Lehrer von gegenüber parken keine Fahrräder der emsigen Studenten, und die großen, quietschenden Eisentore der Geschäfte sind mit einem Vorhängeschloss versehen. An der Kreuzung zur *Tran Phu* Straße hockt keine Frau vor einem Berg von Kokosnüssen, und gegenüber ist der kleine Laden der Joghurtfrau geschlossen. Alles kommt zum Stillstand und atmet Tet-Flair.

Sogar der Markt ist geschlossen – das einzige Mal im ganzen Jahr–, und das heißt in einem Land, wo nur wenige einen Kühlschrank ihr Eigen nennen, eine ganze Menge!

Im Übrigen sind wir nahe dran, der geheimnisvollen Verbindung zwischen Tet und Kühlschränken auf die Schliche zu kommen. Drei Tage lang sind nämlich die vielen Stände der Gemüse- und Fisch-, Obst- und Fleischhändler verwaist. Die große Mehrheit der Tet-Familien, die über kein kühlendes Importprodukt aus Japan oder Korea verfügt, wendet sich an die Eishersteller. Diese haben vor den Neujahrstagen Hochkonjunktur, und wir bewundern die Effizienz gefrorenen Wassers, das die auf Vorrat eingekaufte Ware trotz der tropischen Temperaturen für ein paar Tage ausreichend haltbar macht.

Was ebenso haltbar gemacht werden muss, ist der in diesen Tagen anfallende Abfall. Denn auch unsere Müllfrauen haben ihren Holzkarren geparkt und eine dreitägige Tet-Pause eingelegt. Aus diesem Grund mutieren Plastiktüten – ähnlich den Eisblöcken – kurz vor dem Fest zu nationalen Verkaufsschlagern. Jeder versucht, den bei diesem Klima schnell verrottenden Müll möglichst stinksicher und rattenfrei zu lagern – eine Herausforderung, die nicht immer gelingt. Vor allem letztere Aspekte des Tet-Festes bringen immer mehr Ausländer dazu, in diesen Tagen zu verreisen und die Sorge um die Nahrungsbeschaffung und Müllentsorgung einem edlen Hotel am Meer zu überlassen.

Wir aber haben uns für »Tet live« entschieden und haben vorgesorgt: Unser Kühlschrank platzt fast aus den Nähten; Kekse, die potenziellen Besuchern angeboten werden können, stapeln sich im Wohnzimmer; *Li-xi*-Umschläge sind gefüllt und griffbereit in der Hosentasche deponiert; Schimmelstellen in Wohnzimmer und Küche kann man frisch übertüncht nur noch erahnen, und Milch haben wir literweise eingefroren. Ja, und dann kommt alles anders: Wir sind überwältigt von der Gastfreundschaft und Fürsorge, die in diesen Tet-Tagen über uns herniederschwappt. Wir kommen kaum dazu, unsere Kühlschranktüre auch nur einen Spalt zu öffnen oder an Nahrungsbeschaffung einen Gedanken zu verschwenden. Bei einer befreundeten Familie nach der anderen dürfen wir uns durch traditionelle Tet-Leckereien schlemmen. Der erste Tag des neuen Jahres wird traditionell in der Familie begangen, und so sind wir gerührt und dankbar, diesen wichtigen Tag, der hier ähnlich bedeutsam sein mag wie der erste Weihnachtstag in Deutschland, mit Freunden »essen zu dürfen«. Wir haben uns alle fein gemacht und erscheinen freudig aufgeregt zum Tet-Mahl im Jahr des Hundes.

Erst im Nachhinein erfahren wir, dass diese gastfreundlichen Einladungen nicht immer selbstlos und uneigennützig ausgesprochen werden. Und wieder scheint der Aberglaube seine Hand im Spiel zu haben. Denn wir lernen, dass der erste Hausbesucher in diesen wichtigen Tet-Tagen, der sogenannte *nguoi xong dat,* der Familie Glück oder Unglück für das kommende Jahr beschert. Da Glück in unserem neuen, tropischen Zuhause häufig ein Synonym für Geld darstellt, stehen Ausländer ganz oben auf der Liste beliebter Besucher. Ich frage mich, ob man auch über unseren Köpfen die Dollarzeichen blinken sieht und sich durch unseren Besuch ein finanziell einträgliches neues Jahr erhofft.

Wehe jedoch, es sollte der besuchten Familie im kommenden Jahr schlecht gehen! Denn auch das wird dem ersten Besucher zugeschrieben. Mir wird schwummerig bei dem Gedanken an die ungeahnte

Verantwortung, die auf uns lastet, und ich hoffe von ganzem Herzen, dass man uns nicht als schlimme Geister, als *nang via,* beschimpfen wird.

Noch ahnen wir aber von derartig filigranen Bürden des Aberglaubens nichts und genießen unbefangen den Einblick in traditionellen Speis und Trank des vietnamesischen Neujahrsfestes. Eine lange, von niedrigen blauen oder roten Plastikhockern umgebene Tafel bricht unter der Vielfalt der Speisen fast zusammen. Diese reihen sich in Schüsselchen und auf Tellern drapiert dicht an dicht aneinander, und vor jedem Platz steht ein Schälchen mit Stäbchen. Einen Tisch einzudecken, wie wir es von zu Hause gewöhnt sind, scheint eher unbekannt. Weder Tischtuch noch Sets oder Servietten zieren die Festtafel, keine Sequenz von Bestecken oder Gläsern verwirrt den Uneingeweihten. Erleichtert, unverkrampft und freudig setzen wir uns zum Tet-Mahl nieder und kosten von Speisen, die alle ihre Geschichte und Tradition haben. Im Zentrum emotionaler Gaumenfreuden steht der *banh chung,* der Tet-Kuchen, der in diesem Moment wohl in fast jeder Familie im ganzen Land auf den Tisch kommt (siehe Legende des Tet-Kuchens, Seite 332). Bambusstücke gelten als Symbol für das junge Leben im Frühling. Wir kosten trockenes, gepökeltes Schweinefleisch, verschiedenste Kombinationen aus gebratenem Gemüse und Fleisch, Reis und Suppe. Auch Fisch und verschiedene Sößchen, meist auf Fischsoßenbasis, dürfen nicht fehlen. Lange Tage im Voraus haben die Hausfrauen Vietnams gepökelt, geköchelt, gerührt und gebraten, und es macht Spaß, aus erster Hand zu erleben, was es bedeutet »Tet zu essen«. Fröhlich langt ein jeder zu, und wir werden immer wieder ermutigt, mehr zu essen, noch eine Speise zu kosten. Während in unserer deutschen Küche unterschiedliche Gänge nacheinander aufgetragen werden, kommt in Vietnam alles, was die Küche zu bieten hat, in geballter Ladung auf den Tisch. Kulinarisch erschlagen, sinkt das Max-und-Moritz-Phänomen auf uns nieder, und wir sind dankbar, im Anschluss an das Menü unsere Bäuche bei der landesüblichen Siesta unter unserem Mückennetz rasten lassen zu können.

Lange ist unseren Mägen jedoch keine Verdauungspause gegönnt, denn der nächste Programmpunkt lässt uns wieder in Hemd, Kleid und Schlips schlüpfen, um pünktlich zu einer der typischen Nachmittags-Neujahrseinladungen einzutreffen. Diesmal werden wir in die bunte Palette der Tet-Snacks eingeführt, die ähnlich den Mittagsdelikatessen in versammelt-gehäufter Eintracht serviert werden. In dieser Familie werden wir dazu ermutigt, eingelegtes, getrocknetes Rindfleisch zu kosten, Schweinefleischpastete und getrockneten pikanten Fisch sowie rohes, fest zusammengepresstes, würziges Schweinefleisch mit Knoblauch. Früchte und Süßigkeiten, rote Melonenkerne und Schokolade, Datteln und Kokosnussstreifen spülen wir mit Orangenlimonade oder Bier herunter. Staunend mümmeln sich unsere Gaumen durch ein Sammelsurium an eigentlich gar nicht zusammengehörenden Köstlichkeiten und picken hier und dort, immer wieder neu aufgefordert von der Dame des Hauses, eine exotisch-kreative Speise. Die Konversation plänkelt fröhlich dahin – dank fleißig gebüffelter Vokabeln können wir recht passabel mithalten. Der Hausherr erklärt stolz, dass er in diesem Jahr seine Frau um das Geld für einen Laptop gebeten habe. Der Wunsch ist in Erfüllung gegangen, und das gute Stück prunkt demonstrativ auf dem Tisch. Ja, in Vietnam verwalten die Frauen das Vermögen der Familien und teilen den Männern sorgsam zu, was sie zum Fest des Jahreswechsels für angebracht erachten.

Gesellige Stunden verfliegen nur so, und schwups, hat der zweite Tet-Tag begonnen. An jenem *mong hai* weitet sich die beliebte Tradition des Besuchens vom engeren Famlienkreis auf die Freunde aus. Jetzt besucht jeder jeden, und um uns herum ziehen Grüppchen von Haus zu Haus und knabbern Süßigkeiten oder trinken Reiswein. Ach ja, Reiswein mussten wir natürlich auch probieren! In tönernen Gefäßen, die einer deutschen Blumenvase ähneln, kann man in den Tagen vor Tet ein Gemisch aus Reis und Kräutern kaufen, das sich dann, mit Wasser aufgefüllt, in ein herrlich süßes sherryartiges Gesöff verwandelt.

Dieser den Geist umnebelnde Sud wird aus langen Bambusröhrchen aus dem irdenen Gefäß gesaugt. Da alle der Umsitzenden abwechselnd oder zuweilen auch gleichzeitig aus einem der biegsamen Röhrchen schlürfen, wird das Trinken schnell zu einem verbindenden Ereignis. Auch in unserer Nachbarschaft wirbt auf so manchem Pappschild ein selbst ernannter Reisweinbrauer für sein süffiges Gebräu.

Dies sind dann auch die Tage, wo die gehorteten Kekse oder getrockneten Fische aus unserem Wohnzimmerschrank zum Einsatz gelangen, denn unangekündigt stehen Kollegen und Freunde vor der Türe. Fröhlich setzen sie sich zu einem geselligen Snack nieder, springen jedoch – kaum eingetroffen – gleich wieder auf, um weiterzueilen. Die Liste ihrer freiwilligen oder verpflichtenden Besuche ist lang. So scheint es zum Beispiel gute Sitte zu sein, in diesen Tagen seinem Chef in dessen Haus einen Neujahrsbesuch abzustatten. Verwandte und Freunde dürfen natürlich nicht vergessen werden, und ebenso ist das Erwidern von im eigenen Haus bereits empfangenen Besuchen eine ernst genommene Sitte.

Für unsere beiden Jungen ist der Höhepunkt dieser Tage eindeutig der Drachentanz, der *mua lan*. Unter einer bunt bemalten Maske mit ebenso farbenfrohem, langem Stoffanhang tanzt ein Mann zu Trommelmusik durch die Straßen. Quelle der lauten Rhythmen ist ein hölzener Wagen, auf dem die Musiker Platz genommen haben und der im Schritttempo dem sich windenden und hüpfenden Drachen nachrollt. Wir werden von unseren Nachbarn dazu ermutigt, dieses bizarre, lärmende Wesen gegen ein Entgelt in unseren Garten einzulassen. Hier würde es mit seinem Krach und Tanz die bösen Geister vertreiben und uns somit Glück für das kommende Jahr bescheren.

Wir versuchen uns hineinzufühlen in die fremde spirituelle Welt und durch Gespräche mehr über Glauben und Ängste, Rituale und spirituelle Praktiken unserer vietnamesischen Umwelt zu verstehen.

Und doch scheint eine Kluft zu bleiben zwischen unserem eher wissenschaftlichen Interesse an Themen wie dem Ahnenkult einerseits und der uns umgebenden devoten Vorfahren-Verehrung im tet-geschwängerten Alltag andererseits. Über unsere Gartenmauer oder durch die Gitterstäbe der Haustüren erhaschen wir Blicke auf reich gedeckte Altäre, auf denen Nahrungsmittel für die Verstorbenen dargeboten werden. Denn die verstorbenen Eltern und Großeltern, Tanten und Onkel weilen über die Tet-Tage bei ihren Familien. Am vierten Tag nach Tet sind die wiedereröffneten Märkte dann übervoll von Blumen und Obst, die den spirituellen Tet-Besuchern für ihre Reise zurück ins Reich der Vorfahren mitgegeben werden. Mit dieser Rückkehr der Ahnen in Sphären, die uns verborgen sind, beginnt allmählich auch die Rückkehr der Lebenden in den Alltag. Wir haben jedoch den Eindruck, dass sich der Abschied der Lebenden vom Feiern viel länger hinzieht als die Rückreise der Toten. Eine undefinierbare Schwermut scheint über diesem Wiedereintritt in alltägliche Routine zu schweben. Eine »Nach-Tet-Melancholie« hat die Gemüter gedämpft.

So schlendern wir am fünften Tag nach Tet auf dem gepflasterten Weg der Strandpromenade entlang, und der Himmel tut das Seine, durch verwaschene graue Wolken dem Schlachtfeld auf dem Strand einen tristen Nachgeschmack zu verleihen. Im rostigen Stacheldraht, der die Rückseite der Jahrmärkte zum Meer hin abgrenzt, flattern zerfetzte Plastiktüten in Hellblau oder Rosa im Wind. Ein nicht zu Ende gegessenes Stück Baguette ist auf der halbhohen Betonmauer liegen geblieben, umrahmt von abgeknabberten Schalen rot eingefärbter Melonenkerne. Knöchelchen von abgenagten Fleischstücken liegen auf einem Haufen neben durchsichtigen leeren Beuteln mit Strohhalm, aus denen sicherlich Sojamilch oder auch Zuckerrohrsaft geschlürft wurde. Unter einem Baum sitzt eine Familie um einen Topf auf offener Flamme herum, und ein Trotzalterkind zappelt auf dem Schoß der Mutter vergeblich dagegen an, seine Wollmütze noch ein wenig tiefer in den Nacken gezogen zu bekommen. Unsere zwei vernachlässigten Jungen sind in den Augen der vietnamesischen Mütter bestimmt dem Erfrieren nah, weil sie in kurzer Hose und T-Shirt den Weg entlanghüpfen. Ein Reisebus nach dem anderen verlässt den Parkplatz, und mit ihm Gruppen von Tet-Besuchern vom Land, für die dieser Ausflug zum Strand von *Nha Trang* wohl der letzte bis zum nächsten Neujahr des Mondkalenders gewesen ist.

Auch über den Straßen der Stadt hängt eine fast undefinierbare Stimmung von Post-Neujahrs-Vakuum. Die Feierlichkeiten sind vorbei, dennoch hat das Leben danach noch nicht wieder richtig begonnen. So wie Tet langsam und fröhlich und immer lauter werdend eingestimmt wird, so plänkelt es am anderen Ende ein wenig halbstark und wehmütig aus. Tet hat kein klares Ende wie etwa bei uns die im Kalender eindeutig notierten Weihnachts- oder Sommerferien. Noch immer sind viele Eisengatter vor den Geschäften heruntergelassen. Carl und Jonas vermissen Freunde in ihren Kindergartenklassen, für die das neue Jahr des Hundes noch nicht richtig angefangen hat. Ihre Eltern, so erklären es unsere Hauselfen, gehören sicherlich zur Gruppe der Verkaufenden in der Stadt. Während vor Tet ein Kaufrausch die Nation in Atem gehalten hat, legt sich nun nach Tet eine von Finanzmangel diktierte Kaufdepression über die Stadt. Das Geld ist aus. Viele Familien müssen nun ans Abstottern der vor Tet geborgten Summe denken, und so halten viele private Ladeninhaber ihre Tore noch ein wenig geschlossen und verbringen ihre Tage mit Verwandten und Kindern. Kaum jemand würde ihnen etwas abkaufen. Konsumieren ist nun das Letzte, woran man denkt. Auch in den Büros gewöhnt man sich erst wieder allmählich ans Werktätigsein. Zwar erscheinen Arbeitnehmer pünktlich an ihrer Arbeitsstelle, doch scheint es üblich und durchaus toleriert zu sein, wenn Kollegen kurz nach offiziellem Arbeitsbeginn ihre Motorräder wieder aus den Höfen hinaus auf die Straße schieben. Hier diskutieren sie bei Nudelsuppe oder süßem Milchkaffee mit Eis den Sinn des Lebens oder die Vorhersagen einer Kartenleserin für das neue Jahr. Kinder, die im Jahr des Hundes geboren werden, zeichnen sich laut meiner Nachbarin zur Linken durch überdurchschnittliche Intelligenz und artiges Benehmen aus. Ihre Schwägerin plane deshalb, ihr erstes Kind im Jahr des Hundes zur Welt zu bringen. Und so beginnt das Jahr mit Plänen und Vorfreuden.

Wir freuen uns darüber, nach einem weiteren Tet-Fest in Vietnam den Schleier der Neujahrsfeierlichkeiten ein wenig höher gelüftet zu haben und durch das Einfügen neuer Puzzleteile unser Tet-Bild weiter zu vervollkommnen. Noch aber ist das Puzzle längst nicht vollendet, und wir sind uns bewusst, dass wir sicherlich noch viele Tet-Feste mehr »essen« müssen, um diese magischen, bunten, fröhlichen, emotions- und kulturträchtigen Mondneujahrsbräuche Stückchen für Stückchen tiefer zu durchdringen.

Fakten, Infos, Ergänzungen, Fakten, Infos, Ergänzungen

Tet-Legende – Wie die Vietnamesen zu ihrem Tet-Kuchen aus Klebreis kamen

Unsere Freunde schicken wenige Tage vor Tet ihren Sohn auf dem Motorrad vorbei, um uns ein schweres, in Bananenblätter eingewickeltes Paket überreichen zu lassen. Um Tet gemäß der Redensart nicht nur zu beobachten, sondern auch schmecken zu können, haben sie uns unbedarften Ausländern das kulinarische Herzstück eines jeden vietnamesischen Neujahrsfestes zukommen lassen. Nur zwei Tage später erhalten wir von anderer Seite ein ähnliches Präsent, diesmal zusammen mit einem Glas sauer eingelegtem Gemüse und der Ermahnung, beides kühl zu lagern. Zu diesem Zeitpunkt sind wir uns nicht gebührend dessen bewusst, durch diese Gaben in den Besitz einer Delikatesse gelangt zu sein, die jeden Vietnamesen zum Tet-Fest in verklärtes Entzücken versetzt. Vorsichtig pulen wir an der organischen Verpackung, und als Lage um Lage an Bananenblättern endlich ihr geheimnisvolles Inneres preisgibt, sind wir überrascht, auf eine dicke Schicht grünen, komprimierten und kalten Reis zu stoßen. Als wir noch ein wenig tiefer bohren, legen wir ein fettiges, »schweinefleischiges« Zentrum frei und stehen vor dem Rätsel, in welchem Zustand wir die seltsame Pampe halbwegs genießbar kosten sollen.

Heute, drei Jahre und drei Tet-Feste weiter, schlägt auch unser Herz eine freudige Frequenz höher, wenn wir mit unseren Stäbchen zum Neujahrsfest eine Ecke vom Tet-Kuchen abteilen, sie in Sößchen tunken und mit sauer eingelegten Bambusstücken vezehren. Meine bevorzugte Variante ist aber immer noch gebratener Tet-Kuchen. Mittlerweile haben wir auch herausgefunden, wem wir die vietnamesische Neujahrsspezialität zu verdanken haben, nämlich Lang Lieu, dem 18. Sohn eines Hung-Königs. Aber lesen Sie selbst:

Die Herkunft der klebrigen Tet-Kuchen

Seine Herkunft verdankt der Tet-Kuchen, ähnlich wie kreative Erfindungen in deutschen Märchen, einem König, der zur Auswahl seines Nachfolgers eine kniffelige Aufgabe stellte. So forderte König Hung-Vuong VI. seine 22 Prinzen dazu auf, für die Zeit des Jahreswechsels eine ausgefallene Opfergabe für die Ahnen zu ersinnen. Seine Söhne schwärmten aus, um die kostbarsten Schätze des großen Landes zusammenzutragen. Nur Lang Lieu, der seine Mutter früh verloren hatte und nicht über große finanzielle Mittel verfügte, besann sich auf eine große Köstlichkeit ganz einfacher Natur: das Reiskorn. Aus diesem wichtigsten Nahrungslieferanten des Volkes formte er einen runden und einen viereckigen Kuchen. Der runde sollte den Himmel und das männliche Element symbolisieren, der viereckige die Erde und das Weibliche. Für das Leben als solches stand die Füllung aus Fleisch und grünen Bohnen.

Dem König mundeten die Speisen derart, dass er Lang Lieu zu seinem Nachfolger bestimmte. Von diesem Tag an werden zu hohen Feiertagen, wie Hochzeiten oder Tet, in ganz Vietnam ***banh chung*** und ***banh day*** als Opfergaben bereitet.

Epilog

Wir sind wieder zurück in England. In Gummistiefeln und Regenjacken spielen die Kinder Fußball in einem Nieselregen, den nur ein nordeuropäischer Himmel hervorbringen kann. Auf dem Herd in der Küche köcheln Spaghetti, und der Geruch von Tomatensoße mit Basilikum erfüllt unsere Nasen mit einer wohltuenden Vertrautheit. Dennoch entdecke ich eine Spur Sehnsucht in mir, als ich Fischsoße und *Trung-Nguyen*-Kaffee in unsere frisch ausgewischten Küchenschränke einräume und meine neuen Kochbücher mit vietnamesischen Delikatessen neben deutschen Brotrezepten platziere. Ach, es tat gut, den heutigen Morgen nicht mit Kakerlakenmorden zu beginnen, und ich habe es sogar genossen, in die lange Jeans zu steigen und mir eine Strickjacke überzustreifen. Im Wohnzimmer hat Carsten das Städtchen *Hoi An* in Öl aufgehängt und den mitgebrachten vietnamesischen Hut dekorativ an einem Nagel befestigt. Jonas bittet darum, die CD mit den *»con co be be«*-Kinderliedern und dem Enten-im-Reisfeld-Lied einzulegen, während ich in der Küche einen Selbstbewusstseinskick daraus bekomme, den Nachrichten im Radio komplett folgen zu können. An der Kinderzimmerwand gesellt sich zu Janoschs Tiger und Bär ein authentisches Drachentanzkostüm, und von dem Wandkalender im Flur lächeln uns Kinder ethnischer Minderheiten in Vietnam entgegen.

Es mag seltsam klingen, aber das Supermarkt-Einkaufserlebnis heute Vormittag hat mich in einen Zustand glücklicher Euphorie versetzt. Als eine Familie unter vielen haben wir uns kontrastlos in das Bild der Einkäufer hineinassimiliert. Niemand machte Anstalten, Wangen oder Haar von Carl und Jonas zu befühlen, und das Zücken meiner Kreditkarte kam einer emanzipierten Unabhängigkeitserklärung gleich. Dennoch kann ich das Gefühl von melancholischer Stille und Leere nicht unterdrücken, wenn ich in die Straße unseres neuen Zuhauses einbiege und Bürgersteige und Vorgärten verwaist vorfinde.

Vietnam, du hast unsere Seelen für dich eingenommen, du hast Perspektiven verschoben und unsere fünf Sinne geschärft. Es sind weit mehr als Fotos und Souvenirs, die in unserem Container ihre Rückreise von Saigon in die Heimat bewältigt haben. Es sind Freundschaften und Gerüche, Erlebnisse und Grundeinstellungen, Farben und Geschmäcker, Provokationen und Herausforderungen, die einen nachhaltigen Eindruck in unseren Herzen hinterlassen haben. Und es sind vor allem die Einblicke in alltägliche Lebenssituationen, die unsere Liebe zu dir wachsen ließen.

Voller Respekt und Dankbarkeit verneigen wir uns vor deiner dreijährigen Gastfreundschaft – nicht ohne die Hoffnung auf ein Wiedersehen.

Anhang

Bildquellen

Seite 11	Susanne und Carsten Flohr
Seite 15	Susanne und Carsten Flohr
Seite 21	Susanne und Carsten Flohr
Seite 25	Susanne und Carsten Flohr
Seite 39	Ute und Hanspeter Höcklin
Seite 57	Bild aus unseren Sprachunterlagen
Seite 73	Susanne und Carsten Flohr
Seite 89	Susanne und Carsten Flohr
Seite 103	Ute und Hanspeter Höcklin
Seite 121	Susanne und Carsten Flohr
Seite 139	Ute und Hanspeter Höcklin
Seite 157	Susanne und Carsten Flohr
Seite 167	Ute und Hanspeter Höcklin
Seite 183	Susanne und Carsten Flohr
Seite 201	Susanne und Carsten Flohr
Seite 219	Susanne und Carsten Flohr
Seite 239	Susanne und Carsten Flohr
Seite 253	Ute und Hanspeter Höcklin
Seite 277	Susanne und Carsten Flohr
Seite 291	Susanne und Carsten Flohr
Seite 305	Anke und Fritz Schraag